文學批評關鍵詞

概念‧理論‧中文文本解讀

柯思仁、陳樂 著

五南圖書出版公司 印行

汪暉序

　　在許多人的印象中，「文學批評」是一個含義寬泛的概念，我們在報紙副刊、文學讀物中經常讀到的各種各樣的評論，都可以放在這個範疇內。印象式的批評、根據趣味展開的對於作品的判斷、將文學與生活簡單比較和對應的方式、作家作品論，以及關於文學的歷史批評，是多少個世紀盛行不衰的文學批評形式。但是，在二十世紀，文學批評作為一個與哲學、歷史或其他理論形態相互區別的領域被界定出來了；對於專業的批評家和研究者而言，「文學批評」是一種或多種方法論革命的產物。著名的文學理論家R. Welleck斷言：「十八、十九世紀曾經被人們稱作『批評的時代』。實際上，二十世紀才最有資格享有這一稱號。在二十世紀，不僅有一股名副其實的批評的洪流向我們洶湧襲來，而且文學批評也已獲得了一種新的自我意識，在公眾心目中占有了比往昔高得多的地位。」[1]文學批評及其相關理論使讀者在閱讀過程中不得不時常對自己的閱讀習慣和固有的觀念進行反思，也產生了一種不同以往的關於文學批評的觀念。

　　如今，文學批評在公眾心目中的地位已經從二十世紀的巔峰墜落，例如英國馬克思主義理論家Terry Eagleton就曾有「後理論」（after theory）的說法（雖然他所說的理論並不單指文學批評的各種理論）。但Welleck的如下斷言仍然有效：「任何對二十世紀文學批評的巡禮，都必須注意文學批評這種地域的擴展和同時產生的批評方法的革命。」[2]正由於此，如果沒有對於這一方法論革命的歷史廣度和具體概念的理解，在今天，我們就難於進入文學批評這一領域。柯思仁、陳樂先生的這部《文學批評關鍵詞：概念‧理論‧中文文本解讀》不但是文學批評的這種「地域擴展」和「方法的革命」的產物，而且也是在新的視野中對於作為一個獨特領域的文學批

---

[1]　R. 韋勒克著，丁泓、余徵譯，周毅校：《批評的諸種概念》（成都：四川文藝出版社，1988 年），頁 326。

[2]　同上。

評及其基本概念和理論的反思。

　　二十世紀文學批評的新潮流其實遠不是一次方法論革命的產物，而是一系列經常相互糾纏、相互衝突的方法論革命的展現。1963年，Welleck歸納出六種文學批評的新潮流：馬克思主義文學批評、精神分析批評、語言學與風格批評、一種新的有機形式主義、以文化人類學成果和榮格學說為基礎的神話批評，以及由存在主義或類似的世界觀激發起來的一種新的哲學批評。在他作出上述判斷的時候，還沒有可能對於後結構主義、後殖民主義、新歷史主義、文化研究以及性別理論的新發展等等「後六十年代」的潮流進行分析。在所有這些潮流中，經由語言學轉向而來的關於形式、文本和再現的觀念對於文學批評的不同派別都產生了重要影響，以致今天在專業的文學批評領域中，無論是意識形態批評還是歷史批評都已經難以繞過這些關於形式和文本的觀念了。在俄國形式主義、英美新批評、法國結構主義敘事學、符號學等理論的影響下，現代文學批評展開了一種理解文學文本的思路。這種思路的獨特性是在與幾種主要思潮的論辯中產生的。我認為如下兩點最為關鍵：首先，它批評了從浪漫主義文學思潮及其自我觀念中產生的「作者」觀，反對將文學文本視為作者的自我表達，從而在方法上對於傳記批評形成了批判；其次，它批評了從現實主義文學思潮中產生的文學觀點，將文學文本視為「再現」而非單純的對於現實的反映，從而在方法上對於歷史主義形成了批判。事實上，這些新的取向並不僅僅是文學批評這一獨特領域的產物，而是二十世紀語言學、哲學和人類學等學科領域發生的一系列變革的結果。文學批評以其對於語言和形式、心理和價值問題的敏感，在這個大轉變中扮演了重要的角色。

　　《文學批評關鍵詞：概念·理論·中文文本解讀》選取了作者、讀者、文本、細讀、隱喻、觀點、人稱、聲音、敘事、再現、意識形態、身份／認同、階級、性／別、種族等十五個概念進行解說，以關鍵詞的形式對當代文學批評的基本概念、理論做出了深入分析。從形式上看，這是一部對現代文學批評的關鍵概念進行梳理和歸納的著作，但實際上它還是一部以關鍵詞的形式展開的對於文學批評的關鍵問題的創造性探索。我認為作者

對於文學批評的方法論革命及其歷史含義有著深入和完整的把握，為這部著作的兩個主要的理論特點奠定了基礎。

首先，作者將現代文學批評視為一種真正意義上的方法論革命的產物，但同時注意到這一方法論革命本身的複雜性和歷史性。作者一方面以關鍵詞為基本線索，對文學批評的諸種概念和概念群進行嚴格和準確的解說，以顯示前述方法論革命對於這一領域的決定性影響；但另一方面，作者在梳理這些關鍵概念的同時，又從不同的方向上指出這些概念面臨的挑戰和困境，提示文學批評的演變的脈絡和可能的方向。這種解說的多重性不僅表現在對單個概念的分析之上，而且也體現在全書對關鍵詞的選擇之上。例如，意識形態、身份／認同、階級、性／別、種族等範疇通常不在形式主義、新批評和結構主義敘事學的關注範疇內；它們不但源於馬克思主義、後結構主義、女性主義、後殖民主義等理論和實踐，而且也是當代文化研究挑戰此前的形式主義批評的主要工具。通過將它們置於文學批評的關鍵詞的序列中，作者力圖將形式主義、新批評、結構主義敘事學、符號學和後結構主義所建構起來的文學批評與當代文化研究的一些新的取向綜合起來。這種綜合並不是拼盤式的雜湊，而是從問題的內在邏輯中展開的。例如，作者將「作者」問題置於全書的第一章，因為擺脫作者中心論、將文本置於中心正是現代文學批評的標誌性特徵。一方面，作者梳理了W.K. Wimsatt和M.C. Beardsley及新批評運動對於「意圖謬誤」的批判，分析了Roland Barthes提出的「作者已死」的命題，並由此展開了對於作家作品中心論的批評；但另一方面，通過對Michel Foucault的「什麼是作者」這一命題的思考，作者又指出「作品的意義並不是局限在其文字內在的特性，而是跟作品所處在的歷史與文化語境有密切的關係。作者的概念從歷史的角度來說並不是一成不變的，相反的，在不同的時代、社會、文化之中，人們對於作者的認知有所不同。當作者被宣告『死亡』之後，並不意味著作者的概念完全不存在。」正是在展示這一脈絡的過程中，現代文學批評沒有被簡單地描述為一個封閉的世界，恰恰相反，形式主義批評曾經拒絕的那些概念和方法經過新的轉換重新成為了內在於這個批評世界的理

論要素。

其次，文學批評不僅是一個或一系列方法論革命的產物，而且也是一種跨越國家和區域的世界性的現象—正是從文學批評作為一種跨語際現象的認識中，《文學批評關鍵詞》遵循了一種處理現代批評概念和理論的獨特方法。我把這個方法概括為兩個方面，即一方面將現代文學批評的概念和理論運用於對中文文學文本的分析，另一方面又通過歷史的追溯，從中國的文學批評的歷史中探尋與這些現代概念和理論相關、相似和相逆的概念、範疇和理論。作者雖然強調現代文學批評的方法論意義，但並不認為這些新的概念、方法和理論是前無古人的獨創，恰恰相反，與那些單向地強調這些概念和方法的新穎性的論者不同，作者認為這些新的方法論事實上有著自己的傳統根源。例如，在闡釋文本中心論時，作者指出：在中國文學歷史中，由於《詩經》的作者很難確定，故而「研究的重點，無論是古代還是現代，都不在作者身上，而是在文本字句的考證和詮釋」，從而證明文本中心論並非新批評的全新創造，我們也可以從傳統的批評實踐中獲得有關文本解讀的資源。在「細讀」一章中，作者結合具體的案例，對中國傳統的訓詁注疏和小說評點加以闡釋、分析和發揮，在展示兩者之間的基本差異的同時，彌合了在現代文學批評與古典文史傳統之間造成的人為斷裂。

但是，作者並不僅僅是在講述文學批評與古典傳統的相似之處。他們提醒讀者：中國文史傳統中有著重視作者與作品關係的各種論述和更為深刻的傳統，這既不證明這類有關作家與作品的傳統論述全然過時、沒有意義，也不說明現代文學批評的基本概念與傳統完全脫節，並不適用於中文文學世界。作者致力的，是在新的理論視野中對這種作者與作品的關係加以重新界定和闡釋，以煥發傳統文學批評的當代意義。這樣的例子在書中不勝枚舉，形成了這部著作的一大特色。在我看來，這種努力不但沒有削弱現代文學批評的力量和獨特性，反而擴展了文學批評的概念、理論的適用範圍，進而為重新詮釋傳統的文學批評的概念、範疇和理論提供了可能性。

在全書的每一個章節，作者都不是抽象地介紹相關的概念和理論，而是援例取譬，在古今中外的文學作品中尋找例證，並加以精闢的分析。在這本著作中，作者對於中文文學文本的引用和解說最為引人入勝：除了部分西方文學的例證之外，從《詩經》、《左傳》、《孟子》、《論衡》、《文心雕龍》等古典文本，到《世說新語》、《紅樓夢》、《西廂記》、《水滸傳》、《聊齋志異》等古典小說，從黃遵憲、魯迅、張愛玲、胡適、沈尹默、劉半農、老舍、茅盾、卞之琳、穆時英等中國現代作家，到北島、顧城、高行健、于堅等當代作家，從鄭愁予、西西、金庸、余光中、陳黎等港臺作家，到郭寶崑、蔡深江、梁文福等東南亞華文作家，從毛宗崗、張竹坡、脂硯齋、金聖歎等的小說評點，到現當代中國文學批評者的批評實踐，無不在引用和分析的範疇之內。與以往往往是翻譯的並且以西方文學為例的文學批評介紹類書籍不同，《文學批評關鍵詞》打破了民族國家和區域的界限，而將中文視為一個文學世界，並以現代文學批評的方法和概念對之進行細讀和分析。這樣一種批評實踐不但與通常的民族主義文學史觀形成了鮮明的對比，而且也以細膩的文本解讀說明了這一批評實踐為什麼成為一種跨越國界的世界性現象。從方法論上說，這本以關鍵詞為線索的著作讓我們重新記起半個世紀之前有關文學批評與文學史的對立的爭論—文學批評從文學歷史中汲取靈感，但卻與經典的文學史敘述形成了重要的差別。

2005年夏天，我在新加坡大學訪問，有機會與柯思仁先生多次見面和討論。也就是在那期間，柯思仁先生告訴我他正在做文學批評關鍵詞的研究。從那時至今，兩、三年的時間過去了，柯先生和陳樂先生終於完成了這部內容新穎翔實、分析鞭辟入裡的著作，他們對於文學批評理論的深入了解和對於文學歷史的廣泛涉獵，使這部著作在同類作品中獨樹一幟。對於從事文學批評和文學研究的學者和學生而言，這部著作無疑是一本具有重要學術價值的入門讀物。在過去一個月中，我陸續地細讀了全書各章，獲益匪淺。我相信，文學領域中發生的方法論革命，以及當代學者對於這一方法論革命的再思考，對於我們重新思考當代人文研究和社會科學研究

的基本概念和框架，也一定有所裨益。

　　感謝柯思仁先生給我一個重溫文學批評的基本理論和概念的機會。我久不治文學，但仍願不揣淺陋，將一點讀書心得記錄於此，除了回報友人之請外，也懷著一種真誠的期待，即讓文學批評重新煥發活力。

2008年7月30日於清華園

新加坡版前言

這本書，是關於如何閱讀文學作品的。

面對一篇文學作品，要如何開始進行閱讀，是很大的挑戰。一般的讀者，只要讀得懂作品用以書寫的文字，就可以閱讀。他們以日常生活中所累積的普通常識為根據，可以理解作品的表面文字所顯示的大部分意思。不過，就如本書的大部分章節所討論的，作品的意涵並非被展現在文字的表層，就算讀者讀得懂文字，不見得能夠理解作品。況且，作品的意涵也並非被封鎖在作品之中，固定不變，等待讀者來挖掘或發現。因此，要以怎樣的態度來對待文學作品，要以什麼方式來閱讀文學作品，就成為閱讀過程中必須面對的關鍵問題。

從學術的角度來說，如何閱讀作品，是文學理論最重要的出發點，也是文學理論嘗試要解決的問題。從古至今，各個文化體中的文學思想家，通過不同的角度與方式，都在思考這個問題。二十世紀初以來，歐洲和美國的許多思想家和學者，在前人的基礎上，提出許多新的閱讀角度和思維方式，為作品的閱讀帶來了具有啓發性的新視野。近年來，也有不少歐美學者，對各家各派的文學理論進行梳理和討論，為讀者的接受和學習提供了許多方便。

作為當代中文作品的讀者，很大的程度上，我們也在接受歐美文學批評的方法和思維。不過，目前所看到的討論文學理論的中文著作，大部分是歐美文論的翻譯和介紹，其中引用的文本，也大多數是歐美作家的作品。雖然現代中文文學與歐美的文學傳統有著非常密切的關係，但是，中國古代以來的文學批評傳統，以及現代中文作品卻是生成自一個不同於歐美的社會文化語境，這使中文文學有著自己的生命和意義。學習歐美的文論是現代中文文學批評的重要功課之一，不過，不見得懂得歐美的文論，就一定能夠有效地進行中文作品的閱讀。

本書的研究與寫作，正是在這樣一個語境之中開始與進行的。我們採

用的方式，並不是根據文學理論的流派來進行討論，而是列出與文學批評有關的概念，並根據這些概念的範疇進行討論。這些概念主要是現代歐美文論中所關注的重點，因此，我們的討論也以歐美文論所闡發的內容為基礎，並在適當的時候，以適當的方式，將之參照於中國的文學批評。文本方面，我們主要採用現代中文作品，不是以國家或民族為界定方式的「中國文學」，而是在不同地域和文化中產生的以中文書寫的作品。文本的概念，在本書中也有討論，並不限於文字文本（也就是一般稱作的文學作品），而是包括其他非文字的文本，譬如繪畫、音樂、媒體等等，以及各種廣義的文化產品與文化行為。

本書共有十五章，主要分成三個部分。第一個部分包括第一章到第三章，主要處理的是與文本有關的幾個基本課題：作者、閱讀、文本，嘗試釐清這幾個密切相關的概念。第二部分，可以稱為「文本的閱讀策略」，從文本細讀的方法開始，分別討論隱喻、觀點、人稱、聲音、敘事等幾個主要的概念，是讀者面對文本時的切入方法，也是分析文本的工具。第三部分，是將文本置於特定的社會文化語境之中加以思考，關注的可以說是「文本的政治性」，從再現這一涵蓋式的概念出發，討論的重點包括：意識形態、身份／認同、階級、性／別、種族等。這些課題以外，當然還有許多值得討論的概念。作為一個起點，我們選擇了我們認為最基本的十五個概念，有機會的話，會再加以補充擴大。其中的兩章（敘事、性／別）是由黃凱德完成初稿，敘事一章經過一些修改，性／別一章則基本上少有更動。在此，我們要感謝黃凱德應允將他的文稿收入本書。

這個研究課題好幾年前就已經開始構思，不過，能夠真正進行，必須感謝南洋理工大學中華語言文化中心的支持，讓這個課題成為中心的研究項目之一。在此，我們要特別感謝李元瑾主任和郭淑雲副主任。研究進行的過程中，我們分別與一些學者朋友提起這個計劃，得到他們的支持和許多建議，而一些學者朋友也曾經詳細閱讀了本書的部分章節，提出修改的意見，我們都由衷感激。本書完成之後，汪暉教授仔細閱讀並撰文為序，我們特別感到榮幸。製作本書的過程中，中華語言文化中心經理王淑娟的

細心編輯與推動，以及中文系研究生陳濤在編輯工作上的協助，使本書得以順利出版，這些都令我們心懷感謝。

柯思仁　陳樂

目　錄

文學批評關鍵詞——概念・理論・中文文本解讀

(12)

第一章
作者
AUTHOR

誰才是「作者」？

如果我說以下這段文字是一篇小說的開頭，很多讀者可能會覺得驚訝：

> 讓我坐下來寫一個小說。
>
> （寫小說的人說。）
>
> 當我要寫一個小說，我會坐下來，坐在我家那張飯桌子的面前。……

沒錯，這正是香港作家西西的短篇小說《假日》的開頭部分。[1] 一般的小說，總是一開始就直接講故事。讀者並不會對於「講故事」這回事有很清楚的意識，小說中也不會特別強調有某一個人在「講故事」—— 讀小說這種行為是建立在一種默契之上，也就是讀者一開始就進入「聽故事」的狀態，而不理會是誰在「講故事」。可是，《假日》卻是一個關於「講故事」的「故事」，或者說，是一個關於「寫小說」的「小說」。採用這種敘述方式的作品，用現代的文學理論來說，稱為「後設小說」或「元」小說（metafiction）—— 不過，我們暫時先不談這個概念。這段引文，很明顯而有趣的是，一開始就讓讀者知道有一個人正在進行小說的寫作。寫小說的人，我們一般的理解，就是小說的「作者」（author）；小說中通常會有一個向讀者講述故事的人物或聲音，我們稱為「敘述者」

---

[1] 西西《假日》，載西西《像我這樣的一個女子》（臺北：洪範書店，1984 年），頁 171-193。

（narrator）；故事中的主要人物，則是稱爲「主人翁」（protagonist）。

那麼，上述引文中出現的「我」，是《假日》的作者嗎？或者，「我」是敘述者？

我們開始讀這段文字，當下的反應可能是：《假日》這篇小說的作者西西在跟我們講故事。這句話說得那麼直接而坦白，好像西西就在我們面前說話一樣。可是，當我們以爲小說開頭第一句中的「我」是作者西西的時候，第二句又馬上從一個旁觀者的角度說：「寫小說的人說」，從而加入了另外一個維度。很明顯的，第一句話和第二句話是不同的人說的。這時，我們開始懷疑，究竟誰是「作者」？是說第一句話的人還是說第二句話的人？或者，其實有「兩個作者」？

這個語境中，「兩個作者」的說法看起來是有所矛盾的，因爲小說作者署名明明就是西西一個人，可是小說中的敘述又告訴我們不同的情況。《假日》向我們展示了複雜而有趣的關係，那就是關於「作者」和「敘述者」這兩種身份；它也顯示了「眞實的作者」、「虛構的敘述者」，以及眞實和虛構之間所可能存在的複雜關係。這種矛盾所帶來的困惑，正好提供一個機會讓我們好好的思考一下，「作者」這個看起來簡單的人物，究竟是怎樣的一個複雜概念。

《假日》的主要部分，是通過第一人稱「我」敘述一個寫小說的故事，讓讀者在閱讀的過程中清楚地讀到小說寫作的情況，包括：「我」在怎樣的環境中寫作，「我」的寫作從構思到下筆到完成的過程，什麼情況之下是有利或不利於「我」的寫作的，「我」對於寫作這回事的思考等等。從這些敘述中，我們作爲讀者彷彿（請注意：是「彷彿」而不是「眞的」）進入作者的生活空間和內心世界，得以窺視一般上無法接觸得到的隱蔽信息。這些信息，往往是讀者感到好奇而特別想知道，卻又無法得知的。與此同時，小說又不斷重複提醒讀者，這個敘述寫小說過程的人並不是作者西西——小說中一共出現了六次放在括弧中的「寫小說的人說」，並且在結束時第七次出現加強語氣的一句：「寫小說的人如此說」。這樣一來，讀者不斷地被提醒，我們在閱讀的其實並不是那個「眞正的作者」

西西在跟我們說的話，而是有另外一個可以被稱為「作者」的人物。這時，這個第一人稱的「作者」，很顯然的就是「真正的作者」西西所創造並敘述出來的人物了。

這篇小說最微妙的地方，就是讓我們發現，原來作者可以是在小說中被創造出來的一個人物。由此推論，我們是不是可以說，即使是那個所謂「真正的作者」西西，也可以是被創造出來的呢？如果是的話，西西是如何被創造出來，又是被誰創造出來的？

「作者的死亡」

雖然我們說作者通過他的寫作為媒介跟讀者說話，可是，讀者在閱讀時卻並不是在真實意義上能夠跟作者進行對話，而是在進行一個單獨和單向的活動。絕大多數的情況裡，讀者沒有見過作者也並不認識作者，當然不可能問作者，情況是不是真的如他在作品中所說的那樣。無論是作品中所敘述的事物，或是生產作為一個對象，都是讀者在閱讀過程中的想像也就是說它／他們都是虛構的。通過閱讀活動時的想像所創造出來的作者，跟那個在現實世界裡實際存在的作者，並不是同樣的一個人。從這個意義上來說，就如法國文化理論家Roland Barthes在1967年發表的對於後來的批評理論影響至深的文章《作者的死亡》（The Death of the Author）所指稱的：作者已經死了。[2]是的，即使那個作者在現實世界裡還沒真的死掉（多數情況倒並非如此），在隱喻的層面上，他也已經死了。

二十世紀初以來，各個文學與思想流派對於「作者」這個概念的反思與挑戰，與在這之前對於「作者」的認知有很大的差別。十八世紀末以前，在歐洲的文學理論中，作者的地位並不高。作者通常是被認為像一個技術高超的工匠，他的作品並不是他獨自創造出來的，而是他在寫作的過程中從他的文化傳統中汲取各種現有的元素而完成——寫作被視為作者對於他的文化傳統的「模仿」，而不是他個人的「創造」。「傳統」被視為

2　Roland Barthes, "The Death of the Author," in Barthes, *Image-Music-Text*, translated by Stephen Health, (New York: Hill and Wang, 1977), pp. 142-148.

比個人具有更爲崇高的價值，作者往往是附屬於某一個「傳統」，而他的成就也不可能超越他所屬的這個「傳統」。

當浪漫主義（Romanticism）的文學和藝術思想在十八世紀末開始形成巨大的影響，其強調解放的想像（liberated imagination）和原創性（originality），以及由此而來的自我（self）和主體性（subjectivity）的概念，改變了人們對待「作者」的態度。這個現代意義的作者，取代了過去具有崇高價值的「傳統」或「經典」的位置，成爲創作活動的中心，也是其作品的獨特的原創者、具有權威性的擁有者。作者的獨特感思和經驗，通過他的作品加以展示，並在前人所累積的基礎上，把文學和藝術的成就帶到另一個高峰。[3]

以作者作爲中心和重點的觀念，從浪漫主義開始，影響非常大。在當今的環境裡，甚至仍然是一般人對於文學作品所持有的態度，幾乎成爲一種普通常識。人們從閱讀作品所得到的愉悅和滿足之中，想像一個他們心目中的作者形象。讀者可能會因爲對這個作者產生興趣之後，想要閱讀更多同一個作者所寫的作品，以印證與填補他們對這個作者的想像。讀了作品之後，讀者也往往會對作者所處在的背景和他創作時可能具有的動機產生濃厚的興趣，會想知道作者是在什麼情況之下完成作品，或是他爲什麼會創作這部作品。一種目前仍然相當普遍被採用的文學分析模式，把「作者生平」和「寫作動機」放在首要的位置，很大的部分是這種觀念影響之下的產物。可是，這種模式化的方法，往往並不見得把所謂的「作者生平」和「寫作動機」有效地結合於作品的分析，而讓讀者自己將這些資料套在閱讀作品的過程之中。況且，這些概念本身具有的問題，在二十世紀初以來，就已經是各家各派文學理論的討論焦點之一。

一個根本性的問題是：通過文學作品的閱讀，我們作爲讀者，怎麼知道作者的寫作意圖是什麼呢？這個問題，幾乎是無法得到確切的答案

3　T.S. Eliot, "Tradition and the Individual Talent," in *The Sacred Wood: Essays on Poetry and Criticism* (London: Methuen, 1920), pp. 47-59.

的。別說大多數的作者已經眞的死了，即使他還活著，讀者又有機會當面問他，他現在的說法是不是就是他創作那一刻的想法，不得不讓人感到懷疑。提出這樣的問題而最具有深遠影響的，是美國文學評論家W.K. Wimsatt和M.C. Beardsley在1946年發表的一篇題爲《意圖謬誤》（The Intentional Fallacy）的文章。[4]以詩作爲主要的討論對象，Wimsatt和Beardsley認爲，一首詩的存在是通過其意義，而意義的產生是藉由文字作爲媒介。如果詩人成功地表達他的想法或感受，那是因爲詩作本身展示了詩人想要表達的意思；反之，如果詩人不成功，那是因爲詩作的不足，而評論者需要求之於詩作以外，以得到詩作中無法有效傳達的寫作意圖之證明。

否定以文本以外的因素作爲分析憑據，是一九四〇年代以來的「新批評」（New Criticism）的基本態度。以英國和美國爲主要基地的「新批評」的理論家所反抗的，是當時的評論者脫離文本的議論方式，他們認爲後者從作者傳記或其他自述性文本中找尋分析的根據，使得對於作品的分析演變爲對於作者生平的好奇和窺探，既不專業也不學術。新批評把文本看成是獨立於作者而自足的對象，分析的重點應該是構成文本的語言、形式和風格，而不是作者的生活經歷和寫作意圖。

被稱爲「浪子詩人」的鄭愁予及其詩作的某些評論，正好爲這種謬誤情況作了一個有趣的注腳。鄭愁予在他最著名的詩作之一《錯誤》中，寫了一個浪子和他的情人的故事。[5]詩中以第一人稱「我」的口吻說話的人物，看起來是一個浪跡天涯而不願／不能回到情人身邊的浪子，讓情人滿懷期待地獨守閨中。許多讀者憑這首詩，以及鄭愁予寫過的一些類似主題的詩作如《琴心》和《情婦》等，[6]把鄭愁予想像成詩中那個將情人棄而

---

[4]　W.K. Wimsatt Jr, and Monroe C. Beardsley, "The Intentional Fallacy," in W.K. Wimsatt, *The Verbal Icon: Studies in the Meaning of Poetry* (Lexington: University of Kentucky Press, 1954), pp. 3-20.

[5]　鄭愁予《錯誤》，載《鄭愁予詩集 I》（臺北：洪範書店，1979 年），頁 123。

[6]　鄭愁予《琴心》，載《鄭愁予詩集 I》，頁 51-52；《情婦》，載《鄭愁予詩集 I》，頁 165。

不顧的人物，並給他一個廣爲流傳的稱號：「浪子詩人」。這樣的稱號，顯然是把作者和詩中敘述者的聲音混爲一談，還將詩人的經歷直接投射到文本之中了。另一方面，鄭愁予看來對這個稱號並不滿意，他說自己從小在抗日戰爭的環境中長大，多有接觸到中國的苦難，而自稱對他影響更大的是「傳統的仁俠精神」。[7]那我們是不是就要以作者的說法爲根據，將鄭愁予的稱號改爲「仁俠詩人」了呢？作者的個人經歷，有時就被讀者拿來作爲解讀作品的佐證。鄭愁予的詩中這麼寫：「我打江南走過／那等在季節裡的容顏如蓮花的開落」，某個評論者就認爲，「鑒於江南不在臺島，可知這是他在追憶著大陸時期的舊情。」[8]這樣的看法，將評論延伸到詩作以外的一些與文本的好壞沒有直接關係的元素，又無視於詩中運用的隱喻手法，正是掉進了新批評所說的意圖謬誤的陷阱。

如果說Wimsatt和Beardsley所提出的意圖謬誤的概念將文本和作者分隔開來，Barthes則是通過《作者的死亡》將文本詮釋的責任和權力，從作者轉移到了讀者。Barthes認爲，作者只是一個生產文字的書寫者（scriptor），他並不具有傳統上所賦予他的對於文本意義進行闡述的權威性（authority）。[9]把文本從唯一「神聖」的意義中解放出來，Barthes強調，文本是由來自無數不同的文化中的既有文字所組成，就像一個錯綜複雜的纖維組織。Barthes進一步表示：

> 一旦[具有權威性的]作者被去除，[批評家]聲稱要解讀文本的努力便徒勞無功。強調文本是屬於某個[具有權威性的]作者的做法，爲文本強加局限，給予文本最終的意義，結束寫作的過程。[10]

---

7 轉引自李立平《鄭愁予的詩情世界與詩美追求》，載《世界華文文學論壇》，2004年，第三期，頁49。

8 流沙河《臺灣詩人十二家》（第二版）（重慶：重慶出版社，1988年），頁270。

9 Roland Barthes, "The Death of the Author," p. 145.

10 Ibid., p. 147.

傳統的批評態度是嘗試找出作者的動機——他為什麼這樣寫？他想要表達什麼？——以得到文本意義的權威說法，因此文本的意義是局限於一種假定存在的作者的動機；當作者的權威性被否定以後，文本就不可能只有一種唯一的意義，也因此不再是一個封閉的物體。從作者的動機中釋放出來的文本，是具有多層次和多意義的。Barthes在文章結束時宣稱，「作者的死亡」是「讀者的誕生」所必須付出的代價。[11]

　　文本的意義是否就像Wimsatt，Beardsley和Barthes等批評家所說的那樣，完全是由讀者建構出來的，而作者沒有任何責任？這是一個值得進一步思考的課題，不過，有關「讀者」的討論，我們留待下一章再進行。在這裡，我們可能提出一個疑問：作者在書寫一個作品的時候，難道他所處在的文化、社會、歷史環境以及各種思想和觀念，對他的寫作並沒有任何影響嗎？難道他不是有一些想法和感受，要通過書寫的行為來表達或抒發嗎？如果我們仔細閱讀Barthes的文章，會發現被Barthes宣判死亡的作者，是那個對於文本詮釋具有權威力量的作者——他在文中用的是大寫的Author，也即是某種特定概念的「作者」。與此同時，我們也不能忽視，Barthes強調任何一個文本，都是作者在他所能夠觸及的多元化的文化系統中進行寫作的結果。

　　另一個法國文化理論家Michel Foucault對於「作者」這個概念的討論，讓我們更深刻的思考作者和歷史語境之間的關係。Foucault在1969年發表的文章《作者是什麼？》（What Is an Author?）中雖然沒有明確提到Barthes的名字，但顯然是對新批評理論家和Barthes的回應。[12]Foucault指出，作品的意義並不是局限在其文字內在的特性，而是跟作品所處在的歷史與文化語境有密切的關係。作者的概念從歷史的角度來說並不是一成不變的，相反的，在不同的時代、社會、文化之中，人們對於作者的認知

---

[11] Ibid., p. 148.

[12] Michel Foucault, "What Is an Author?" in Donald F. Bouchard, ed., Donald F. Bouchard and Sherry Simon, trans., *Language, Counter-Memory, Practice: Selected Essays and Interviews by Michel Foucault* (New York: Cornell University Press, 1977), pp. 113-138.

有所不同。當作者被宣告「死亡」之後，並不意味著作者的概念完全不存在，就如Barthes所表示的，其結果是作者對於他的作品所擁有的權威性被否定。Foucault的討論中強調的是，作者消失後所留下來的空間，是需要重新思考的，而在不同歷史語境中所運作的各有差異的「作者功能」（author-function），正是思考的重點。

作者論與作品論

　　二十世紀西方理論家對於作者概念的各種討論，對於我們思考中國古代和現代的文學批評和中文的文學作品中的作者，又有什麼啓示呢？現代意義的各種中國文學史中，最先討論的文學作品往往是《詩經》。可是，由於這部被視爲由多個民間作者所完成的詩集年代久遠，絕大多數的作者無法考證確認，即使少數有名兼或有姓在詩文或其他文獻中記載，讀者也都無法根據這些零星的資料建構出比較完整的作者。《詩經》研究的重點，無論是古代還是現代，都不在作者身上，而是在文本字句的考證和詮釋。二十世紀初的學者傅斯年對於如何進行《詩經》研究有如下的說法：

> 　　我們去研究詩經，應當有三個態度：一、欣賞它的文辭；二、拿它當一堆極有價值的歷史材料去整理；三、拿它當一部極有價值的古代言語學材料書。但欣賞文辭之先，總要先去搜尋它究竟是怎樣一部書，所以言語學考證學的工夫乃是基本功夫。……只拿它當作古代留遺的文詞，既不涉倫理，也不談政治，這樣似乎才可以濟事。[13]

傅斯年的這個說法，以語言考證和修辭分析爲方法，是中國文學批評的傳統態度。（至於傅斯年所針對的是各代評論家將《詩經》作爲儒家「經書」來注解其義理，而不是作爲文學作品來欣賞分析的現象，那又是另外

---

[13] 引自屈萬里《詩經詮釋》（臺北：聯經出版事業公司，1983 年），頁 23。

一個議題了。）因爲《詩經》作者的難以確認，倒是使得這樣的方法看起來與二十世紀英美的新批評有一些相似之處。

不過，中國傳統文學批評的常態，不是專注於文本的考證與分析，而是同時注重作者和作品二者的研究的。孟子所說過的一句常被引用的話，很可以說明這種態度：「頌其詩，讀其書，不知其人，可乎？」[14]因此，儘管《詩經》的作者是個像謎一樣的題目，各個版本的文學史，幾乎都在討論《詩經》的部分中，首先說明其作者和時代的課題。這種主流的文學史敘述方式，正好讓我們看到中國人對於「作者」的重視，而這種態度，很明顯的是中國傳統文學批評在「作品」以外的另一個特點。

南朝劉勰作於西元五世紀末的《文心雕龍》，[15]是目前所知中國最早的具有系統和規模的文學批評理論著作。就如總序《序志篇》所說的，評論作者的重點是在「褒貶才略」和「耿介程器」，而在全書五十章之中，有關作者的討論專門有兩章，即《才略篇》和《程器篇》。《才略篇》評論到南朝爲止的歷代作者，主要在於他們的才華和總體作品的風格。《程器篇》討論作者的品德和才幹，則與他們的作品沒有直接的關係，而是人物的評價。時代稍晚的《詩品》，[16]作者鐘嶸在這部專門討論詩人和詩作的著作中，將各代作者分成上中下三品，據他在序中所言，參考了漢代班固的歷史著作《漢書》中「九品論人」以及劉歆《七略》中將作者分爲七類進行評論的做法。以《詩品》中高度推崇的被譽爲「才高詞盛，富豔難蹤」的謝靈運爲例，鐘嶸評論的標準與劉勰相似，也是在於詩人的才情和作品的詞彩。

《文心雕龍》與《詩品》的方法開創中國文學批評的傳統，把作者放在批評的重心位置之一。從理論架構的角度來說，《文心雕龍》以文體、風格和情采爲重點的方法，爲以作品爲主要對象的文學批評建立典範，但

---

[14]《孟子·萬章下》，見楊伯峻譯注《孟子譯注》（北京：中華書局，1996年），頁251。

[15] 劉勰著，周振甫注《文心雕龍注》（北京：人民文學出版社，1981年）。

[16] 呂德申《鐘嶸詩品校釋》（北京：北京大學出版社，1986年）。

也還另立專章討論作者；《詩品》將詩人劃分品第逐個評論，則結合史學方法，給予獨立存在於文本之外的作者重要地位與認可。某種程度上，無論是《文心雕龍》或《詩品》，顯然都受到中國重視歷史的傳統的影響，而中國史書的評價方法，是以傳記的方式來強調對於人物的整體評價。

　　另一方面，中國文學批評強調作者與作品之間的密切關係，在《文心雕龍》中有很清楚的闡釋。《明詩篇》引述《尚書‧舜典》的「詩言志」，以及《毛詩序》的「在心為志，發言為詩」，並提出廣為引述的說法：「人稟七情，應物斯感，感物吟志，莫非自然」。《明詩篇》強調的是寫作的過程是由作者受到外在事物的感觸，引發其內心情緒和想法，而作品是這個互動過程的自然產物。以作者的「志」為寫作的起點，顯然意味著作者在寫作過程中的主動權和主導性；不過，這個對於寫作有所控制的作者，並沒有進入閱讀的階段，沒有成為指導讀者進行作品詮釋活動的主要角色。如此看來，中國的傳統文學批評裡，作者不僅從來沒有「被判死亡」，而在作品分析和作者評價的平衡系統之中，具有一個崇高而不至於淹沒作品價值的位置。

　　對於中國古代曾經擔任官職而在史書文獻中立有傳記的文人作者來說，強調作者的批評方法可以得到適當的依據。可是，那些作品在民間流傳，而又涉及不同作者在不同時代不斷改寫的情況，如雜劇傳奇和章回小說，作者的課題就變得複雜與艱難，以作者為評論的方法也產生許多棘手的問題，其中最甚者莫過於對於清初小說《紅樓夢》作者的考證。《紅樓夢》的作者是不是曹雪芹，一直以來是各方爭論不休的課題。胡適在1921年發表《紅樓夢考證》，考查確認作者為曹雪芹，並根據各種資料敘述其家世生平等細節。[17]這種以《紅樓夢》作者的考證為研究重點的學問，形成一個專門的學科「曹學」，是其他作者身上所不曾發生的。歐洲的文學史也有類似的情況，那就是環繞著英國劇作家莎士比亞（William

---

[17] 胡適《紅樓夢考證》，載宋廣波編《胡適紅學研究資料全編》（北京：北京圖書館出版社，2005 年），頁 136-178。

Shakespeare）的身世所形成的整個研究範疇。對於作者是誰的考證和研究，不涉及作品的分析，甚至無關作者才華風格的討論，已經不是文學批評的範疇，而是史學的課題了。

作者的鬼魂

　　一般而言，作者在他們的作品裡幾乎都是隱形的，也就是說，作者作為一個人物並不具體出現在小說的敘述之中，無論古代或現代的小說都是如此。像西西的《假日》那樣有意識的將作者寫進小說情節裡，以討論作為一個文學概念的作者，在現代小說中，也不常見。中國古代小說的作者，偶爾也會出現在小說的敘述中，不過，其性質與現代小說有所不同。讓人印象深刻而又被研究者不斷引述的例子，就是《紅樓夢》第一回開篇不久的一段，作者曹雪芹描述《紅樓夢》的流傳和書名的數次更動之後說：

> 後因曹雪芹於悼紅軒中，批閱十載，增刪五次，纂成目錄，分出章回，又題曰《金陵十二釵》，並題一絕。即此便是《石頭記》的緣起。詩云：滿紙荒唐言，一把辛酸淚；都云作者癡，誰解其中味？[18]

根據文中的敘述，曹雪芹似乎並不是小說的作者，而是編輯或修訂小說的人。這是中國古代小說的特徵之一：小說的傳播，是通過說書人面對現場的聽眾講述的；作為敘述小說情節的說書人，在後來即使書面流傳的小說中，仍然留下一些痕跡。就如上述引文之後緊接著一段文字，很明顯可以想像這種說書的情況：「《石頭記》緣起既明，正不知那石頭上面記著何人何事，看官請聽——」正是說書人對著現場觀眾說故事的口吻。[19]小說的作者一般上在說書現場並不出現，卻在敘述者（說書人）的敘述中現

---

[18] 曹雪芹《紅樓夢校注本（一）》（北京：北京師範大學出版社，1987 年），頁 3。
[19] 同上。

身。如果已經沒有說書的現實場景，而小說中又存留說書的敘述方式，就留下像《紅樓夢》裡出現的這種痕跡。關於作者和敘述者的關係和分別，我們稍後在「觀點」和「敘事」兩章會進一步討論。

　　作者出現在作品中，提醒著作為讀者的我們，作者的確存在。即使我們現在理解並接受Barthes的說法，認為作者並不具有詮釋他的作品的權威性，作者「死了」，卻還像一個鬼魂一樣在我們閱讀的過程中縈繞不散。的確，作者的鬼魂往往可能以小說中的某一個人物的形態出現，像《紅樓夢》中的說書人（敘述者），或者有人認為是賈寶玉（主人翁），像《錯誤》中以第一人稱「我」出現的浪子（既是敘述者又是主人翁），又像《假日》中的「寫小說的人」（也兼是敘述者和主人翁，不過性質和前者不同）。我們也許可以在這些人物身上找到小說作者的某一些特徵，不過，我們也要了解作者在敘述中沒有責任把與自己有關的事物一五一十地向讀者交待，甚至可能在某種情況之下故意「不誠實」，就譬如說上述引文中的曹雪芹。小說中的作者，倒可以看成是讀者在閱讀過程中的投射和想像，也就是通過我們閱讀作品所得到的印象所建構出來的作者形象，或者稱為「隱含作者」（implied author）。就如Foucault所說的，不同時代的讀者在閱讀同一個文本時，會建構出各有差異的作者形象。因此，與其說作者是一個現實存在的超越時代的固定實體，不如說作者是一個由個別時代讀者所進行的歷史建構，而每個時代的讀者都有不同的建構動機和方式。

　　當作者對於自己的作品的詮釋權被解除，文本就不再是一個封閉的東西，讀者也不必尋求作品的唯一或權威性的意義。儘管如此，當我們面對文本時，作者並沒有完全消失，我們其實還有許多與作者有關的課題需要思考的。近代的文學研究者將討論的重點放在作者身上，關注的是作者作為一個社會性的或文化性的身份／認同課題，包括：怎樣的社會和歷史環境之中產生怎樣的作者，這些作者和他們的作品又怎樣反過來形塑讀者對於自我和社會的認知，有沒有哪些作者在這樣的環境中被壓抑或被排擠，他們又通過什麼不同的方式表達對自己和社會的理解等等。譬如說，長期

以來的文學寫作是由男性作者在主導，除了少數個別例外，傑出的作者都是男性；女性作者與她們的寫作在男權主導的社會中受到怎樣的壓抑？女性作者又是如何看待自己的存在，包括感情、身體、社會身份和關係等等？又譬如說，當我們提起「情詩」時，總是想起許許多多男性寫給女性的作品，就算是以所謂「女性觀點」寫的如「閨怨詩」，也是男性作者假借女性的聲音所寫的；在男女情愛關係中，女性的聲音是否被埋沒或扭曲了？就算是有女性作者，如宋代的李清照，她在作品中所發出的聲音，是不是受到當時社會上主導的男性話語所形塑？而那些不符合主流的「一男一女」的關係和感情，是不是也有寫成作品的？如果是的話，這些作品又是怎樣的一種形貌？類似與相關的問題還可以一直問下去，因為每個時代和社會，都存在著某些掌握資源和權力的作者，也就有被邊緣化和被壓抑的其他作者。在本書的最後三章，我們將更為深入地討論這些課題。

第二章
閱讀
READING

讀者與閱讀活動

　　你可能讀完了前面關於「作者」的一章後，翻到下一頁就接著讀這關於「讀者」的一章；你可能隨手翻到這一頁，就從這裡開始讀起；你也可能在任何一種我想像不到的情況之下，翻開這本書。無論如何，你在閱讀，你就是一個讀者。可是，你知道讀者是怎樣的一種身份嗎？閱讀又是怎樣的一種活動？

　　我們先來讀臺灣詩人許悔之的詩《劫後》的開頭部分：

> 所有支撐夢境的樑柱
> 都已傾倒
> 我坐在戰爭與癟疫的廢墟上
> 徐徐翻閱
> 一本薄薄的詩集[1]

詩中描述一場毀滅性的「戰爭與癟疫」發生之後，世界成為一個廢墟，唯一生存的敘述者「我」，在浩劫之後的荒蕪場景中，翻閱著一本詩集。敘述者一面讀著書上記載的文字，一面有感於周遭經歷劫難後的環境，思索著書中警示和預告的意義，展示他在當下的矛盾與對未來的焦慮。

　　《劫後》也可以被看成是一首關於讀者和閱讀的詩。詩的第二段說，這本詩集的首頁，寫著「唯信仰能追隨神」，但詩的結尾三行卻這麼寫：

---

[1]　許悔之《劫後》，載簡政珍主編《新世代詩人精選集》（臺北：書林出版有限公司，1998 年），頁 464-465。

「倘若光未出現，當耐心等待……」
我用黑筆塗抹去
這最後一行。[2]

在詩中語境裡，敘述者是一個讀者，引號中的字句，是他手中那本詩集裡的文字，而整首詩寫的是這個敘述者的閱讀過程。與此同時，我們也不要忘記，《劫後》本身也是一首詩，我們是這首詩的讀者。你在閱讀我們對於《劫後》的討論，你是我們所寫的這章文字的讀者。

首先，我們面對的問題是：「讀者」是誰？現實世界中，你我在閱讀一本被印成文字的書，或者任何一個非文字的文本，我們被稱為「真實讀者」（actual reader）──這個身份很容易加以驗證與說明。不過，文本中往往設想或建構具有某種特徵的讀者，想像某種要直接訴求的對象，與現實中的真實讀者不一定相同。這種理想中的讀者，是文本中的「隱含讀者」（implied reader）。譬如說，《劫後》一詩中所提到的那本詩集的隱含讀者，顯然是相信「神」的存在與指示的信徒。隱含讀者也可以被視為文本中鼓勵真實讀者扮演的一種角色。如果閱讀詩集的敘述者原本不是一個信徒，它可能在詩集文字的召喚之下，接受了詩集中所宣誓的信仰，那麼，真實讀者就與隱含讀者的角色重疊；如果敘述者抗拒詩集中的召喚，也就是不接受詩集所設定的隱含讀者角色的話，這兩種角色始終是分離的。理解了現實中的讀者和文本中所隱含的讀者的基本區別後，我們接下來對於閱讀行為的討論，可以在這個認知基礎上進行。

我們要問的第二個問題是：「閱讀」是怎樣的一種活動？《劫後》的敘述者讀他手中的詩集，我們讀《劫後》，這一系列連貫的閱讀行為，是怎樣發生的？讀者在這個閱讀的過程中具有什麼功能？文字（或者任何被閱讀的可能是非文字的文本）的意義是怎樣產生的？這些問題，和文學批評理論中最根本也最受到關注的課題，有著密切的關係。批評理論家常提

2　同上。

出的一個問題是：我們的閱讀和理解是不是準確？換句話說，作為讀者，我們是不是「準確地」讀出文本中的意義？當然我們也可以問：文本中是不是有一個「準確」的意義？如果是的話，要怎樣讀出這個「準確」的意義？如果不是的話，文本中的意義究竟是什麼？究竟在哪裡？這些問題，也是和另外一個重要的理論「詮釋學」（Hermeneutics）有關。雖然我們在這裡並不會具體討論「詮釋學」，不過，「讀者與文本的關係是一種詮釋關係」的認知，是我們討論讀者和閱讀概念的基礎。

讀者反應批評理論

　　文本的意義就在文本之中，跟文本以外的任何因素沒有關係——這是二十世紀中期的英國和美國新批評理論家的基本態度。他們強調文本的獨立性與自足性，也就是說，文本的分析應該以其結構和形式為唯一的依據，而不應該訴諸文本以外的其他因素。就如上一章所說的，新批評理論家反對以作者意圖和生平經歷作為批評的依據，同樣的一種態度，也適用於讀者身上。W.K. Wimsatt和M.C. Beardsley提出著名的「意圖謬誤」說法之後，也提出相關的概念「感應謬誤」（affective fallacy），[3]認為把重點放在讀者在閱讀過程中所產生的主觀感受，是一種批評的偏差。不過，新批評理論家中並不是沒有注意到讀者的存在的。被視為新批評先驅人物的英國理論家I.A. Richards認為讀者對文本的詮釋是建立在感性的反應上，並曾經主持過著名的試驗，要他的劍橋大學學生對不具名的文本寫下他們的閱讀感受。不過，他在分析這些讀者的反應時，將他們分成不同的類別，認為有的詮釋比較「正確」，有的則「無法掌握文本的意義」。[4]對新批評理論家而言，追根究底，文本就像是一個保險箱一樣，

---

[3] W.K. Wimsatt Jr. and Monroe C. Beardsley, "The Affective Fallacy," in W.K. Wimsatt, *The Verbal Icon: Studies in the Meaning of Poetry* (Lexington: University of Kentucky Press, 1954), pp. 21-40.

[4] I.A. Richards, *Practical Criticism: A Study of Literary Judgment* (New York: Harcourt Brace, 1929).

它的意義就像是箱子裡所收藏的對象，是被鎖定在其中，也是不假外求的。

　　針對新批評對讀者和文本關係的否定提出質疑的理論家，從一九六〇年代末開始，一直到一九八〇年代初，逐漸形成一個影響深遠的流派，稱為「讀者反應批評理論」（Reader-Response Criticism）。整體來說，那些被籠統地歸入這個流派的理論家，把文本意義產生的主動權從作者和文本轉移到讀者，使批評家更為重視讀者和文本之間的互動關係，也更突出讀者作為主體。他們認為，文本意義的界定，不能夠不考慮到讀者所扮演的角色，也就是說，意義是在讀者的閱讀過程中產生的，而不是如新批評理論家所認為的，意義原本就存在於文本中，等著讀者來發掘。讀者反應批評理論家的這種看法，我們也可以看成是呼應前一章所提到的Roland Barthes宣稱的「作者的死亡是讀者的誕生所必須付出的代價」。

　　把作者擱置一旁，如何處理文本和讀者的關係，顯然是這些理論家主要的關注點。德國理論家Wolfgang Iser認為，文本和讀者的結合實現了文學作品的存在，不過，這種結合的方式是無法確定下來的，因為作品的意義既不是文本本身，也不是任何一個讀者所能夠決定的。對Iser來說，文本並沒有也不可能把所有的事情都交代完整，其中有許多「空隙」（gaps/blanks），而讀者根據自己的經驗和方式，進行填補這些「空隙」的工作。基於每一個讀者的不同經歷和背景，他將會從文本中讀出不同的意義；即使是同一個讀者，也因為每次閱讀同一個文本時的情況不同，他所讀到的意義也不會完全相同。因此，文本意義也就有無窮盡的可能性。[5] 以《劫後》一詩來說，文本中並沒有交代的問題很多，譬如說，這個敘述者是誰？為什麼他會在浩劫後成為唯一的倖存者？他在怎樣的情況之下得到那本詩集？他面對的是怎樣的一種場面？對於作為一個讀者的敘述者來說，詩集中提到的「神」是指誰？「信仰」又是指什麼宗教的信

5 Wolfgang Iser, "The Reading Process: A Phenomenological Approach" [1974], in Jane P. Tompkins, ed., *Reader-Response Criticism: From Formalism to Post-Structuralism* (Baltimore and London: The Johns Hopkins University Press, 1980), pp. 50-69.

文學批評關鍵詞——概念‧理論‧中文文本解讀

仰？或者，這種信仰究竟是不是跟宗教有關？這些問題，也就是文本中所留下的「空隙」，是讀者必須自己去填補的，而填補的方式，是借用自己的想像和現實中的經驗。

心理學——尤其是二十世紀初奧地利心理學家Sigmund Freud所開創的「心理分析」（psychoanalysis）——在讀者反應批評理論中有重要的影響，主要是關於讀者怎樣對文本產生反應的課題。美國理論家Norman Holland提出，每個讀者具有獨特的個性，不同背景的讀者在閱讀同一個作品時，都會得到滿足感，是因為他們在閱讀時根據自己的「身份題旨」（identity theme）——也就是他們的個人心理特徵——對作品進行重新創造。作為一個批評家，Holland表示，他在處理作者及其作品時，是通過自我的身份題旨，他對作者和作品的評價，也因此是一種創造的行動。具體的來說，文本的詮釋具有一種身份辨識的功能，當讀者在閱讀時，既通過文學作品來象徵自我和複製自我。[6]《劫後》中出現的那本詩集所記載的文字：「光是神的證明／每一種光與光曲折的答覆／便是神的許諾⋯⋯／⋯⋯／倘若光未出現，當耐心等待⋯⋯」，對於一個生活在太平盛世、凡事順意的讀者來說，可能會對他有積極鼓舞的作用，讓他覺得生命中有追求的目標。可是，對於那個在浩劫後倖存的敘述者來說，產生的可能是相反的閱讀效果，不但沒有積極的指向，反而使他對信仰和生命產生更大的懷疑。

不過，讀者對於某個文本的閱讀反應，並不是完全個人性與隨意性的，而是有某一種具有集體屬性的詮釋方式。美國理論家Stanley Fish稱這種集體為「詮釋社群」（interpretive community）。Fish肯定讀者在閱讀過程中所扮演的主動角色，與其他的讀者反應批評理論家相似，也認為意義並不是原本就存在於文本之中。他提出的疑問是，為什麼某些讀者會在同一個文本中讀出同樣的意義？他認為，這是因為這些讀者對文本採取

---

[6] Norman N. Holland, "Unity Identity Text Self" [1975], in Jane P. Tompkins, ed., *Reader-Response Criticism: From Formalism to Post-Structuralism* (Baltimore and London: The Johns Hopkins University Press, 1980), pp. 118-133.

了相同的詮釋策略，而這些策略是某一個社群中的成員所共有的。因此，詮釋的行為和結果，應該具有穩定性，但是，這種穩定性並不是恒常性與普世性的，而是受到文化和時代的限制。換句話說，詮釋社群不是一個固定的群體，其成員會因為時間和觀念的改變，而使他們的詮釋策略有所變動，對於同一個文本的詮釋也就會有不同。[7]我們從《劫後》中看到關於「神」的敘述，可以設想的是，如果是一個基督教的信仰者，會把文本中出現的詩集看成是《聖經》的隱喻，並會用自己對於《聖經》的理解來詮釋引號中的文字。如果讀者是另外一種宗教信仰或沒有宗教信仰，他的閱讀方式將不會有基督教和《聖經》作為參照系統。Fish所提出的詮釋社群的概念，把閱讀從一種讀者個人的行為，延伸到讀者所屬的整個社群；他將閱讀看成並非個人的行為，而是一種集體意識的表現。

　　這些理論家的討論，把重點從新批評所崇尚的獨立文本轉移到讀者的閱讀過程。如果說「作者死亡」的說法將文本從作者的詮釋權威中釋放出來，強調讀者的角度，更是把作者的權威性徹底解除了。讀者成為獨立的個體，並掌握文本意義的解釋權，這樣一來，讀者的具有個別主體意識的批評取代了文本客觀與超然的存在。就如《劫後》的最後一節裡，敘述者在環視四周看不到任何生命的跡象，而在詩集的文字中卻又不斷被提醒「倘若光未出現，當耐心等待……」的時候，心中對這些文字的預示產生矛盾和抗拒。他沒有被動地遵循詩集告誡「當耐心等待」的警示，反而「用黑筆塗抹去／這最後一行」。敘述者的這個動作，顯示他並不是被詩集中的文字所操縱的被動讀者，而是以刪改文字的方式，以自己的意志更改／創造文本中的意義。從隱喻的角度來說，這個讀者，已經成為文本的作者了。

7　Stanley Fish, "Interpreting the *Variorum*" [1976], in Jane P. Tompkins, ed., *Reader-Response Criticism: From Formalism to Post-Structuralism* (Baltimore and London: The Johns Hopkins University Press, 1980), pp. 164-184.

文學批評關鍵詞——概念・理論・中文文本解讀

「讀者之用心何必不然」

　　中國古代文學批評特別重視作者和作品，對於讀者的討論，往往依附於前二者，而不將讀者視爲獨立的個體。另一方面，我們也可以看到不少文獻中所記載的例子，是讀者將作品中的部分文本加以截取，作爲表述自己意志的媒介。這種完全以讀者爲本位的閱讀實踐方式，被稱爲「賦詩言志」，也就是借用《詩經》中的句子，表達自己（與詩文無關）的意思。[8]「賦詩言志」的重點是在讀者對於文本的任意引用，跟我們上一節所討論的讀者對於文本的詮釋行爲有所不同，不過，在進入有關中國古代讀者詮釋的討論之前，我們可以從這些例子看到中國古代對於讀者，以及讀者與文本關係等概念的思考。

　　春秋時期的外交場合中，各國使臣在酬酢談話中常引用當時人們熟悉的《詩經》裡的文字來表達想法；《左傳》就記載了不少當時這種引用詩文做法的例子，如：「賦《詩》斷章，予取所求焉」，[9]從《詩經》的文句中取得能夠表達己意的部分，而不理會全詩的意思。又如，趙孟宴請諸客，要他們借用《詩經》裡的篇章表達自己的志向，也就是「[賦]《詩》以言志，志誣其上」，[10]「誣」字表示了讀者的意志是錯誤地加諸詩文之上的。由此可見，人們引用詩文時，並不理會文句在整體文本脈絡中的意義，而是一種斷章取義的行爲。這種做法在春秋時期普遍通行，不過，其實踐的意義在於將文本片段爲我所用，而非對文本的詮釋。漢代的經學家在解釋《詩經》的意義時，爲了達到闡釋政治倫理的目的，也有「《詩》無達詁」的做法，[11]也就是說，《詩經》文字的章句訓詁，並沒有某一種

8　朱自清《詩經第四》，載《朱自清文集（第四卷）》（香港：文學研究社，1972 年），頁 1006-1013。

9　《左傳‧襄公二十八年》，見李夢生撰《左傳譯注》（上海：上海古籍出版社，2004年），頁 850。

10　《左傳‧襄公二十七年》，同上，頁 837。

11　董仲舒《春秋繁露‧精華篇》，見蘇輿撰，鐘哲點校《春秋繁露義證》（北京：中華書局，2002 年），頁 95。

確定或固定的方式，詩文的意義是視用者的需要而定。無論是「賦《詩》斷章」還是「《詩》無達詁」，讀者讀詩都只是一種手段，而表達其個人意志才是其目的。

　　有關讀者和作品之間的關係，以及讀者應該如何閱讀作品的討論，各代文獻中有不少記載。孟子的弟子咸丘蒙誤讀《詩經》，孟子即糾正他，說：「故說詩者，不以文害辭，不以辭害志；以意逆志，是爲得之。」孟子的意思是，讀《詩經》裡的意思，不應該拘泥於個別文字而忽視整段辭句，也不應該拘泥於辭句而脫離作者的意志，理想的讀法，是以讀者的「意」去迎合推斷作者的「志」。由此可見，孟子雖然注意到讀者可以有獨立的閱讀行爲，注重的仍然是作者寫作的用意，以作者作爲作品意義的根據。

　　這種態度，即如上一章所說的，顯然跟中國傳統上對於作者和作品的特別重視有關。有系統地討論讀者和鑒賞方法課題的，是南朝劉勰的《文心雕龍》中的《知音篇》。《知音篇》提到不同的讀者對於各種篇章的主觀反應時說：「慷慨者逆聲而擊節，醞藉者見密而高蹈，浮慧者觀綺而躍心，愛奇者聞詭而驚聽」。[12]顯然的，劉勰觀察到了由於性情和偏好的差異，讀者在閱讀作品時會產生不同的反應，也會把注意力放在作品中不同的段落和文字。不過，劉勰認爲這種反應上的偏頗和落差，應該是一個理想的讀者所要避免的。對於劉勰來說，理想的讀者應該具備六種閱讀的能力：「一觀位體，二觀置辭，三觀通變，四觀奇正，五觀事義，六觀宮商」，粗略簡要地說，也就是要了解作品的體制和風格，章句的安排和設置，文風的傳承和創新，表達方式的正統與非正統，作品中引用典故與成辭的做法，以及聲律的運用和協調。讀者有了這些全面的素養，才能夠辨別作品的優劣。[13]正如篇名「知音」和開篇所說的「音實難知，知實難逢，逢其知音，千載其一乎」所明示的，優秀的作品必須要有好的讀者來

12 劉勰著，周振甫注《文心雕龍注》（北京：人民文學出版社，1981 年），頁 518。
13 同上，頁 715。

發現──劉勰並沒有把讀者視爲能夠生產意義的獨立主體，而是以作者和作品爲重；讀者的任務，則是在於發掘已經存在的作者的風格和作品中的意義。

劉勰對於讀者面對作品時的主觀閱讀的觀察，在後代文學批評家的討論中也有所闡述；不同的是，後者不對此類閱讀方式帶有負面評價，而認可讀者在閱讀過程中具有某種程度的獨立於作者和作品的特性。明末清初的王夫之說：「作者用一致之思，讀者各以其情而自得」，[14]即認爲讀者各自的性情有別，致使他們從作品的閱讀中得到的意義各有不同，也和作者原本的用意不一定契合。清代的好些批評家也有類似的說法。沈德潛認爲「古人之言，包含無盡，後人讀之，隨其性情淺深高下，各有會心」，[15]看法與王夫之相似。不過，他雖然認爲讀者在閱讀時各有領會，尊崇作者的態度卻也顯而易見。袁枚認爲「作詩者以詩傳，說詩者以說傳。傳者傳其說之是，而不必盡合於作者也」，[16]說明作者的流傳是通過其作品，而作品的流傳則是通過讀者（或批評者）的閱讀。有意思的是，袁枚提出讀者所流傳的並不一定符合作者的意思，顯示了意義是存在於讀者的閱讀和詮釋。特別被學者注意到的，在內涵上與歐美的讀者反應批評有相似之處的，是譚獻所說的「作者之用心未必然，而讀者之用心何必不然。」[17]譚獻的說法把作者和讀者兩種身份和作用相對起來，顯然有否定作者意志，而肯定讀者意志的含義。

明末清初以來，中國文學批評對於獨立於作品的讀者功能，雖然不是很多，在某些批評家的某些文字片段中的確有所提及闡述。從文學批評實

---

[14] 王夫之《薑齋詩話（卷上）》，見丁福保編《清詩話》（上海：上海古籍出版社，1999 年），頁 3。

[15] 沈德潛《唐詩別裁・凡例》，見《唐詩別裁集（上）》（上海：上海古籍出版社，1079 年），頁 1。

[16] 袁枚《程綿莊詩說序》，見王運熙等編《清代文論選（下）》（北京：人民文學出版社，1999 年），頁 525。

[17] 譚獻《複堂詞錄序》，見唐圭璋編《詞話叢編》（北京：中華書局，1986 年），頁 3987。

踐的角度來說，常被人們引述的例子，如明末清初金聖歎評點《水滸傳》和《西廂記》等作品，以及脂硯齋評注《紅樓夢》等，都可以看到金聖歎和脂硯齋作爲讀者／批評者的主動性，他們的評點作爲閱讀行爲的獨立性。金聖歎對於自己的評點行爲的說法是：「聖歎批《西廂記》是聖歎文字，不是《西廂記》文字；天下萬世錦繡才子讀聖歎所批《西廂記》，是天下萬世才子文字，不是聖歎文字。」[18]正是金聖歎從批評理論和批評實踐兩個層面，同時確認了讀者不受作者和作品限制的特點。

總體來說，中國古代文獻中對於讀者的討論，和西方二十世紀後期的讀者反應批評理論很不一樣。中國古代的讀者概念，大多數時候是在相對於作者概念的架構之中建立起來，並沒有把讀者完全獨立於作者和作品。中國傳統上重視作者和作品的批評傳統，往往已經把批評的對象置於相應的歷史和文化語境之中，而讀者的存在也在這些條件裡加以界定。讀者反應批評理論則是主要針對新批評而產生的。新批評擺脫了作者，使作品從其原來處在的歷史和社會語境之中脫離出來，而以文本的概念獨立存在。讀者反應批評理論家對此的回應，就是將文本重新找到一個語境，並把這個語境的作用以讀者的形態來展示。

閱讀的政治性

一九八〇年代以來，歐美批評家對於讀者的認知，開始產生一個政治的面向，把閱讀行爲放在一個權力關係的框架中來理解。原本被看成是一種個人私己行爲的閱讀活動，從這個角度來說，並不是完全由讀者自己決定，而是受到讀者所處在的文化、社會、宗教、政治等因素的形塑和局限。

《劫後》中那本詩集裡的文句，對於一個有宗教信仰的讀者來說，可能讀起來覺得具有警示性和預言性，是一種宗教通過文本展示權威與力量的證明。可是，《劫後》的敘述者顯然是沒有宗教信仰或是在經歷浩劫之

---

[18] 金聖歎《讀第六才子書西廂記法》，見《金聖歎全集（第三卷）》（南京：江蘇古籍出版社，1985 年），頁 19。

後放棄宗教信仰；從詩集裡的文字，他所讀到的是情境的反諷和更深沉的絕望，因而最後以具有主動性的意識和行為更改詩句，也改變了讀者和作品之間的既定權力關係。與前述Stanley Fish所提出的「詮釋社群」概念不同的是，這個理解角度的重點，不是在於讀者單向地受到怎樣的因素影響其閱讀方式，而是說明作品和讀者的雙向關係：在權力關係的框架之中，一方面，作品對讀者展現某一種操縱和控制，另一方面，閱讀行為也可以是一種對於作品權威的反抗。如此一來，在閱讀過程中的意義產生的方式，顯然不是由作品或讀者單方面形成，而是二者權力抗衡與協商的結果。

從權力關係來看作品與讀者的互動，尤其受益於女性主義的批評理論（Feminist criticism）。讀者的概念，即使是在讀者反應批評理論的討論中，也被假設為一個具有「普遍意義」（universal）的——尤其是男性的——對象。女性主義的批評方法興起之後，讀者的性別、性向、種族、階級等因素，即形成對於「普遍意義」讀者的質疑與挑戰。

傳統上，作者絕大多數是男性，而他們的男性觀點和男性特徵的寫作方式，都被視為一種理所當然的事實。同樣的，讀者被認知為具有「普遍意義」的時候，也是被假設為是男性，男性的價值和標準也被強加在女性讀者身上。美國批評家Judith Fetterley在她對於美國小說經典的閱讀研究裡指出，女性讀者在閱讀這些男性書寫的、以男性為對象的作品中，往往被潛移默化地引導「像男性」一樣地進行閱讀，被強迫向男性的價值取得認同，而喪失作為女性的自我意識。Fetterley認為，女性讀者應該扮演一個「抗拒性讀者」（resisting reader）的角色，擺脫男性觀點的閱讀，並建立專屬於女性的閱讀模式。[19]在Fetterley的理論基礎上，Patrocinio P. Schweickart提出女性的自我認同，受制於長期以來以男性視角建構的文學經典的閱讀，女性讀者若要打破這種男性經典的控制，必須以女性主義

---

[19] Judith Fetterley, *The Resisting Reader: A Feminist Approach to American Fiction* (Bloomington: Indiana University Press, 1978).

的批評方式，重新檢視她們與男性文本的關係，並建立與女性文本的連繫。[20]

　　由是觀之，女性主義批評家所關注的，是女性讀者如何通過她們具有自主性的閱讀行動與閱讀策略，在男性作品所形成的權力籠罩的文化和政治語境之中，抗拒男性價值對女性讀者所形塑的認同方式，並對於女性與男性的差異有所意識，重新確認和建構女性的自我。女性主義批評家所描述與抗拒的這種既有權力關係，存在於男性霸權主流力量和處於少數／弱勢位置的女性讀者之間。顯然的，女性主義的批評角度，對於其他相對於男性霸權主流力量的其他少數／弱勢族群成員，也同樣具有啟示的意義。作為一個少數／弱勢族群成員的讀者，無論是屬於性別、性向、種族、階級等等層面，都可以從女性主義批評的方法中，認識自己與主流社群之間的關係與差異，從而通過另一種閱讀的方式和策略，尋索一種有異於主流社群的自我身份／認同建構的模式。在各種抗拒男性霸權主流力量的閱讀策略之中，從一九九○年代以來，受到矚目，而且也逐漸形成一股重要批評力量的，是從同性戀文化理論中發展出來的「酷兒理論」（Queer Theory）的閱讀方法。

文學批評關鍵詞——概念‧理論‧中文文本解讀

[20] Patrocinio P. Schweckart, "Reading Ourselves: Toward a Feminist Theory of Reading," in Elizabeth A. Flynn and Patrocinio P. Schweickart, eds., *Gender and Reading: Essays on Readers, Texts, and Contexts* (Baltimore: The Johns Hopkins University Press, 1986), pp. 35-62.

第三章
文本
TEXT

在沙漠裡迷路的人？

你是一個讀者，你閱讀的對象叫做「文本」。可是，什麼是文本？

我們在上一章討論過，有的理論家認為，讀者通過閱讀活動，使文本產生意義；另外一些理論家認為，意義存在於文本之中，等待讀者將它挖掘出來；也有的理論家認為，意義的產生是一個複雜的讀者和文本互動的結果，而讀者所處在的社會及其中的意識形態，也對他的閱讀有所影響。你是一個讀者。此刻，你面對一個文本。從以下的文字裡，你讀到了什麼？

每個人心中都有一片沙漠，可以用來迷路。有時不小心就走了進去，在無邊無際的視線裡要憂鬱上好幾個夜晚，才找得回我們有花有草的繁華城市。

有時，也很想到這麼廣漠的土地走一趟，像小王子裡的「我」，獨自在荒漠裡平靜地畫畫綿羊，打打呵欠，卻始終找不刻意的方向。這樣的一片沙漠到底長不長綠意呢，我常常想。搭公車的清早趁眾人昏睡在搖晃的車廂單調的速度，我總是清醒地留意。他們都太早起了，車子沿夜與天明的邊界崎嶇前進，很快就擺蕩入童年搖籃的溫柔裡。司機永遠理智地掌舵，輕快時也哼哼兒歌，就是不把公車誤入童年。我再專心，也無法捕捉那些熟睡的嘴角模糊的含義，到底，在他們心中的沙漠有沒有春天。

讀這兩段文字，你是不是像一個在沙漠裡迷路的人？無論意義產生自文

本、讀者，還是兩者的互動，也許你要問，究竟在閱讀中，什麼意義自這些文字中產生？這是新加坡作家蔡深江的散文《漫步經心》的開頭兩段。[1]這篇作品，曾經獲得1990年臺灣的時報文學獎散文甄選獎——在當時，這個獎是華文寫作最重要的獎項之一。評審之一的楊牧對這篇散文的評語是：「如同許多現代詩、抽象畫，看來很不合理，令人不知道該倒著看、正著看，而它的目的其實就是『都可以』。」[2]作為讀者，你面對這些文字，是不是也有類似楊牧的評語中所描述的那種不知所措的感覺？

我們在這章的討論中，將把這段文字作為「文本」來看待。不過，像這樣的文字，一些批評家習慣上把它稱為「作品」。作品和文本究竟是兩個怎樣的概念？為什麼要區分這兩個概念？把一段文字看成作品，以及把同一段文字看成文本，究竟有什麼不同？這又會不會對於這段文字的意義有所影響？

如果將這段文字看成是作品，我們知道關於這篇作品的一些資料，例如：題目是《漫步經心》，作者是蔡深江（以及跟這個作者有關的一些背景資料），文類是散文（不是詩，也不是小說），而且得過很高榮譽的時報文學獎（因此是優秀作品）。可是，這些資料對於我們閱讀作品似乎並沒有太大的幫助。傳統上來說，二十世紀初以前的文學批評，把「作者」看成是「作品」意義的權威詮釋者，批評的目的是要找出隱藏在作品中的作者的思想和感情。這樣的方法，對於像《漫步經心》這樣的作品也許不怎麼管用。首先，讀者可能難以進入作品的文字——這究竟是怎樣的一個陌生世界？如果我們把《漫步經心》看成是一個「文本」，並從它作為「文本」所具有的特徵來討論，也許就不至於迷路了。

二十世紀初以來的文學與文化理論，很大的程度上，是建立在「文本」概念的基礎上；我們在這章所要討論的重點，也是這個意義上的「文

1　蔡深江《漫步經心》，載蔡深江《灰狼的事》（新加坡：利智出版社，1992年），頁191-202。

2　轉引自殷宋瑋《後現代情境中的「不管意識」》，載殷宋瑋《無座標島嶼紀事》（新加坡：草根書室，1997年），頁117。

本」。不過，在這之前，「文本」一詞，有很不相同的意義。二十世紀之前，歐洲歷史上所稱的「文本」（text），主要是指基督教的經文，也就是《聖經》中的文字；「文本批評」（textual criticism）指的則是不同版本的作品的考證比較——最早也最主要的對象是《聖經》——爲的是解釋各版本之間的差異，並找出最接近原始樣貌的版本，以論證作者寫作的用意。另一方面，中國古代的抄寫、印刷、出版和流通的複雜情況，也使得同一部作品可能有多個不同的版本存世，而各種版本考證與校勘也是一門重要的學問。不過，中國古代並沒有類似現代的文本的概念，我們現在在中文使用的文本一詞，也是從歐洲語文中翻譯過來的。值得一提的是，從字源的角度來說，「text」和「文」分別都有兩種以上的物質交織而成的意思。根據《牛津英語字典》的解釋，英文text來自法文texte，而後者的來源是拉丁文texere，意思是「編織」。中文裡的「文」，《說文解字》謂「錯畫也」；《辭源》謂「彩色交錯」，並引《易繫辭》：「物相雜，故曰文」。無論是歐洲語文或者中文，這種兩個維度或以上的層次感，在接下來的討論中，可以看到是現代意義的文本的重要特徵之一。

作爲符號系統的文本

如果要追溯源頭的話，文本概念——甚至是現代文學與文化理論作爲一個整體——的重要起點，是二十世紀初的語言學，影響尤其深遠的是瑞士語言學家Ferdinand de Saussure；他的主要觀點，記錄在他的學生在他去世後根據其演講筆記所整理出版的《普通語言學教材》（1916年）。[3]Saussure認爲，每一種語言都是一個完整的符號系統（system of

---

3　Ferdinand de Saussure, translated by Wade Baskin, edited by Charles Bally, Albert Sechehaye, in collaboration with Albert Reidlinger, *Course in General Linguistics*, (London: Fontana, 1974). 有關 Saussure 理論的精簡討論，可參閱 Jonathan Culler, *Ferdinand de Saussure*, revised edition (New York: Cornell University Press, 1986). 1996 年，Saussure 本人所寫的講義在他的日內瓦住家中被發現，英文譯本為 Ferdinand de Saussure, translated by Carol Sanders and Mathew Pires, edited by Simon Bouquer and Rudolf Engler, *Writings in General Linguistics*, (Oxford: Oxford University Press,

signs）；這個系統中的每一個符號，是兩個元素的組合，其一是「能指」（signifier），其二是「所指」（signified）。「能指」是指我們所使用的有形有音的語言符號，而「所指」則是指與這個符號相對應的實物或抽象概念。Saussure所提出來的與此符號系統有關的兩個主要概念是：第一，能指與所指之間的關係不是必然的，而是任意的（arbitrary），根據的是使用這種語言的社會中的約定俗成；第二，語言符號的意義不是獨立存在的，而是通過與同一個系統中其他語言符號的差異性（difference）而產生。

　　Saussure進一步提出「語言系統」（langue）和「言語活動」（parole）兩個概念，並認爲若要了解個別表述行爲的「言語活動」，必須先研究作爲特定社會中被實踐的完整的「語言系統」；因此，他也以「語言系統」爲主要的理論探討對象。以Saussure的語言學理論爲分析模式，結構主義（Structuralism）的理論家把文學作品視爲一個自足的、不假外求的符號系統來加以研究。在這個意義上，文學作品可以被稱爲「文本」：脫離其作者的意圖與經歷的限制，也和任何外在現實世界的各種因素沒有關係；分析的重點，則是文本作爲一個整體系統的內在符號之間的對應與差異的關係。就如Roland Barthes早期作爲一個結構主義理論家所闡述的看法：

　　　　一種語言本身是沒有正確的或錯誤的，只是有效的或沒有效的：有效，是由於它構成一個具有內在邏輯的符號系統。文學語言的規律，無關於這種語言是否符合現實（不管現實派是怎麼說的），而關係的是它是否順從作者所創造的符號系統（當然，我們必須特別強調「系統」一詞）。[4]

2006).

[4]　Roland Barthes, "What is Criticism?" in Barthes, translated by Richard Howard, *Critical Essays* (Evanston: Northwestern University Press, 1972), pp. 255-260. 法文原版出版於 1964 年。

著重於形式的分析，Barthes認爲文學批評的態度並不是要闡釋作品的意義，而是要重新建構其意義產生的規律和限制，也就是分析這個自成系統的文本，究竟如何通過其系統中的各種符號的對應與差異而產生意義。

　　把蔡深江的散文《漫步經心》視爲「文本」，也就是Barthes所說的「具有內在邏輯的符號系統」，是一個有效的分析切入點。《漫步經心》創造許多隱喻，每一個隱喻是一個符號，而隱喻和隱喻之間產生對應的與差異的關係。不過，讀者在解讀文本中的隱喻時可能有困難，是因爲這些隱喻作爲「能指」，與日常生活語言（或慣常的文學語言）中同樣符號的「所指」有所不同。譬如說，「沙漠」一般上的指涉含義是荒涼、貧瘠、困窘，而與其具有對應關係的符號「綠洲」，指涉含義則是泉源、生命、希望。可是，《漫步經心》的符號卻是自成一個系統，與習慣的語言中的含義不同。在《漫步經心》中，「沙漠」是一個有著全然不同含義的隱喻，其所指涉的沒有這種負面的性質，反而是文本中表現追尋與企望的對象。如果作爲一個單獨的符號，「沙漠」的隱喻無法產生意義。不過，文本中的其他相關符號，如在沙漠裡進行的活動「畫綿羊」、「打呵欠」、「找不刻意的方向」，以及引文最後出現的「春天」，顯示「沙漠」指向年輕、悠閒、純眞等等意義。相對於「沙漠」的隱喻，則有「城市」、「搭公車」、「司機永遠理智地掌舵」等等，把現實生活中不可避免的事物，作爲沉悶、單調、虛假的再現。這些相關的與相對的符號，在這個文本中編織成一個網絡，形成一個完整的系統，並由此產生意義。

　　如此從《漫步經心》的隱喻系統中進行分析和重構，則可以看到這個文本的內在世界是自成一個體系；而其意義的產生，恰好就是以其他慣常文本的隱喻爲對應所進行的逆向閱讀。作爲讀者，我們的閱讀過程，就是在了解這個系統中各種符號的結構方式，並從結構分析中讀出意義。正如Barthes的說法：「文學僅僅就是一種『語言』，也即是一個符號系統；它的存在，並不是在於其訊息，而是在這個『系統』之中。」[5]由此可

5　Ibid.

見，結構主義者對待文本的態度，強調的是文本的功能性，也就是說，文本中的各個元素如何在整體的符號系統中，通過對應與差異的關係產生意義——意義並不是「自然而然」就存在於文本之中的。結構主義者並不關心文本究竟說了什麼關於外在的現實世界，他們不認為文本中的再現與外在世界有著必然的關係。

文本性與互文性

　　文本作為一個與外界隔絕的客體的概念，無論是新批評的「自足世界」或結構主義的「符號系統」，從一九六〇年代末開始，經歷了理論家的重新思考與辯論，標誌著理論進入後結構主義（Post-Structuralism）的時代。Barthes的早期觀點接近結構主義，不過，他對文本的討論，後來更注重文本如何在歷史和社會的架構中產生意義。從以下的討論，我們可以看到的是，歷史與社會並不是（如二十世紀初以前的批評家所認為的那樣）只是作為作品的「背景」，而是和文本一樣可以作為分析的對象，也必須和文本一起被分析。

　　Barthes發表於1971年的一篇重要論文《從作品到文本》中，從不同層面分析「作品」（work）和「文本」（text）這兩個概念的差異，並闡述文本的特徵。[6]他認為，意義並不是被封鎖在文本之中，而是產生於不同的閱讀過程。因此，文本是開放性的，它可以被視為具有多重性的意義指涉的對象，任何分析行為都無法使某個文本的意義完全確定下來。文本的這種特徵，稱為「文本性」（textuality）。Barthes把文本看成是一個批評方法的場域：文本的存在有賴於語言的實踐，也就是批評話語的活動。文本的能指是沒有限度地展延的，並不是因為說不出它的意義，而是像一場遊戲一樣，各種意義在讀者與文本的反覆接觸中，通過一系列的脫節、重疊、變異的活動，使文本產生源源不斷的能指，也由此產生無窮無盡的意義。因此，Barthes宣稱，作品只是適量地象徵性，而文本是根本

6　Roland Barthes, "From Work to Text," in Barthes, translated by Stephen Heath, *Image-Music-Text* (New York: Hill and Wang, 1977), pp. 155-164.

上地象徵性。

　　當批評家把《漫步經心》看成是Barthes所說的「作品」，他們會嘗試在其中尋找一個權威性的意義，也就是一個特定的、穩定的所指，一個「標準答案」。對於《漫步經心》這樣充滿大量隱喻（而且這些隱喻看起來似熟悉又陌生）的作品，這些批評家可能就束手無策，必須依賴也得要接受作者對其作品的權威解釋（當然，條件是作者願意現身來解釋他的作品）。

　　換一個角度，如果把分析的重點放在《漫步經心》的文本性，文本中的各種交錯、重複、對立、並列的符號所編織而成的系統，在不同的讀者和批評者的閱讀過程中，以他們各自的視角與文本進行互動，將會產生不同的意義。譬如說，新加坡讀者和臺灣讀者，就會因為他們的文化認知和社會經驗不同，而對文中隱喻產生不同的理解；不同性別、階級、種族的讀者，也會從各自的角度和身份出發，從同樣的一個文本中讀出不同的意義。因此，文本沒有一個放諸四海而皆準的普遍的意義，也沒有一個「標準答案」。文本的意義，即如前兩章的討論所顯示，從作者為中心轉移到讀者為中心。就這個層面來說，文本是一個不斷在進行創造的過程：不僅是由作者所創造，也在閱讀過程中，由不同的讀者進行各異的創造。

　　文本理論的醞釀和辯論，主要是發生在法國的思想界，參與的是從結構主義到後結構主義的理論家。與此學術網絡沒有直接關係，而在一九二〇年代也進行類似討論的，是俄國的理論家M.M. Bakhtin。Bakhtin把文本視為一種「表述」（utterance），認為表述的意義具有特定歷史和社會的特徵，也在特定的歷史時刻與社會條件之中產生。任何一種表述，簡單的如某人說的一句話，複雜的如科學或文學話語，都不是獨立存在，而是和在這之前人們所說過的話、那些話被接受的方式，以及其中的意識形態和溝通方式有密切的關係。因此，任何表述都無法達致一個統一的、結論性的詮釋，也無法被視為一個具有普遍性的、抽象的系統。Bakhtin把這

種關係稱為「對話性」（dialogism）。[7]一九六〇年代中期以後，保加利亞裔的法國後結構主義理論家Julia Kristeva借用Bakhtin的這個概念，進一步闡述文本的社會性特徵。

十九世紀的寫實主義者認為文學可以真實地反映外在現實；二十世紀初以來，俄國的形式主義、英美的新批評、法國的結構主義等流派的理論家，把文學和外在世界完全分割開來。一九六〇年代中期以後，後結構主義者對這種文學與現實的二元關係有不同的思考。後結構主義者認為，意義不是產生於文本與外在世界之間的對應關係，而是產生於文本與文本之間的重複與變異——Kristeva稱之為「互文性」（intertextuality）。Kristeva認為，文本不是作者所原創的，而是既有語言的重新分佈（包括分解與重構），也是各種既有文本的重新排列（permutation of texts）。文本的「互文性」指的是，某一個文本中，存在著從其他各種文本截取的表述，互相交錯與衝撞；而這個文本，也只存在於它和其他文本的相關與相對的關係之中。那些既有文本，不僅僅是指由文字組成的文學文本，也包括文化、社會、歷史等等文本：這些文本生成了我們所面對的這個文本，也成為這個文本中的一個部分。[8]

從互文性的角度來說，一個文學文本，是存在於各種先前既有的文學文本（如前人所寫的小說、詩歌、戲劇等）、非文學的文本（如歷史資料、新聞、廣告等）、社會觀念與意識形態（什麼是好的和壞的、對的和錯的等）等等交織起來的一個巨大繁複的互動性的網絡。互文性所產生的網絡及其中的互動方式，使文本的意義有多元闡釋的可能性，也使文本變得不穩定。以《漫步經心》為例，從語言的層面來看，所有的詞彙和句

[7] M.M. Bakhtin, edited by Michael Holquist, translated by Caryl Emerson and Michael Holquist, *The Dialogic Imagination* (Austin: University of Texas Press, 1981).

[8] Julia Kristeva, "The Bounded Text," in Kristeva, edited by Leon S. Roudiez, translated by Thomas Gora, Alice Jardine, Leon S. Roudiez *Desire in Language: A Semiotic Approach to Literature and Art* (New York: Columbia University Press, 1980), pp. 36-63.

文學批評關鍵詞——概念・理論・中文文本解讀

子，都是中文慣常表達方式中所見，卻經過重新排列組合，產生如「找不刻意的方向」、「把公車誤入童年」之類的非慣常語言。從隱喻的層面來看，我們可以看到「沙漠」從文學與日常語言的傳統隱喻中被借用過來，被賦予新的含義，並與另外一些隱喻如「城市」和「公車」，形成新的交錯對比關係。從既有的文學文本的層面來看，我們可以發現法國作家 Antoine de Saint-Exupéry 的小說《小王子》中的元素大量被植入文本中，與文中其他的隱喻有所連接與對照。從社會現實的層面來看，一九八〇年代末在新加坡的經濟和城市迅速發展的環境中，效率、規律和進步是主流的意識形態，被看成是理所當然應該接受的價值，可是，在文本中，這些主流價值反過來成為對於個人有所干擾和壓迫的力量，並成為全文最根本的反抗對象。

像《漫步經心》這樣的文本，借用 Barthes 的概念，我們可以稱之為「可寫的」文本。Barthes 將文本區分為兩種，即「可讀的」（lisible）與「可寫的」（scriptible）。[9]「可讀的」文本是封閉性的，如十九世紀的寫實主義文學，文本中只顯示單元化的聲音，並為讀者提供單元化的意義。閱讀這種文本的時候，讀者的角色是一個被動的接受者，由文本的直線型敘事方式帶領他進行閱讀，最終的結果是達致一個真相的發現。對 Barthes 來說，「可讀的」文本的功能在於強化既有的文化觀念和意識形態，顯示的是文本中的能指都可以找到相關的所指，也就意味著意義的穩定是可能的。相對於這種「可讀的」文本，「可寫的」文本如二十世紀以來的歐美現代主義文學，則是不服從於既有的文學類型或社會觀念的規範，通過反叛、諧擬、顛覆等方式，對各種既定的寫作與思維模式進行挑戰。因此，「可寫的」文本無法採用現成的解碼方式來進行解讀，讀者需要參與文本之中以生產意義。從這個角度來說，讀者不是被動地被文本帶領，而是通過文本中的互文性的梳理過程，也在扮演作者的角色。

我們也可以借用 Barthes 的概念來看中國現代文學。二十世紀初的作

9　Roland Barthes, translated by Richard Howard, *S/Z* (New York: Hill and Wang, 1974).

家，如魯迅、茅盾、巴金等，在各種批評話語中被評述為現實主義傳統的重要代表。當這些作家被批評家作為現實主義的典範來加以評論和推崇，並強調他們的作品含有指導性的意識形態時，作品的意義在批評話語中被確定下來，成為不可動搖的教條。這時，通過這些批評話語，我們所看到的作品，是Barthes所說的「可讀的」文本；文本中所展示的是：語言可以再現世界，通過語言創造的文學作品可以反映真實的現實，而事實（無論是外在的世界或抽象的意識形態）也可以從作者傳給讀者。

那些在這個現實主義批評話語中，意義無法被如此確定，也因此不被推崇的作家如廢名、錢鐘書、穆時英、張愛玲等，他們的作品中往往具有「可寫的」文本的特徵。我們也可以看到，究竟是「可讀的」還是「可寫的」文本，不一定就是文本本身的性質，很大的程度上，是在批評話語中被塑造的結果。特別有意思的個案是魯迅。魯迅的小說，在中國的文學評論和文學史的語境中，往往被廣泛認定為現實主義的作品，看來像是應該歸類為「可讀的」文本。不過，近二十年來，世界各地的魯迅研究展現的是各種各樣的解讀方式；在這些多元化的批評話語中，魯迅的小說作為「可寫的」文本，不斷地被讀者和評論者重寫再重寫。在這方面最有影響的專著，應該就是李歐梵於1987年以英文完成、在美國出版，並在1991年翻譯成中文在香港出版的《鐵屋中的吶喊：魯迅研究》。[10]由此可見，一個原先被認定為「可讀的」文本，通過批評話語的運作，也可能被轉化為「可寫的」文本。

非文字／文學的文本

從Saussure的語言學理論借用而來的符號系統概念，以及後來的理論家所提出的文本性與互文性概念，使文本研究成為一個多元學科和多元主體的領域，不但使文學分析有了一個新的方法，也使文本的範疇擴大到文

---

[10] 英文版是：Leo Oufan Lee, *Voices from the Iron House: A Study of Lu Xun* (Bloomington: Indiana, 1987). 中文版是：李歐梵著、尹慧珉譯《鐵屋中的吶喊：魯迅研究》（香港：三聯書店，1991年）。

學文本以外的任何事物。文學以外的各種藝術和文化產品，如繪畫、雕塑、攝影、電影、音樂、舞蹈、劇場、建築等等，在這個理論基礎上，可以被看作是文本來進行批判分析活動。另一方面，海報、廣告、新聞、服裝、慶典儀式、體育活動等等社會行為和文化現象，都是在某種特定的文化環境和社會觀念中產生與傳播，因此可以對其結構關係進行分析並讀出意義。同樣的，即使是抽象的社會事件、意識形態、文化傳統等等，在這個意義上，也可以看成是可供分析的文本。

Saussure早在二十世紀初就預見他稱為「符號學」（semiology）的科學的出現，認為這種方法可以運用在社會中的各種符號的研究上。[11]Barthes在1957年出版的《神話學》，是這種理論的批評實踐中最為廣泛閱讀的。他採用符號學的理論，除了文學文本，也以摔跤比賽、葡萄酒、菜單、洗衣粉等等向來被毫無懷疑地接受的事物，作為文本來進行分析，討論這些文本如何被轉用以作為傳達某種意識形態的媒介。[12]如此一來，這些存在於日常生活中一般上看起來好像沒有什麼特別意義的事物，被看成文本之後，經由符號學方法的分析，可以看到某種隱含著的意識形態，通過這些文本向接受者進行傳播，並成為普通常識的一個部分。

從這個角度來看待文本，任何意義的生成就無法簡單地看成是單純產生自語言結構、外在現實的忠實反映，或者是作者意圖要告訴讀者的。意義產生自一個複雜而移動的網絡，我們也可以稱之為「語境」（context）。美國理論家Jonathan Culler對此有一段精闢的說明：

如果我們必須採取一個全面的原則或公式的話，我們可以說意義是由語境所決定的，而語境包括語言的規律、作者與讀者所處在的情境、以及所有可以被視為有關聯的因素。可是，如果

[11] Ferdinand de Saussure, *Course in General Linguistics*, p. 16.

[12] Roland Barthes, translated by Annette Lavers, *Mythologies* (London: Hill and Wang, 1972). 中文譯本為：羅蘭‧巴特著，許薔薔、許綺玲譯《神話學》（臺北：桂冠圖書，1997 年）。

我們說意義是取決於語境，我們也必須附加一點，那就是語境是沒有邊界的（boundless）：沒有任何因素能夠預先被確定是[與某個文本]有關聯的，語境可以不斷被擴展，也因此改變我們對於文本意義的認知。[13]

如此一來，文本的研究不可避免的無法只將焦點放在某個文本之上，而必須同時研究文本生產的歷史與社會環境、文本流通與傳播的方式、不同時代和不同類型的讀者的接受情況，以及這些因素如何與被研究的文本進行的各種互動與衝撞。

　　二十世紀初以來，語言學理論開始與文學研究結合，其他的學科如人類學、社會學、哲學、歷史學、傳播學等等，也參與文學與其他社會、文化文本的研究之中，使文本成為一個完全開放而跨學科的場域。回到我們一開始提出的問題：什麼是文本？借用《漫步經心》中的隱喻：文本是「一片沙漠」，就是要「用來迷路」的。

---

[13] Jonathan Culler, *Literary Theory: A Very Short Introduction* (Oxford and New York: Oxford University Press, 1997), p. 67. 中文譯本為：喬納森‧卡勒著，李平譯《當代學術入門：文學理論》（瀋陽：遼寧教育出版社，1998 年）。

第四章
細讀
CLOSE READING

文本細讀：切近的閱讀

討論了作者、讀者、文本這三個文學作品的基本要素之後，接下來我們要談的是方法問題：如何來讀文本？萌芽於一九二○年代的英美「新批評」（New Criticism）[1]曾總結出一套處理文本的基礎方法：Close reading，一九四○和一九五○年代隨著「新批評」的發展被廣泛運用。Close reading在中文裡通常被譯為「細讀」或「精讀」，然而無論是英文還是中文翻譯，都指涉一個隱含的對象，也就是「文本」：Close reading強調的不僅僅是閱讀的程度（精或細），更在於一種面對文本的態度，一種切近文本的批評姿態。正因此，當「新批評」淡出批評界之後，「文本細讀」並未隨之退場，這個概念的使用不再依附於「新批評」的批評實踐主張，而被寬泛地用來指一種嚴謹地細查文本的閱讀方式。

根據前一章討論的「文本」概念，文本細讀的對象不一定是文字文本，也可以是這樣一幅畫：

---

[1] 「新批評」一九二○年代發端於英國，一九三○年代在美國漸成氣候，一九五○年代達至鼎盛。前後 30 年間，「新批評」不僅成為美國各大學英文系的教學模板，更主導了美國學術界的品味。主要代表人物有 I. A. Richards, John Crowe Ransom, Allen Tate, Cleanth Brooks, Robert Penn Warren, William K. Wimsatt, René Wellek 等等。

上面這幅達文西（Leonardo da Vinci）創作於1495至1498年間的《最後的晚餐》（The Last Supper），原本畫在米蘭一家修道院餐廳的牆上，描繪的是《聖經‧馬太福音》中耶穌受難前最後一次與十二門徒共進晚餐的情景。根據美國大都會藝術博物館（The Metropolitan Museum of Art）公共網站上的畫作介紹，這幅畫捕捉了十二門徒在聽到耶穌說「你們中間有一個人要出賣我了」那一刻表露出來的各種反應。在表現門徒們戲劇化的反應之外，畫家同樣賦予這一場景某種秩序感。耶穌的頭居於畫面正中，被窗口的明亮部分像光環似的環繞著，同樣也是所有透視線的彙聚焦點。門徒們三人一組圍繞在他身邊，其中猶大的臉因為在陰影中而與其他門徒區分開來。[2] 這裡引用大都會藝術博物館的詮釋，並非出於學術權威性的考量，而是因為它作為一個面向大眾傳播藝術史知識的媒介，它的詮釋可能被較大範圍地流傳和接受。大都會藝術博物館對於《最後的晚餐》的描述，突出了耶穌和猶大的角色，契合著《聖經》故事「最後的晚餐」一幕的主題——耶穌的預言、猶大的背叛，而這也成為對達文西這幅畫作的一般解讀。

文學批評關鍵詞——概念‧理論‧中文文本解讀

040

---

[2] 可參考 The Metropolitan Museum of Art 介紹 Leonardo da Vinci 及 The Last Supper 的網頁：http://www.metmuseum.org/toah/hd/leon/hd_leon.htm.（瀏覽於 2008 年 2 月 18 日）。

2003年，關於達文西的《最後的晚餐》的另一種解讀，隨著一部流行小說的熱賣而流傳開來。在今天，流行文化重新詮釋藝術經典的例子並不少見，然而有意思的是Dan Brown的小說《達文西密碼》（*The Da Vinci Code*）所進行的詮釋卻是建立在畫作本身的細節重讀上。小說通過老教授Teabing和女主人翁Sophie的問答，指點出《最後的晚餐》中一些很少被人注意的地方，譬如：桌上根本沒有傳說中的聖杯；十二門徒中居然有一個女性形象（畫中左起第六位）；她和耶穌穿著顏色對稱的服飾；把她的人形移到耶穌的另一側，可以發現他們居然相互依偎，有著共同的表情，交錯的視線；Saint Peter的手作刀刃狀放在她的頸邊等等。[3] 以這些畫作細節的描述為基礎，小說展開大膽的聯想和詮釋，認為《最後的晚餐》的主題並不忠於《聖經》，並且恰恰相反，它暗中揭示了一個為教會所不容的秘密，而證據就隱藏在達文西的畫中。

　　一個文本，可以有多種解讀。《達文西密碼》儘管是一部情節「純屬虛構」的小說，但它和你我一樣，都是《最後的晚餐》這個文本的讀者。在這裡我們並不想討論其閱讀結果的「準確性」，從某種角度看對於畫面細節的描述同樣離不開個人的詮釋和判斷，譬如我們憑什麼來斷定人物的形象是男性還是女性呢？我們想指出的是，上面兩種解讀的對照，顯示了文本細讀作為一種方法和態度的意義所在。《達文西密碼》對《最後的晚餐》的細讀，令我們看到有的時候人們對文本的解讀並非依據文本本身，而是被某些先入之見影響著。正如小說人物Teabing所感歎的：「我們對這幅畫預先形成的認識是如此強大，以至於我們的意識封阻了這些不和諧的異常之處，蒙蔽了我們的眼睛。」[4] 拋開常識和成見，從文本本身讀出「異常」的細節、「另類」的意義，《達文西密碼》呈現的正是「切近文本的批評姿態」。

　　「揭開密碼，秘密就藏在你眼前。」（Under the code: The secret is

3　Dan Brown, *The Da Vinci Code* (London: Corgi Books, 2004), pp. 318-319, 327-334.

4　Ibid, p. 328.

hidden right before your eyes.）[5]借用《達文西密碼》官方網站上的廣告詞，文本細讀沒有固定的方法，秘密就藏在你眼前的文本中，關鍵在於你如何摘掉有色眼鏡，怎麼去讀出掩藏在文字、形式、結構等等文本褶皺部分的信息。然而同樣需要提醒的是，這樣的比喻並不意味著文本的意義像秘密一樣原本就在那裡，等待著被揭開，正如我們在上一章討論的「讀者」課題，對於不同的讀者，文本的秘密同樣因人而異，文本細讀就是發現文本信息，爲進一步的詮釋、批評提供依據。因此同一文本，通過文本細讀，結果並不一定相同，因爲受到細讀角度、時代、語境、意識形態等等諸多因素的左右，甚至會出現完全不同的解讀或相悖的詮釋。因而細讀的結果，沒有對錯之分，只有文本依據充分與否、確鑿與否的差別。 正如面對《最後的晚餐》這個文本，《達文西密碼》的細讀是否有憑有據，我們只有回到畫面，才能做出判斷。

「新批評」與文本細讀策略

文本細讀（close reading）作爲一個文學理論概念，它的最初登場發生在英國劍橋大學的校園中，與一次教學實驗有關。當時任教於英文系的英國文學批評家I.A. Richards有意地將一些詩篇隱去作者姓名發給學生們評論，而收回來的結果卻讓他吃驚，沒有署名的作品，讓這些學生失去了評判的標準，他們沒有辦法就作品本身作出準確的理解和判斷，沒有辦法辨別優秀作品和泛泛之作。在1929年出版的《實用批評》（*Practical Criticism*）中，Richards記錄了這個實驗的過程，他嘗試分析劍橋學生缺乏基本鑒賞能力的原因，同時提供了一套用於詩歌分析的術語和方法，就是後來被美國「新批評」大爲推崇的「文本細讀」。[6]

由這段淵源看來，「文本細讀」實際上是Richards針對當時批評狀況

5　引自以下網站：http://www.davincicode.com 與 http://www.randomhouse.com/doubleday/davinci/index-utc.php.（瀏覽於 2008 年 2 月 19 日）

6　I.A. Richards, *Practical Criticism: A Study of Literary Judgment* (San Diego: Harcourt Brace Jovanovich, 1929), pp. 3-16.

提出的一個對策。劍橋學生「有眼不識泰山」，是因為他們長期接受傳統文學觀念和研究方法的薰陶，習慣從作品的外圍入手，先摸清作者生平、時代環境、創作成就等背景資料，在「心中有數」的情況下再來理解作品。這樣帶有先入之見的「閱讀」方法在「新批評」流行之前一直占據批評界的主流，並且在此基礎上形成了傳記式、考證式的實證主義批評。面對隱去姓名的作品，劍橋學生表現出來的局限，正暴露了這一批評傳統的弊病所在：過於仰賴外圍材料的輔佐，卻忽視了文本本身傳達的信息。

　　Richards的教學實驗，開始把學生們及批評界的注意力拉回到作品，配合文本細讀方法的學術訓練，他希望能夠恢復人們對文本本身的感悟能力。無論是出發點還是方法論上，美國「新批評」學派都和Richards一脈相承，只是他們加固了文本細讀方法的理論基礎，即「新批評」理論最為核心的文本自足性（self-sufficiency）的觀點。這個觀點認為文學作品的語言是獨立自足的，意義只產生於文本的白紙黑字（the words on the page），與外在的「真實」世界無關，與文本以外的因素無關。也就是說，作品一經發表，便與作者是誰、什麼時候創作、為什麼要創作、作品在文化運動中起什麼作用，以及讀者有什麼反應等等，都沒有關係。這些意見集中表達在W. K. Wimsatt和M. C. Beardsley著名的「兩大謬誤」理論（「意圖謬誤」和「感應謬誤」）中，前兩章已有所介紹。[7]可以說，文本自足性觀點觸及了文學研究的一個基本問題：文本的意義來自哪裡？來自作者的創作？讀者的閱讀？還是文本（語言）本身？在每一種答案的基礎上都發展出了相應的理論體系，而「新批評」相信意義公開、客觀地存在於文本的語言之中，只要直面文本便能獲知，獲知的唯一方法便是「文本細讀」。

　　後來的批評理論發展中，「新批評」的文本自足性觀點招到最多的詰

7　W.K. Wimsatt, and M.C. Beardsley, "The Intentional Fallacy," in David Lodge, ed., *20th Century Literary Criticism: A Reader* (London: Longman, 1972); W.K. Wimsatt, and M.C. Beardsley, "The Affective Fallacy," in W.K. Wimsatt, *The Verbal Icon: Studies in the Meaning of Poetry* (Lexington: University of Kentucky Press, 1954).

病，批評者認爲這種文本觀點過分閉塞，將文本與外圍因素隔絕的企圖是不切實際的。Terry Eagleton把它稱爲將文學作品「物化」（reification）的傾向，批評它「鼓勵了一種幻想，認爲任何文學作品，……都可以在孤立狀態中加以適當研究，乃至理解。」[8]同樣的，以這一觀點爲基礎的文本細讀方法也在攻擊中倍受牽連，被認爲對詩歌語言和形式的過分專注導致了文本分析的狹隘和僵化。而最爲著名也最爲吊詭的指責卻來自於「新批評」的先賢人物T. S. Eliot，他嘲笑這種逐字逐句分析的方法，像榨檸檬汁一樣不把每一滴意義擠出來誓不甘休，並給「新批評」取了個綽號「榨檸檬汁批評學派」（the lemon-squeezer school of criticism）。[9]當Eliot的長詩《荒原》（*The Waste Land*）被「細讀」爲表現了「一代人的幻滅」時，他對這個結論更是不屑，站出來表明這與他的創作意圖毫無關係。[10]而有意思的是，從「新批評」的立場看，這一反駁並不能證明「新批評」的「細讀」無效，反過來卻恰恰提供了一個說明「意圖謬誤」理論的案例。

　　儘管文本細讀方法產生於「新批評」的理論框架內，並作爲傳達其批評主張的一個策略被大力推廣，但在實際的操作中，文本細讀作爲一種方法，並不嚴格恪守「新批評」排斥文本外圍因素的理論法則，即便是「新批評」成員的「細讀」實踐，也時有討論作者、討論創作背景的「越軌」行爲。比方說Cleanth Brooks和Robert Penn Warren在《理解詩歌》（*Understanding Poetry*）中「細讀」Ezra Pound的短詩《在地鐵站》（In a Station of the Metro），就是結合Pound自己對創作狀態的描述展開

---

[8]　Terry Eagleton, *Literary Theory: An Introduction* (Minneapolis, MN: University of Minnesota Press, 1996). 中文譯本見吳新發譯，《文學理論導讀》（臺北：書林，2002年），頁 61。

[9]　T.S. Eliot, "The Frontiers of Criticism," in Eliot, *On Poetry and Poets* (London; Boston: Faber and Faber, 1957), p. 113.

[10]　T.S. Eliot, "Thoughts after Lambeth," in Eliot, *Selected Essays* (London: Faber and Faber, 1932), p. 344.

文學批評關鍵詞——概念・理論・中文文本解讀

的。[11]因此，作爲一種逐漸獨立於理論主張的批評方法，文本細讀雖然在「新批評」時期達到鼎盛，但在一九六〇年代也並沒有因爲「新批評」的落幕而退場，相反融入到後來層出不窮的批評潮流中。直至今日，文本細讀方法仍發揮著效力，當人們整天空談理論之時，它便會把人們的注意力拉回到文本本身，拉回到批評這個行爲本身，正如Eagleton所言：文本細讀是「一服針對美學主義無聊閒話可貴的解毒劑。」[12]

中國古代的「類」細讀方式

中國古代文學傳統中並未出現類似「新批評」的理論主張，但從處理文本的方式上看，同樣有許多類似「文本細讀」的方法。

1. 訓詁注疏

訓、詁、注、疏、傳、箋、章句……這些可以說都是中國古代「讀經」傳統中的文本細讀方法。「訓」和「詁」都是說明、解釋的意思，是研究、譯解古代詞義的方法。「注」對於古書來說，「好比用灌注的方法使阻塞的水暢通一樣」，注入今天的語言來令古代語言變得暢通。「疏」指疏通、分析，處理的文本不僅是經傳，同時也包括古注。[13]雖然這些術語的意思和用法各有側重，但作爲「讀經」方法，它們的目的都是以今釋古，用當下的語言去譯解古代詞義，同時也關注其中的語法、修辭現象。

這一套文本細讀的「讀經」方法可以說是中國傳統經學的基礎，因爲古籍流傳的年代久遠，一方面存在章簡錯亂、眞僞難辨、訛誤甚多的問題，另一方面經書中的文字也因爲語義的流變而艱澀難解，只有通過文本細讀，逐字逐句的訓詁、注疏、校勘、輯佚、辨僞、考訂，才能讓後人通

---

[11] Cleanth Brooks, and Robert Penn Warren, *Understanding Poetry*, 4th edition (Boston: Heinle & Heinle, 1976), pp. 71-73.

[12] Terry Eagleton 著，吳新發譯，《文學理論導讀》（臺北：書林，2002 年），頁 61。

[13] 相關「讀經」方法術語的解釋，可參考莊雅州《經學入門》（臺北：臺灣書店，1997 年），頁 8-10。

曉解讀，了解經書中的微言大義。

從戰國末年公羊、穀梁逐字解釋《春秋》開始，便逐漸形成了一個注疏的傳統，逐漸發展出訓詁學這一專門學問。訓詁學定型於漢代，一直到南宋的《十三經注疏》都仍遵循逐字逐句講解的細讀方式。而從朱熹的《四書集注》開始，注疏體裁趨於簡單化，因為更加強調闡發義理，所以就只重大意不重章句字面的意思了。最後在清代乾嘉考據學派那裡，訓詁、考據、校勘等等細讀工作又成為了學問的中心，重振了這一脈傳統。除了在經學的領域，注疏方式同樣被用在對古文詩歌的釋義點評中。

下面這一段訓詁注疏的文例，摘自清代馬瑞辰編撰的《毛氏傳箋通釋》，可讓我們一窺中國古代「細讀」傳統的特色，細讀的文本是《詩經》第一首第一句的前四字：「關關雎鳩」。

> 「關關雎鳩」，傳：「關關，和聲也。雎鳩，王雎也，鳥摯而有別。」箋：「摯之言至也。謂王雎之鳥，雌雄情意至，然而有別。」瑞辰按：玉篇：「關關，和聲也。或作嘤。」廣韻：「嘤嘤，鳥和鳴也。」關、官雙聲，故關或作嘤。然嘤字不見說文，蓋後人增益字也。釋文：「摯，本亦作鷙。」左氏昭十七年傳：「雎鳩氏，司馬也。」杜注：「王雎也，摯而有別，故為司馬，主法制。」是雎鳩實鷙鳥，傳本作「鷙而有別」，義取有別，非取其鷙，故傳下雲「若關雎之有別焉」。鷙或假借作摯，鄭箋因訓摯為至，非傳恉也。孔疏合而一之，誤矣。⋯⋯[14]

這段注疏逐字講解「關關雎鳩」四個字，這裡只引用了原文的一半，足見這一「細讀」方法之細緻的程度，字詞的音、形、義都一一照顧到。如清代戴震所言：「經之至者，道也。所以明道者其詞也。所以成詞者字也。

---

[14] 馬瑞辰撰，陳金生點校《毛詩傳箋通釋》（北京：中華書局，1989 年），頁 29-30。

由字以通其詞，由詞以通其道，必有漸。」[15]就是說，要從經書中求得「道」，就要從字詞的訓詁開始，識字審音，才能夠明白字詞的意思，進而明白其中的聖人之「道」。不過，因為過分瑣碎，這種方法，就像「榨檸檬汁」的「新批評」一樣，一直受到批評。

從上面引文可以注意到，文中的「傳」、鄭「箋」、孔「疏」等字樣都是在援引前人的說法。所以說，注疏不僅細讀文本的原文，還包括前人相關的注解，集錄眾說，加以評注，可謂中國古代「細讀」方法的特色。中國的注疏傳統是層層遞進的，經有傳，傳有注，注有箋，還有疏、正義等等，也就是說「傳」解釋經，「注」解釋經傳，「疏」、「箋」等等則解釋古注。 這樣一來，歷代文本細讀的結果往往能體現在一本書中（尤其是集解或集注類的本子）。比如這本《毛氏傳箋通釋》所續的便是《詩經》的傳承脈絡。《詩經》的注釋版本漢代以後主要有毛亨的傳、鄭玄的箋。鄭玄的《毛詩箋》不僅注詩經本文，也注毛傳。唐代孔穎達的《毛詩正義》對傳、箋都有詳細的疏釋。馬瑞辰在吸收前人研究的基礎上，重新注釋，便有了這本《毛氏傳箋通釋》。這條線索都體現在上面這一段文字的標注中，可以說，這樣的文本細讀正是中國古代學術積累，代代相傳的關鍵之一。

錄各家之言，為的是表一家之見。集錄眾說，最終是為了論證自己的詮釋。上文馬瑞辰引《左傳》和晉朝杜預的注，來證明毛傳中「摯而有別」的「摯」是「鷙」的假借，而非鄭玄箋中所言的「至」，可見文本細讀的目的還是詮釋自己的一家之言。歷代積累的注疏，呈現的是各執一見的局面，正應了一個文本，多種解讀的說法。

2. 評點

評點，是中國古代另一種形式獨特的文本細讀方式。評點的對象主要是小說，評點者在細讀作品的過程中，隨時將自己的理解、感觸、評判、

---

[15] 戴震《與是仲明論學書》，《戴震文集》（北京：中華書局，1980 年），頁 140。

見解記錄在原作的文字之間，記錄的方法十分靈活，有眉批（即評語批在書眉上）、行間夾批，或者插入原文行文中間評述，也會在每回之前或者之後作一個總評，還有對全書的總評。所以，我們看到的評點本，評點文字是夾雜在原文中間的，並不獨立成文，整個「細讀」的過程歷歷在目，細緻程度也一目了然。

明代的小說評點中比較詳細的有萬曆年間兩部署名李贄的《水滸傳》評點本，有眉批、行批，還有每回總評，對「一部之旨趣，一回之警策，一句一字之精神，無不拈出」。[16]清代產生了小說評點的兩部重要作品，金聖歎評《水滸傳》和脂硯齋批《紅樓夢》。下面一段便是金聖歎批《水滸傳》中「武松打虎」一節的文字：

> 只見發起一陣狂風。那一陣風過了，只聽得亂樹背後撲地一聲響，跳出一隻吊睛白額大蟲來。[出得有聲勢。]武松見了，叫聲：「啊呀！」從青石上翻將下來，[有此一折，反越顯出武松神威。不然，便是三家村中說子路，不近人情極矣。]便拿那條哨棒在手裡，[哨棒十四。拿著哨棒，第八個身份。]閃在青石邊。[一閃。已下人是神人，虎是活虎，讀者須逐段定睛細看。我嘗思畫虎有處看，真虎無處看；真虎死有處看，真虎活無處看；活虎正走，或猶偶得一看；活虎正搏人，是斷斷必無處得看者也；乃今耐庵忽然以筆墨遊戲，畫出全副活虎搏人圖來。今而後要看虎者，其盡到《水滸傳》中、景陽崗上，定睛飽看，又不吃驚，真乃此恩不小也。傳聞趙松雪好畫馬，晚更入妙，每欲構思，便於密室解衣踞地，先學為馬，然後命筆。一日管夫人來，見趙宛然馬也。今耐庵為此文，想亦複解衣踞地，作一撲、一掀、一剪勢耶？東坡畫雁詩云：野雁見人時，未起意先改。君從何處看，得此無人態？我真不知耐庵何處有此一副虎食人方法在胸中也。聖歎於三千年中，獨以才子許此一人，豈虛譽哉！]那大蟲又饑又渴，把兩隻爪在地下略按一按，和身望上一撲，從半空裡攛將下來。[虎。][17]

---

16 袁無涯刻《出像評點忠義水滸全傳》，引自朱一玄、劉毓忱編，《水滸傳資料彙編》（天津：百花文藝出版社，1981年），頁148。

17 施耐庵著，金聖歎批評，劉一舟校點《水滸傳（上）》（濟南：齊魯書社，1991年），頁426-427。

引文中的正文字體是《水滸傳》的原文，小字體則是金聖歎穿插其間的批語。這種評點形式是金聖歎的革新成果之一，他把前人較多採用的行間夾批改爲文字中間的小字夾批，這樣一來突破了書頁空間的限制，使評點更爲細緻、豐富、靈活。就像我們看到的，金聖歎的批語短則數字，長者洋洋灑灑近千言，對原作文本細細察看，對諸如「哨棒」、「閃」字出現的次數等各種細節都一一記錄。

　　然而金聖歎評點《水滸傳》，所做的可不僅僅是細讀文本、評論文本，評到興致所至，他會借題發揮，將自己的觀點一吐爲快，並且自由地延伸開去引用其他的文本來說明自己的觀點，譬如上面他從施耐庵寫人虎搏鬥的場面，聯想到趙松雪畫馬的傳聞，又穿插蘇東坡的詩便是一例。更爲特別的是，金聖歎還常常越出評點者的角色範圍，動手替「作者」修改文本，或改掉那些前後不一致的地方；或整段刪除那些他認爲冗長累贅的，與故事發展無關的文字；還作了不少文字、對話的潤色工作。最大手筆的動作是他刪掉了原來一百二十回的後五十回，並另加了一個結尾，所以金聖歎的《水滸傳》評點本被稱爲金本《水滸傳》七十回，因爲那已經是金聖歎的再創作。

　　由此看來，金聖歎細讀文本在很大程度上不是爲了「評點」，而是爲了「論證」，文本成了他論證自己文學觀點的論據。金聖歎稱「從來文章一事，發由自己性靈，便聽縱橫鼓蕩，一受前人欺壓，終難走脫牢籠」，[18] 以「性靈」爲標準，金聖歎評出「六大才子書」——《離騷》、《莊子》、《史記》、《杜詩》、《水滸記》、《西廂記》，並通過逐字逐句的評點來證明自己說言非虛，而那些不合「才子」氣的文字都被修正改進。正因此在他眼中，天下文章只需一種讀法：「夫固以爲《水滸》之文精嚴，讀之即得讀一切書之法也」；[19]「聖歎本有才子書六部，……然其實六部書，聖歎只是用一副手眼讀得」。[20] 這樣的讀法顯然是拿文本爲

18 金聖歎《聖歎選批唐才子詩（第五卷）》（臺北：正中書局，1956 年），頁 151。
19 施耐庵著，金聖歎批評，劉一舟校點《水滸傳（上）》，頁 11。
20 金聖歎《讀第六才子書西廂記法》，載王實甫著，金聖歎評《繪圖西廂記》（北京：

我所用，而非以文本為本的「文本細讀」。

相形之下，脂硯齋評批《紅樓夢》呈現的又是另一種「細讀」情形。表面上看脂批承繼了金聖歎以來形成的小說評點傳統，評批的形式也相仿，但是脂批卻有著其他評點本都不具備的獨特之處，關鍵便在脂硯齋其人（包括批語中以其他署名出現的畸笏叟等人）。關於曹雪芹和脂硯齋之間的關係，一向眾說紛紜，不管是同一人，或是父子，還是身邊親友，根據現有的資料，有幾點結論是較為確鑿的：脂硯齋看起來應該是曹雪芹同時代的人，關係親近，有共同的經歷，對曹雪芹家世知根知底。他不僅是小說最早的評論者，還在一定程度上參與了寫作，甚至進入了小說的情節，總之，他對《紅樓夢》的創作同樣知根知底。[21] 所以我們看到的脂硯齋的評點內容，便不只是為人物故事、遣詞造句拍手叫好，更多的是在透露《紅樓夢》文本本身隱去的背景信息，像作者的家世、作者創作、修改的情況，以及所寫情節的某些本事。比如第十六回回前批語點明：「大觀園用省親事出題，是大關鍵事，方見大手筆行文之立意。」「借省親事寫南巡，出脫心中多少憶昔感今。」[22] 這些批語似乎在暗示某些與「省親」、「南巡」有關的曹家舊事，引發了研究者的諸多聯想、考證和爭論。所以看得出來，儘管脂硯齋的身份模糊，但他不同於一般的讀者和評者，他更像是一個局內人（insider），始終站在作者的一方，替作者傳話，而不具備自己獨立的發言立場。從這個角度來看，脂硯齋的評點與我們先前討論的「文本細讀」並不相同，因為它不是通過「文本細讀」完成的，那些信息並非從「文本」本身讀到，它們來自於文本以外。

這樣看來，細讀文本的例子很多，但細讀的背後卻有著各種各樣的意圖和動機。在接下來的章節中，我們將通過對具體文本的批評實踐，來進

北京師範大學出版社，1993 年），頁 30。

21 馮其庸《紅樓夢：脂硯齋評批·前言》，載曹雪芹著，黃霖校理《紅樓夢：脂硯齋評批》（濟南：齊魯書社，1994 年），頁 15-26。

22 曹雪芹著，黃霖校理《紅樓夢：脂硯齋評批》（濟南：齊魯書社，1994 年），頁 256。

一步詮釋我們所推崇的「文本細讀」的態度：文本作為一個獨立的意義場域，它既不是「作者」的傳聲筒，也不應該是「讀者」為我所用的論據。只有以尊重文本的細讀態度來面對文本時，文本自身的意義才有可能被發掘和解讀。「隱喻」、「觀點」、「人稱」、「聲音」、「敘事」，下面這些章節提供的正是我們進行文本細讀時可能切入文本敘事的不同角度，我們會發現，文本正是透過這些敘事策略傳達著多層次的信息，而同一個文本在切入點的更換下也會呈現不同的側面。通過細讀，打開文本自身的意義空間，這便是文本細讀的意義所在。

第五章
隱喻
METAPHOR

　　當你閱讀一段文本時，一般情況下你可以從文字的字／詞義組合中直接獲得意義，然而有的時候文字本身的含義卻不一定是它在文本上下文中產生的意義。不明白這個道理，就會影響閱讀的結果，甚至會給閱讀的過程帶來困擾。

　　東漢哲學家王充在他的《論衡‧藝增篇》中就記錄下了這樣一段讓他生疑的閱讀經歷。當他讀到先秦著作《尚書》用「血流浮杵」一詞來形容武王伐紂的景象時，他寫道：「案武王伐紂於牧之野。河北地高，壤靡不乾燥。兵頓血流，輒燥入土，安得杵浮？且周、殷士卒，皆齎盛糧，無杵臼之事，安得杵而浮之？」[1]意思是說，《尚書》裡寫武王伐紂的地方地勢高，土壤乾燥，士兵受傷血流出來馬上會滲入土地，怎麼能讓杵漂浮起來？再說周、殷的士兵們都帶足了糧食，沒有用得到杵臼的事，怎麼會有杵漂起來呢？

　　王充擺出事實的依據來證明「血流浮杵」的說法不可信。從另一個角度看，「血流浮杵」在《尚書》中要表達的意思，或許並不在於這四個字字面提供的事實信息，而是來自字面以外。字面外的意義與文字本身保持著某種連繫，需要讀者去聯想，去猜測。就像「杵」這樣東西看上去與戰場廝殺毫不相干，但它卻可能因為在河流上漂浮的意象，與戰爭的血腥場面發生關聯。血流成河，可以浮杵，如果血流可以被誇張地比作一條河，那「血流浮杵」便能夠在上下文中產生出「字面外的意義」，被用來形容戰爭的慘烈。從此意義上講，這樣的語言表達，與「真實」問題無關。

　　隱喻就是這樣一種意義在字面以外的表達方式，是我們在文本細讀中

1　王充《論衡》（上海：人民出版社，1974 年），頁 133。

特別需要留心的線索之一。那麼在這種表達中，意義如何從文字本身產生出來，又如何與字面相關聯？它與基於字面意義的直接表述有何差別，其目的和作用何在？這樣的差異和區分對我們的閱讀乃至認知又有何影響？這些問題，將引導我們從修辭學以外的角度來理解「隱喻」這樣的「修辭」概念，同時也能反觀出修辭觀念本身的流變。

比喻和隱喻

三千年前的古人是如何形容美女的？我們來看《詩經・衛風・碩人》中的詩句：

> 手如柔荑，膚如凝脂，領如蝤蠐，齒如瓠犀。螓首蛾眉，巧笑倩兮，美目盼兮。[2]

《周禮・大師》記載：「教六詩：曰風，曰賦，曰比，曰興，曰雅，曰頌」，[3] 其中的「賦、比、興」被認為是《詩經》所採用的三種文學表現方式。上面這兩句詩用的就是「比」的手法來描繪衛莊公之妻莊姜的美貌。所謂「比」，鄭玄解釋：「比者，見今之失，不敢斥言，取比類以言之。」[4] 劉勰說明得更細緻：「故比者，附也……附理者切類以指事……夫比之為義，取類不常：或喻於聲，或方於貌，或擬於心，或譬於事。」[5] 朱熹總結為：「比者，以彼物比此物也。」[6] 可以推測，中國古代所說的「比」和現代漢語裡「比喻」的意思差不多，都是指打比方，以彼物來比喻此物。根據後來的修辭學理論，這被借用的「彼物」可稱為「喻體」；而被說明的「此物」可稱為「本體」。英美「新批評」派的I.A.

2　《詩經・衛風・碩人》，載高亨注《詩經今注》（上海：上海古籍出版社，1980年），頁82。
3　楊天宇撰《周禮譯注》（上海：上海古籍出版社，2004年），頁337-338。
4　同上。
5　劉勰著，周振甫注《文心雕龍注》（北京：人民文學出版社，1981年），頁394-395。
6　朱熹《詩集傳》（上海：中華書局，1958年），頁4。

Richards曾用tenor和vehicle來指代這兩部分，前者是被描述的主旨，相當於「本體」；後者是用來描述的「傳達工具」，相當於「喻體」。[7]所以對照上面的詩句，「手如柔荑」，「手」就是本體 / tenor，「柔荑」則是喻體 / vehicle，「柔荑」被借用來描述「手」的形態。不過許多時候，本體和喻體不一定是具體的事物，也可以是抽象的概念。

　　本體和喻體之間的不同關係產生了現代修辭學的比喻分類。如果本體和喻體之間的比喻關係清晰明顯，用「像」、「如」、「似」、「彷彿」等詞連接，就構成了「明喻」（simile）。如果在表述中，兩者之間不單是比喻關係，而成了等同關係，以「是」、「成為」、「變成」等詞連接，那就是「隱喻」（metaphor），許多場合也稱「暗喻」。更進一步的是，當本體不出現在文中，也沒有比喻詞連接，而直接以喻體替換本體出現，這就是「借喻」。所以，「手如柔荑，膚如凝脂，領如蝤蠐，齒如瓠犀」，這些都是明喻，而「螓首蛾眉」，本體和喻體都出現，但沒有連接詞，可以算是省略式的隱喻。

　　可以說，這樣的分類很多時候是修辭學意義上的。然而在實際的文學批評活動中，我們更多面對的，或者說需要深入分析的往往不是詞句表達上的比喻現象，本體和喻體在具體的文本中也並不那麼容易辨別，而更為重要的是，對於文本分析、文學批評而言，文學修辭現象的意義並不在於修辭學上的區分歸類。因而簡單介紹上述分類之後，我們下面要討論的「隱喻」概念更傾向於一個籠統的指稱，指那些包含某種類比關係的修辭現象。在定義和區分的問題之外，我們更關心的是，把A比作B，這樣一種語言表達是如何構成、如何運作、如何在文本中產生意義，如何影響我們對文本的詮釋，乃至如何構築我們對世界的認知的。

破譯隱喻密碼

　　隱喻就像密碼，意義被掩藏在字面之下，需要破譯才能獲知。破譯隱

---

[7]　I.A. Richards, *The Philosophy of Rhetoric* (New York: Oxford University Press, 1936), pp. 96-97.

喻密碼的關鍵，在於把握本體和喻體之間的關係。那麼，這一關係有哪些特徵呢？

　　首先，本體和喻體應該是性質不同的兩件事物。因此，「他長得很像父親」，雖然出現了比喻詞「像」，卻不能算是比喻／隱喻。另一方面，本體和喻體並列，讀者能通過想像發現某種相似之處、某種連繫。「手如柔荑，膚如凝脂，領如蝤蠐，齒如瓠犀」，如果直譯就成了「手像白茅的芽一樣（……），肌膚如同凝脂一樣（……），頸項如同天牛的幼蟲一樣（……），牙齒像葫蘆子一樣（……）」，讀者需要在括弧中填入額外的內容，才能使句意順達，而填入的就是讀者想像和猜測到的這種相似性。

　　本體和喻體，原本互不相干，卻被放在同一個語境中，被賦予連繫。這樣做的目的並不在於對比或說明，而是為了給熟悉之物（本體）增添陌生感和新鮮感，打破人們對它的刻板印象（stereotype），展示出那些不為人注意的特徵，從而引導出新的認知。相反，如果一個比喻／隱喻不能打破，反而沿襲並加深了人們對事物的刻板印象，那就成了一種陳詞濫調（cliché）。比方說，「愛情像玫瑰」，或者「逝去的愛情像凋零的玫瑰」等等。同樣描繪逝去的愛情，臺灣詩人夏宇的《秋天的哀愁》中的表達方式顯然有所不同：「完全不愛了的那人坐在對面看我，／像空的寶特瓶不易回收消滅困難。」[8]比喻句構成了這首詩的全部，其亮點就在於「不愛的人」和「空的寶特瓶」這一對新鮮的比喻關係上。「不易回收消滅困難」，最後點出了其中互為關聯的相似點，令讀者衍生出關於愛情的另類聯想：逝去的愛情既不能收回，重新來過，愛情留下的記憶也無法輕易地抹去，消失在心中。這股矛盾的情緒正好與詩的題目《秋天的哀愁》相契合，所以說儘管詩本身只描述了一個場景，但通過比喻的暗示和標題的呼應傳達出了濃郁的詩意。「不愛的人像空的寶特瓶」，新鮮的文學比喻令人突破陳詞濫調的愛情印象，帶來新的思考和感觸，不過，當這一比

8　夏宇《秋天的哀愁》，載《夏宇詩集／腹語術》（臺北：現代詩季刊社，2005 年），頁 70。

喻流行開來，久而久之被人們熟悉和習慣之後，它就會變成又一個陳詞濫調，這可以說是比喻／隱喻的進化論規律。

更多的情況下，文本中本體和喻體之間的關係，並不像《秋天的哀愁》這首詩那樣清楚地點出來。兩者之間往往保持著不確定的開放狀態，任讀者去想像、去詮釋，就好像詩人北島曾寫過一首詩，題目是《生活》，全文只有一個字「網」。[9]「生活」與「網」，以標題和內容的形式構成了一種隱喻，可是生活在哪種意義上是網？是一張怎樣的網，漁網？蜘蛛網？互聯網？還是泛義的無形的網？答案是無窮的，取決於你從何種角度去解讀「生活」與「網」之間內在的相似之處。

本體和喻體的關係有時不僅是開放的，更是隱晦的。本體和喻體的距離愈遠，它們之間的連繫就愈隱蔽。尤其當本體隱而不現的時候，隱喻更成了文本中的密碼，不僅需要讀者去破譯意義，更重要的問題是怎樣能從文本中識別出這些密碼。文本中的某些文字，是大白話，還是看上去像大白話的隱喻？是單純的描述，還是另有所指？這樣的判斷需要讀者通過敏銳的觀察、細緻的體味和大膽的想像，來捕捉那些若隱若現的蛛絲馬跡。

如果說隱喻是由本體和喻體構成的一個基本單位，那麼另有兩個概念也同樣包含著這種隱喻性關係：象徵（symbol）和寓言（allegory）。

從某種角度講，象徵是被重複和加強了的隱喻。當某個帶有隱喻意味的意象反復出現，被反復強調時，它就成了一種象徵。通常象徵的「本體」不是具體的事物，而是抽象的觀念，比方說，橄欖枝象徵和平；蓮花象徵品格高潔等等，這樣的象徵已被廣泛接受。而在文學文本中，象徵的意義則要含混多義得多；與隱喻不同，象徵不是比擬一事一物，而可以暗示多個層次的意義，並且指向文本的主題。

寓言，可以看成是放大了的隱喻，也就是說一個核心隱喻發展成了一個故事，擁有完整的敘事結構，並把寓意隱藏在情節之下。童年時代的寓

9　北島《太陽城劄記・生活》，載《北島詩歌集》（海口：南海出版公司，2003 年），
　　頁 6。

言往往是擬人化的，講故事的最終目的在於說教。而當我們說一部文學作品是一個寓言時，我們強調的是故事整體的隱喻性。

隱喻與傳統修辭觀

　　如果說本體和喻體是隱喻的基本構成，兩者建立關係是隱喻的運行機制，那麼回到更基礎的問題——隱喻的工作原理，那便是本章開頭就點明的「意在言外」的共識前提，只有當作者和讀者對這一點都心照不宣時，隱喻才能發揮它的效力。進一步講，「意在言外」的共識其實建立在另一層共識基礎上，那便是對「言」、「意」區分的預設，即認為語言包含字面意義和字面以外的意義，可以說，正是在這一區分之上發展出了傳統的修辭觀念。

　　英語中，有一對概念指明了這樣的區分：literal language和figurative language。前者指按照字面傳達意義的語言，而後者的界定實際上是否定式的：非字面意義（non-literalness），可以翻譯成修辭性語言，它們構成了西方傳統語言系統的兩大類別，隱喻就是其中一類具有相似關係的修辭性語言。

　　中文世界裡並沒有與之相應的概念分類，自古以來，關於「字面外意義」的討論被包含在「言與意」的命題中。中國古代的批評傳統一方面認為「書不盡言，言不盡意」；[10]另一方面又醉心於「含不盡之意見於言外」的表達。[11]顯然，「言外」並非語言之外，同樣是指字面之外。劉勰的《文心雕龍·隱秀》提到一種「隱」的寫法：「隱也者，文外之重旨者也……夫隱之為體，義生文外，秘響傍通，伏采潛發，譬爻象之變互體，川瀆之韞珠玉也」。[12]這裡的「隱」不一定單指隱喻，但它同樣強調「生

[10]《周易·繫辭上》，載阮元審定《十三經注疏（上）》，（上海：上海古籍出版社，1997年），頁82。

[11] 梅堯臣語，錄於歐陽修著，鄭文校點《六一詩話》，載《六一詩話·白石詩說·瀛南詩話》（北京：人民文學出版社，1983年），頁9。

[12] 劉勰《文心雕龍注》（上海：商務印書館，1937年），頁54-55。

於文外」之「義」。以語言來表達語言（字面）無法充分表達的意義，在中國古代詩學觀念中，修辭正是這樣一種悖論式的努力。

中文對「修辭」這個詞的界定，與英文的figurative language依據並不相同，強調的是傳統修辭觀的另一個側面——修飾作用。所謂「修」「辭」，從字面意思即可判斷，是指「調整、修飾文辭或語辭」；[13]《現代漢語詞典》的解釋同樣是「修辭：修飾文字詞句，運用各種表現方式，使語言表達得準確、鮮明而生動有力。」[14]

「修飾」論和「非字面意義」論，可以說構成了傳統修辭觀發展的基礎，而有意思的是，無論是柏拉圖、亞里斯多德的西方傳統，還是孔孟老莊的中國傳統，對這種特殊的語言表達似乎都沒什麼好印象。古希臘的修辭學（Rhetoric）被看成一種「勸服」他人的手段和策略，[15]但古典哲學家們同時也認為，語言修辭技巧的使用帶有潛在的危險性。正如柏拉圖在《對話錄》（*Dialogues of Plato*）中借蘇格拉底之口說的，修辭家「不需要了解事物的真實面目，他只需找到某種勸服的技巧在無知者中顯得比專家更有知識就行了」。[16]在他們看來，修辭性的語言（figurative language）是遠離「真實」、「真理」的花言巧語，因為它們是字面語言（literary language）的變異，傳達的並非字面的「真實」的意義。因而這一觀點認為，修辭（語言）帶有某種欺騙性，如果不加約束，便存在擾亂規範、顛倒邏輯、進而破壞理性、道德準則的可能。

在古代中國，道家因為崇尚「自然無為」而排斥修辭，老子有言：

---

[13] 陳望道《修辭學發凡》（上海：上海教育出版社，2001年），頁1。

[14] 中國社會科學院語言研究所詞典編輯室編《現代漢語詞典》（第五版）（北京：商務印書館，2005年），頁1532。

[15] 亞里斯多德將修辭定義為「在每一個具體的情境中發現所有可利用勸服手段的能力。」Aristotle, translated by George A. Kennedy, *On Rhetoric: A Theory of Civic Discourse* (New York: Oxford University Press, 1991), p. 36.

[16] Plato, "Gorgias," in E. Hamilton and H. Cairns, eds., *The Collected Dialogues of Plato* (Princeton: Princeton University Press, 1961), p. 242.

「信言不美，美言不信。善者不辯，辯者不善」。[17]儒家則強調修辭的度：「子曰：辭達而已矣。」[18]修辭作用只在修飾，其目的是爲了表情達意，而假如過了那個度，就成了會「亂德」的「巧言」。[19]可問題是，如何來定這個「度」呢？班固批評《離騷》「多稱崑崙、冥婚、宓妃虛無之語，皆非法度之政、經義所載」。[20]司馬遷批評司馬相如漢賦中的誇張描述是「靡麗多誇」、「虛辭濫說」。[21]而同樣的，在上文引用的王充《論衡・藝增篇》的例子中，他未必不知道「血流浮杵」是一種修辭手法，他只是擔心這樣的修辭被人們當作事實，以「藝增」爲題，就是指語義的增加、效果的誇大，王充在這篇文章中列舉了許多例子，來說明修辭太過，便有違「事實」。[22]由此可見，經義、道德、事實依據都可以是衡量修辭的尺子。

以上所述的看法，顯然指向某種態度：修辭，需小心提防、處處管束，否則越了界，就會亂了規矩，傳統修辭觀造成的這樣一種印象，其根源正來自於字面意義／非字面意義（修辭意義）的二元區分。這種論調的潛臺詞認爲字面意義是原生的、客觀的、可靠的、符合規範和事實的；而修辭意義是對字面意義的變異，不那麼客觀可靠，偏離規範和事實，是不值得信賴的。另一方面，對修飾作用的偏重同樣導致了一種工具論的態度，也就是說修辭被單純當作用來爲語言增色添彩的工具，使用者需要把握其用途、力度和技巧，而這些都可通過學習來習得，各種各樣的修辭手冊就是傳授技術的工具書。

17 陳鼓應《老子注釋及評價》（北京：中華書局，1984 年），頁 361。
18 《論語・衛靈公下》，載程樹德撰，程俊英、蔣見元點校《論語集釋（四）》（北京：中華書局，1990 年），頁 1127。
19 「子曰：巧言亂德。小不忍，則亂大謀。」《論語・衛靈公下》，頁 1115。
20 班固《離騷序》，載郭紹虞主編《中國歷代文論選（上）》（香港：中華書局，1979 年），頁 120。
21 司馬遷《司馬相如列傳》，載《史記（第九卷）》（北京：中華書局，1982 年），頁 3073。
22 王充《論衡（第八卷）》（上海：人民出版社，1974 年），頁 129-134。

傳統修辭觀下的隱喻，不過是眾多修辭手法中的一種，它有著「修辭」應有的品質，意義二分法、修飾論、變異說、工具論都一概適用。但二十世紀以後層出不窮的隱喻研究告訴我們，這些品質都是值得懷疑的，隱喻不只是修辭，甚至連「修辭」的概念也需要改寫。

隱喻還可以是什麼？

　　Mark Johnson在發表於1981年的一篇文章中說：「我們正身處於一種隱喻狂熱（Metaphormania）中。」[23]當隱喻（metaphor）和狂熱（mania）組合成一個新詞的時候，隱喻已成為哲學、語言學、心理學以及文學批評等等共同的課題。修辭學中，隱喻是一種修辭手段，除此之外，隱喻還意味著什麼？跨學科的隱喻研究提供了以下說法，每一樣都在挑戰傳統的修辭觀念。

　　說法一，隱喻是語言的構成方式，語言本質上就是隱喻性的。這一觀點認為任何語言都須將物體或觀念置換成一套抽象、隨意的符號，而這一過程就是對實物或觀念的隱喻。比如「心」這個字（符號）就是對心臟這一實物的隱喻；「中」是對一種方位觀念的隱喻，兩者組合產生另一個隱喻「中心」，來表達更為抽象的概念。可是在平日的使用中，我們並不會覺得這些詞語含有隱喻義，因為在我們反復熟練的使用中，我們已經忘記了其中內含的隱喻關係。這些被忘掉的隱喻，我們稱之為「死的隱喻」（dead metaphor）。這個觀點從根本上否定了字面／非字面意義的區分，因為我們所確信的字面意義只不過是死了的隱喻。

　　說法二，隱喻是文化結構的基礎。這一觀點關注的是隱喻含有的創造性機制，因為當我們需要表達一種新的觀念時，往往會借用原有的隱喻意象。就好像，「隱喻」這個詞本身就是「隱」含和比「喻」的意義組合，而英文metaphor在希臘文中的原意是傳遞、轉換（transfer），這個詞在現代希臘文中仍可以指運載行李的工具。可見，無論中文還是英文，「隱

---

[23] Mark Johnson, ed., *Philosophical Perspectives on Metaphor* (Minneapolis: University of Minnesota Press, 1981), p. ix.

喻」／metaphor這個詞本身都是借用原有的隱喻意象組合／轉換而成的，只不過當它成爲固定的批評術語之後，就成了「死的隱喻」。更進一步，「死的隱喻」、dead metaphor、「隱喻狂熱」、metaphormania，這些中文和英文的新詞不也都是利用舊有隱喻拼接產生？就是這樣，環環相扣，隱喻的不斷翻新和不斷「死亡」建構了我們的整個觀念世界。環顧我們的文化和生活，政治鬥爭中有顏色隱喻（臺灣的藍、綠、紅三色對峙）；職場上有體育隱喻（出局、擦邊球）；大眾交流更充滿網絡隱喻（博客／部落格、網蟲）等等。隱喻的繁殖和傳染使我們開口就不可能不用隱喻，而意識形態和文化傳統正在其中構型、傳播、發揮效力。

說法三，隱喻是一種思維方式、認知方式。George Lakoff和Mark Johnson在1980年出版了*Metaphors We Live By*一書，他們認爲隱喻不僅限於語言表達的範圍，更是人類思維和認知的方式。[24]也就是說，我們去認識、思考、進而嘗試表達某一事物的整個過程（不僅僅是表達）都依靠隱喻運作，我們總是習慣運用已有的概念和符號來把握新的事物。這樣一來，隱喻便無所不在，它滲透在人類生活的每個角落，包括一言不發的行爲舉止中都包含著隱喻，宗教儀式便是最好的例子。

讓我們回到文學批評。如果使用隱喻是人類基本活動的一部分，那麼文學文本中的隱喻扮演著怎樣的角色？它如果不是可有可無的增色劑，那麼它的出現作用何在？顧城的詩《眨眼》發表於1980年。詩題下先注明一句：「在那錯誤的年代，我產生了這樣的『錯覺』」。[25]這首詩的主體部分（中間三段）描述了這種「錯覺」，在眨眼間，「我」所看到的彩虹變成了蛇影，時鐘變成了深井，紅花變成了血腥。然而詩的開頭和結尾卻又告訴我們這些景象並不是「我」的錯覺，因爲「我堅信／我目不轉睛」（開頭），「爲了堅信／我雙目圓睜」（結尾），這些相互矛盾的表達暗示了文本中的「錯覺」（帶引號的）一詞和奇異景象的摹寫其實都是隱

---

[24] George Lakoff and Mark Johnson, *Metaphors We Live By* (Chicago: University of Chicago Press, 2003).
[25] 顧城《眨眼》，載顧工編《顧城詩全編》（上海：三聯書店，1995年），頁153-154。

喻。隱喻往往就是在這種表面的掩飾和上下文語境的暗示中產生意義，充滿張力。

詩句的並列結構告訴我們，中間三段指向同一個隱喻並不斷加強。彩虹、教堂中的時鐘、紅花，可以代表著美，信仰和理想。尤其是銀幕上迎著春風的紅花，是一個帶有強烈政治意味的隱喻意象。而蛇影、深井、血腥，是變形的、陰暗的、觸目驚心的。美好的事物，一眨眼就變成了醜陋，帶有著超現實的荒誕意味。

詩歌開頭的題解部分提示我們這種荒誕的「錯覺」產生於一個錯誤的年代，連繫詩歌的創作背景，文本的政治性凸現出來，這是一首寫於中國文化大革命後初期的「傷痕」詩。文本外圍的資料提供我們解讀的線索，不過在這裡我們更感興趣的是在這首詩中，隱喻賦予文本意義，而且這種意義充滿著不確定性。對於詩中美醜瞬間變幻的隱喻，可以詮釋為原有的美好價值被徹底推翻，展示了那個時代黑白顛倒，精神扭曲的狀態。而從另一個角度看，彩虹、時間、銀幕上的浮光掠影都是無法把握的，它們隱喻著一種看上去美麗的虛幻假像。在眨眼間，假像破滅，「我」看到了陰森醜惡的真相。那麼在這層意義上，文中帶著引號的「錯覺」實為一種反諷。又或者，整首詩只是在抒寫一種感受：無論怎樣的「目不轉睛」，「我」都無法看清真相，一切表像都是不可靠的，只有感覺到的荒誕更為真實。

面對這些詮釋，我們無法判斷哪種更為合理，隱喻就是這樣一種奇妙的語言，它一方面在掩飾和揭示之間釋放意義，另一方面又創造出一個矛盾共容的意義空間，它有著自我破壞的傾向，本體和喻體之間沒有永久的契約，正如「彩虹」可以變成「蛇影」，「時鐘」可以變成「深井」，只有在不斷的陌生化中，隱喻才能保持意義，不然便會死亡。

第六章
觀點
POINT OF VIEW

觀點？還是視角？

我們常會說：「就我的個人觀點而言，……。」這裡的「觀點」可作「看法、態度」解，那麼作為學術概念的「觀點」（point of view）在意義上有何不同？從上一章討論的「隱喻」概念來看，「觀點」這個詞在我們的日常使用中實際上是一個「死的隱喻」，當它進入批評話語之後，恰恰還原了被人遺忘的本意：觀——點，觀看的位置。

儘管「觀點」的概念常常和小說等敘事文本一起出場，但我們在閱讀絕大多數的文本時，都能感覺到某人或某些人的眼光；我們跟隨這些眼光來觀看、體驗文本裡的一切，由此便產生了「觀點」的概念及諸多相關的話題：誰在看？觀看者的位置在哪裡？這一位置如何左右著文本的視野？如何左右故事的推進、情緒的鋪展？如何幫助生成特殊的文本效果？更進一步的，「觀點」如何影響了文本觀點／世界觀的建構和傳達？

討論這些話題之前，我們先要來解決翻譯問題，因為眼下中文學術界使用的譯名五花八門，除了「觀點」之外，最常見的有「視角」、「視點」、「敘述／敘事視角」等等，而從使用頻率來看，「視角」更為通用。

按照字面直譯，point of view這個西方概念比較接近的中文翻譯是「觀點」，英文原意並沒有「角」的意思。事實上，「五四」時期（1915-1927）最早的譯介，清華小說研究社1921年出版的《短篇小說作法》就把這個詞譯為「觀察點」，[1] 張舍我的《小說作法大要》、[2] 陳穆

1　清華小說研究社編《短篇小說作法》（北京：共和印刷局，1921年），轉引自嚴家炎編《二十世紀中國小說理論資料（第二卷）》（北京：北京大學出版社，1997年），頁132-133。

2　張舍我《小說作法大要》，《申報·自由談》1921年8月7日。

如的《小說原理》、[3]夏丏尊、劉薰宇的《文章作法》[4]也都用了這一譯法。不過，早期譯著同樣出現了「述法」、「視域」、「視點」、「敘述角」等各種術語譯名，在不同論者的描述中，它們的指涉對象、分類方法都不盡相同。這一混亂的局面與西方理論本身的混亂有關，可以說，「五四」時期的翻譯，幾乎與西方「觀點」理論的發展同步，而西方理論界的討論同樣存在許多「家族相似」的姐妹概念，比如Jean Pouillon所說的vision；Georges Blin的restrictions of field；Cleanth Brook和Robert Warren的focus of narration等等，[5]更為大眾化的用詞是perspective與angle of vision等。

可以猜測，現在學術界通用的「視角」最初對應的並不是point of view，而是perspective或angle of vision，儘管後來有關「小說視角」的討論實際上指的就是point of view。但問題是，這並不單純是不同譯法的問題，我們認為，point of view和perspective，觀點和視角，可能是兩個不同的概念，它們在文本分析中的側重並不相同。

Point of view（觀點）是指敘述者在文本中的觀察點，故事從這個觀察點被呈現，它與觀看者的角色、位置、狀態有關，回答的是「誰在看？」「在哪裡看？」「看到多少？」的問題，相對應的有女性觀點、孩童觀點、「第一人稱敘述」觀點、全知觀點、有限觀點等分類。而視角是指觀看的角度，關心的是看的動作，而不是動作的主人，種類寬泛得多，可以有偷窺視角、俯瞰視角、仰望視角；也可以引申為文化視角、審美視角、歷史視角……只要以角度分，不同標準就會產生不同類別的視角。或許也可以說，「視角」是一個比「觀點」更大的概念，而「觀點」的針對性更強，也更具有主動權，因為同一個人可以有許多觀看的角度，也就是說，一個觀點可以有許多種視角。談到視覺效果，觀點和視角之間亦有差

3 　陳穆如《小說原理》（上海：中華書局，1931年），頁167。
4 　夏丏尊、劉薰宇《文章作法》（第八版）（上海：開明書店，1930年），頁43-44。
5 　相關概念討論見 Gérard Genette, translated by Jane E. Lewin, *Narrative Discourse:An Essay in Method* (Ithaca, N.Y.: Cornell University Press, 1980), pp. 188-189.

別：「門縫裡看人，把人看扁了」是視角問題；「狗眼看人低」就是觀點問題。如果我們不把這兩個概念局限於小說文本的範圍，它們的不同在一些運用特殊技巧的文本裡體現得更爲明顯。比如，臺灣導演楊德昌的電影作品《一一》（2000年）中，有一個性格內向的小男孩洋洋，他喜歡用相機拍下別人的後背，因爲他想讓別人看到他們自己看不到的一面。無論是洋洋的相機鏡頭，還是電影的攝像鏡頭，當它們對準別人的後背時，截取的是一個背後世界的獨特「視角」，而同時那也是一種「孩童觀點」，因爲電影是通過洋洋的相機或眼睛觀看世界的。

誰的觀點？

卞之琳的《斷章》是一首關於觀看的詩：

你站在橋上看風景，
看風景的人在樓上看你。

明月裝飾了你的窗子，
你裝飾了別人的夢。[6]

這首詩中，誰在看？誰都在看。那麼，我們所說的文本「觀點」在這首詩中是誰的觀點？是看風景的「你」？還是在樓上看「你」也看風景的人？或者，還有別人？

換個方式提問，如果把這首詩看成一段敘事，那麼是誰在說話？是誰在描述他所看到的一切？可以想像，那是一個隱形的觀看者和描述者，他高高在上，既看到了在橋上看風景的「你」，也看到了在樓上看「你」的那個人。每個文本中都有這樣一個角色，或隱形或現身，講故事給我們聽，告訴我們他眼中的一切，我們稱他爲「敘述者」。

6 卞之琳《斷章》，《雕蟲紀歷：1930-1958》（香港：三聯書店，1982年），頁64。

「敘述者」概念成立的前提就是與作者劃清界限，那界限便是文本的邊緣，其外是作者活色生香的生活世界，其內便是他創造出來的虛擬世界。敘述者，就是作者在虛擬文本世界的代言人，代他觀看、發聲，代他引介人物出場、交待故事發展、發表議論、甚至直接開口發問。他是作者和讀者之間的仲介，但並不是作者的替身，因為有時作者並不會讓敘述者說出自己的真實想法，那時敘述者就成了一個說謊的傀儡。

　　從文本表面看，敘述者可能和作者沒什麼關係，但也可能與作者的現實形象很接近，譬如自傳，或者以下馬原小說《虛構》中的這段文字：

　　我就是那個叫馬原的漢人，我寫小說。我喜歡天馬行空，我的故事多多少少都有那麼一點聳人聽聞。我用漢語講故事；漢字據說是所有語言中最難接近語言本身的文字，我為我用漢字寫作而得意。全世界的好作家都做不到這一點，只有我是個例外。……我就叫馬原，真名。[7]

文本中的「我」和作者一樣也叫馬原，也用漢字寫小說，也天馬行空地寫出了小說後來講的故事。即便如此，我們認為那也只是一個名叫「馬原」的敘述者，和一筆一劃寫下《虛構》的作家馬原，和後來出現在故事中的人物馬原，都不是一回事。混淆敘述者和作者，是作家耍的障眼法，他把自己的寫作行為、寫作狀態寫進小說中，製造出作家直接進駐文本的假像，是為了突出文本的「虛構」性，突出敘述者「我」的個人「觀點」，是為了明白地告訴讀者：所有的故事，都是「我」編出來的。這樣的小說被批評家稱為「元小說」或者「後設小說」（meta-fiction）。

　　無論是在《斷章》中隱身，還是在《虛構》裡現身，敘述者都以不同的方式顯示著自己在文本中的存在。我們所說的文本觀點正是指這個敘述者的觀點，與他在文本中觀看的位置有關。按敘述者在文本中「看的位置」、「看到多少」，觀點的分類有不同的方式，譬如說：

---

⁷ 馬原《虛構》（北京：作家出版社，1997年），頁 1-3。

1. 全知觀點（omniscient point of view）：以全知敘述者的觀點敘事

2. 客觀觀點（objective point of view）：以外部觀察者的觀點敘事

3. 有限觀點（limited point of view）：以故事中一個或幾個人物的觀點敘事

以上的三類觀點，用法國敘事學家Tzvetan Todorov的公式可相應地表示為：敘述者＞人物（敘述者說的比任何一個人物知道的都多）；敘述者＜人物（敘述者說的比人物知道的少）；敘述者 ＝ 人物（敘述者僅說出某個人物知道的情況）。[8]

　　全知觀點的敘述者處在故事以外，如上帝一般無所不知、無所不能。他不是故事中的人物，沒有具體的形象，但擁有超強的透視能力，可以毫無局限地自由出入不同人物的意識；亦有超強的覆蓋能力，其視線可達最遠的天際和最隱秘的角落；他更有超越時間的預知能力，曾發生、未發生、將要發生的事情盡在掌握之中。這樣的敘述者擁有絕對的敘述自由，故事了然於心，跳躍、切換、插嘴，評頭論足，怎麼講都不受約束，Mitchell A. Leaska稱之為總括式的敘述（summary narrative），[9]而中國古代傳統中，這種敘述方式最為常見的就是驚堂木一拍好戲開場的說書大戲。

　　客觀觀點與全知觀點的觀看位置其實相同，都處在故事之外，只是觀

8　Tzvetan Todorov 的公式在 Gérard Genette 的著作 *Narrative Discourse* 中被介紹和推廣，同時 Genette 還提出了自己的概念：「零聚焦」（zero focalization）、「外聚焦」（external focalization）、「內聚焦」（internal focalization）與上述公式相對應。Gérard Genette, translated by Jane E. Lewin, *Narrative Discourse: An Essay in Method* (Ithaca, N.Y.: Cornell University Press, 1980), pp. 188-190.

9　Mitchell A. Leaska, "The Concept of Point of View," in Michael J. Hoffman and Patrick D. Murphy, eds., *Essentials of the Theory of Fiction* (Durham: Duke University Press, 1996), p. 161.

看的主體有著天壤之別。不僅沒有全知敘述者無所不知的法力，客觀觀點的敘述者除了記錄親眼所見親耳所聽之事，對其餘的一概一無所知。他需要堅守局外人的本分，不能進入人物的內心，只能做外部言行的描寫，就像一架開動的攝像機或錄音機，只能選擇是否記錄以及記錄的角度。從敘述方式來看，客觀觀點放棄了全知敘述者的特權，更多展現故事本身而不去刻意講述，這樣讀者就獲得了更多的閱讀自由，不被告知事情的原委，需要自己去解讀去體會去感受。正因此，運用客觀觀點成為現代小說偏愛的技巧之一，以沉默寡言的觀看者取代喋喋不休的說書人，帶有某種反叛色彩。

有限觀點是指敘述者進入故事借用某一個人物的觀點來觀察、敘述，故事的呈現因而被鎖定在這個人物的視野和感知中，除非轉換觀點，否則不能越界進入別人的意識，惠子曰「子非魚，安知魚之樂？」說的就是這個道理。有限觀點很常用，因為它最接近現實生活的情形，我們都只是從自己的觀點來看事物，這樣的文本給讀者親臨其境的感覺。有限觀點運用起來變化很多，敘述者借用人物的觀點，敘述便需要跟著這個人物的身份、處境、心情走，但問題是為什麼要選擇這個人物的觀點呢？從不同人物眼中看到的故事會全然不同，所以觀點的運用對文本意義起著決定性的作用。

臺灣詩人鄭愁予的《錯誤》，是從過客「我」的觀點來寫小城思婦的落寞心情：

我打江南走過
那等在季節裡的容顏如蓮花的開落
……

我達達的馬蹄是美麗的錯誤
我不是歸人，是個過客……[10]

10 鄭愁予《錯誤》，載《鄭愁予詩集 I：1951-1968》（臺北：洪範書店有限公司，1980

假如我們改變觀點，以思婦的觀點來改寫，就成了這樣一個文本：

> 你打江南走過
> 我等在季節裡的容顏如蓮花的開落
> ……
> 那達達的馬蹄是美麗的錯誤
> 你不是歸人，是個過客……

比較兩個版本，觀點轉換導致文本意義和效果上的偏差就凸現出來。思婦觀點下的自怨自艾取消了原詩幽遠的意境，同樣也取消了從過客的觀點想像思婦愁怨的美學距離。而更為重要的是，觀點的改變刪改了原作的內在涵義，以「我」的觀點觀照思婦的憂思，實際上蘊含了雙重情感，遊子的思鄉、思婦對遊子的思念，兩者在身份上的交錯形成一種呼應，由此，「達達的馬蹄是美麗的錯誤」不僅對思婦而言，更是「我」的無奈和惆悵。又或者，假如那個寂寞的婦人純屬「我」的想像，那麼這首詩實際上寫的並不是思婦，而是「我」自己，在「我」的內心意識中，將對故鄉、愛人的思念投射在一個虛幻的形象上。

因此，不同人物的觀點會呈現不同面貌的故事，這對作家來說，即是限制，卻也是便利，靈活運用便能變幻出多樣的文本。按Gérard Genette的說法，有限觀點除了自始至終採用一個人物觀點的固定式之外，還有不定式和多重式兩種變形。[11]不定式是指敘述觀點會從一個人物轉換到另一個人物，而多重式則是通過多個人物的觀點敘述同一事件，日本作家芥川龍之介的《竹林中》是這一觀點運用的經典之作。

有的時候，有限觀點還會出現另一種狀況，小說通過故事人物的口（如日記、書信等）講述另一個故事。譬如說魯迅的小說《在酒樓上》，

年），頁123。

[11] Gérard Genette, *Narrative Discourse: An Essay in Method* pp. 189-190. 需要說明的是，Genette 的分類論述使用的是「聚焦」（focalization）概念。

「我」在故鄉的酒樓上偶遇舊識呂緯甫，聽他講述自己的經歷。這種套式結構實際上製造了不同的故事層次，而上一層的某個人物就是下一層的敘述者，如此一來，同一個文本亦能融合不同人物的有限觀點。而需要提醒的是，不管有多少層的故事敘述者，他們其實都是文本敘述者借用的觀點人物，敘述者觀點與人物觀點重疊從而將敘述態度隱藏在人物觀點的背後，在閱讀中讀者容易因為直接接觸人物的言行內心而忽略這一轉述仲介，產生錯覺。正如《在酒樓上》呂緯甫的傾訴始終有「我」的眼光觀照著，而雙重觀點之間往往暗存相吸或相斥的張力，潛藏著文本的秘密。

有限觀點和全知觀點看上去水火不容，但在實際的運用中，常常會組合成一種看似矛盾的「有限全知觀點」（limited omniscient point of view）。那是因為純粹的全知觀點在文本中很少存在，尤其在長篇小說中，觀點往往是滑動的，總是在全知敘述者的觀點和一個或幾個人物的觀點間不斷切換，可以說「有限全知觀點」是一個針對文本實際狀況產生的修正概念。看這段《紅樓夢》第六回中的文字：

> 上了正房臺磯，小丫頭打起猩紅氈簾，才入堂屋，只聞一陣香撲了臉來，竟不辨是何氣味，身子如在雲端裡一般。滿屋中之物都耀眼爭光的，使人頭懸目眩。劉姥姥此時惟點頭咂嘴念佛而已。於是來至東邊這間屋內，乃是賈璉的女兒大姐兒睡覺之所。平兒站在炕沿邊，打量了劉姥姥兩眼，只得問個好讓坐。劉姥姥見平兒遍身綾羅，插金帶銀，花容玉貌的，便當是鳳姐兒了。才要稱姑奶奶，忽見周瑞家的稱他是平姑娘，又見平兒趕著周瑞家的稱周大娘，方知不過是個有些體面的丫頭了。

全知觀點交待劉姥姥進榮國府的大致情形，同時又不時調節到劉姥姥的觀點中來呈現榮國府裡的人和事，全景與細節相補充，靈活自如。脂硯齋夾批「是劉姥姥鼻中」；「是劉姥姥身子」；「是劉姥姥頭目」；「從劉姥姥心中目中略一寫，非平兒正傳」。從這些批文可以看見，脂硯齋已經觀

察到了「有限全知觀點」敘述進退之間的妙處。[12]

觀點：傳統和現代

　　追溯「觀點」概念的產生淵源，西方對這一敘事技巧的發現，可說是現代小說觀念形成過程中的產物。古希臘荷馬史詩以降的敘事傳統裡，敘述者往往有著絕對的權威，無所不知，任意描述，不僅控制著人物的言行、情緒、感覺，也控制著讀者的閱讀理解，因為對讀者來說，「他」的聲音和眼光是不容置疑也不用質疑的。到十九世紀下半葉，受Gustave Flaubert作品的啟發，作家和評論家的趣味開始發生變化，認為敘述者收斂姿態「客觀」地呈現（showing）故事，比直接講述（telling）故事更符合人們的生活經驗，同時也更有技巧，更具有藝術性。在這樣的氛圍中，Henry James的小說創作讓人們耳目一新，而「觀點」也因此凸現為一個值得研究的問題。James的小說往往以某個人物的眼光為觀點，通篇保持固定不變。這種後來被稱為有限觀點的手法，在當時被視為現代小說的標誌性技巧之一，標誌著小說創作脫離全知觀點的傳統，從講述故事到呈現故事的轉變。不單單是創作實踐，James亦在小說的前言後語裡闡釋這種獨特的觀點運用，沒有現成的概念可用，他只能靠一些複雜的描述來指代它，比如稱之為「通過單一意識（single consciousness）進行的敘述方式」。[13]

　　Percy Lubbock在1921年所寫的《小說技巧》（*The Craft of Fiction*）算是最早系統研究觀點課題的著作之一，在提出界定「觀點」概念的基礎上，他受到Henry James的影響，推崇敘述者身處於故事內部的敘述方式。[14]René Wellek和Austin Warren在《文學理論》（*Theory of*

---

12 曹雪芹著，黃霖校理《紅樓夢：脂硯齋評批》（濟南：齊魯書社，1994年），頁119-120。

13 Henry James, "Preface," in *The Ambassadors* (Oxford & New York: Oxford University Press, 1998), pp. xxix-xlvii. 中文譯本為亨利·詹姆斯著，趙銘譯《奉使記》（香港：今日世界出版社，1969年）。

14 Percy Lubbock, *The Craft of Fiction* (London: Jonathan Cape, 1960).

Literature）中同樣強調「小說的本質在於全知全能小說家有意從小說中消失，而只讓一個受到控制的觀點出現。」[15]可以說，正是在那些後來被稱爲Jamesian的追隨者的努力下，一套觀點理論的經典法則逐漸形成，要點包括：推崇以人物爲主的有限觀點替代傳統的全知觀點敘述；強調觀點固定，即在一部作品中，一旦選擇某個人物的觀點就不可變換；反對作者介入作品發言、評論；強調敘述的「客觀性」（objectivity）等等。概而言之，他們主張通過有限觀點的運用來約束敘述者的權力，試圖以「客觀」的方式來呈現故事，讓讀者自己去理解、感受、評價作品。

正統一旦確立，便逐步專斷僵化。1961年Wayne C. Booth出版《小說修辭學》（*The Rhetoric of Fiction*）重新檢視這一脈理論源流，並指出其中的缺陷：小說創作不可能絕對客觀。他批評當時普遍將「呈現」故事的方式置於「講述」故事之上的風氣，認爲這種評判標準有脫離文本之嫌。[16]同樣，E.M. Forster也指出批評家們爲小說創作找到了自己的技巧元素——「觀點」，但對它過度緊張了。他不滿程式化地運用有限觀點，偏好觀點轉換（shifting viewpoint）的手法，認爲它能使作品具有擴大或縮小感知範圍的能力，而那與我們感知生活的方式有相似之處。[17]

如果說在西方理論界，全知觀點和有限、固定觀點一度被貼上傳統與現代的標籤，其間的轉變被賦予文學現代化的象徵意義，那麼當「觀點」概念被引進到中文語境時，這一公式和詮釋也都被照單全收。清華小說研究社的《短篇小說作法》（1921年）在介紹「觀察點」概念的同時，就強調小說家應該「在決定自身之視域以後，才好下筆」，而「作者既已決

[15] René Wellek and Austin Warren, *Theory of Literature* (Harmondsworth: Penguin, 1980), p. 223.

[16] Wayne C. Booth, "Distance and Point-of-View: An Essay in Classification," in Michael J. Hoffman and Patrick D. Murphy, eds., *Essentials of the Theory of Fiction*, 2nd edition (Durham: Duke University Press, 1996), pp. 117-118.

[17] E.M. Forster, *Aspects of the Novel* (London: Hodder & Stoughton, 1974, 1993), p. 55. 中文譯本爲：愛・摩・福斯特著，朱乃長譯《小說面面觀》（北京：中國對外翻譯出版公司，2002 年）。

定一種觀察點，此後自然應該把同一的態度貫徹全篇」。編者推崇「第三身稱述法」，認爲那是「最普通、最容易，而最穩當的，作者幾乎完全隱於背景之後，不示眞面目。」[18]夏丏尊1925年發表的重要論文《論記敘文中作者的地位並評現今小說界的文學》堅持「記敘文應以不露作者面目爲正宗」，[19]在次年出版的《文章作法》裡，同樣表明「敘事文底觀察點不應變更，使文氣一致而不散慢冗繁」。[20]可以說，相似的主張在二十世紀初的五四時期及後來的論述中屢屢出現，它們連同交相呼應的創作實踐鞏固了西方闡釋內含的「觀點」進化論，即預設了某種「觀點」運用（如「有限觀點」、「固定觀點」）是好的，是現代的，優越於傳統（全知觀點）。而在今天看來，這一論斷的影響並不局限於五四時期，很長一段時間內，它參與建構著中國文學史的現代性論述。

晚清至五四時期，中國小說敘事觀點上的轉變已被學界細緻地討論過。無論是文言小說中的「記言者」（像《聊齋志異》裡的「異史氏」），還是白話小說中的「說書者」（如《紅樓夢》以「列位看官」開場），中國傳統小說中的敘述者大多占據著全知全能的敘述位置。到二十世紀初，「新小說」家們通過翻譯小說逐步領悟有限觀點的技巧，逐步出現了自我抒情類型的第一人稱敘述（如蘇曼殊的《斷鴻零雁記》），以及較晚的第三人稱有限觀點敘述（如劉鶚《老殘遊記》、吳研人《上海遊驂錄》等）。五四時期，作家們更直接引進西方小說觀點理論，創作上的模仿和借鑒也逐步「正宗」，第一人稱的抒情式敘述被大量採用，而第三人稱敘述中的有限觀點人物也不再扮演「新小說」中的旁觀者、記錄者角色，擔當了故事中的行動主體。[21]

概括這樣的小說史脈絡是爲了說明，在西方翻譯作品和觀點理論的影

---

[18] 清華小說研究社編《短篇小說作法》，頁 132-133。

[19] 夏丏尊《論記敘文中作者的地位並評現今小說界的文字》，《立達季刊》第 1 卷第 1 號，1925 年。

[20] 夏丏尊、劉薰宇《文章作法》，頁 42-51。

[21] 陳平原《中國小說敘事模式的轉變》（北京：北京大學出版社，2003 年），頁 62-99。

響下，中國小說敘述觀點發生的變化，被現有的許多文學史話語賦予了小說革命的歷史意義，它被看成中國小說現代化過程的組成部分，也就是說從擺脫全知觀點敘述模式到有限觀點的「純正」運用，從觀點的遊移到固定，中國小說被認為完成了Henry James式的轉變，完成了從傳統到現代的轉變。

另一種傳統

　　回避西方觀點的進化論眼光，回到中國的小說傳統本身，我們可以發現在西方概念輸入之前，這一傳統對於「觀點」概念的認識並非白紙一張，不假以西方標準來衡量，這些創作和批評都自成特色。從唐傳奇到明清筆記小說，中國古代文言小說不乏運用有限觀點的例子，但就長篇白話作品而言，全知觀點配合運用頻繁轉換的有限觀點，可說是中國的傳統模式。批評界常借用描述中國畫的術語稱之為「散點透視」，不同於西洋畫的「焦點透視」。

　　這一觀點運用的特色，在金聖歎、毛宗崗、張竹坡、脂硯齋等等的小說評點中，都成為值得一批的文本現象，而他們最感興趣的往往是從全知觀點轉換到「某人眼中」的文字部分。譬如說，《水滸傳》第九回寫陸虞侯串通管營、差撥密謀一節，開頭寫道：「忽一日，李小二正在門前安排菜蔬下飯，只見……。看時……」。金聖歎評批：「『看時』二字妙，是李小二眼中事」；[22]「為閣子背後聽說話，只得生出李小二」，[23]稱讚以李小二「眼中」寫密謀的策略，更點出「生出李小二」，即取其觀點人物的專門功能。除「眼中」之外，「口中、耳中、鼻中、心中、意中……」都是評點派關注的觀點內容，在他們看來，某一人物聽到的、感知到的、心中所想的都代表了觀點的轉換。上文所引的脂硯齋批劉姥姥「鼻中」、「耳目」、「身子」就是一證。

---

[22] 施耐庵著，金聖歎批評，劉一舟校點《水滸傳（上）》（濟南：齊魯書社，1991年），頁206。

[23] 同上，頁205，注釋（一）眉批。

076
文學批評關鍵詞──概念‧理論‧中文文本解讀

在金聖歎、毛宗崗的一些評點中，我們會發現他們將原文的全知觀點段落刻意修改成有限觀點，目的就是為了強調觀點轉換的文本功能，並配合提出自己的概念。譬如說，毛宗崗修改《三國演義》第四十八回，寫魏、吳交兵，「卻說周瑜引眾將立於山頂，遙望江北⋯⋯」，並加批語：「文聘之敗，又在周瑜眼中望見。敘法變換」；「曹軍折旗，卻在周瑜眼中望見。敘法變換」。[24]「敘法變換」，應與「觀點轉換」同義。另有金聖歎修改《水滸傳》「宋江怒殺閻婆惜」一段，容與堂本第二十一回原文如下：

> （閻婆惜）正在樓上自言自語，只聽得樓下呀地門響。婆子問道：「是誰？」宋江道：「是我。」婆子道：「我說早哩，押司卻不信，要去。原來早了又回來。且再和姐姐睡一睡，到天明去。」宋江也不回話，一逕奔上樓來。那婆娘聽得是宋江回來，慌忙把鑾帶、刀子、招文袋，一發卷做一塊，藏在被裡，緊緊地靠了床裡壁，只做鼾鼾假睡著。[25]

在這段全知觀點敘述中有三個人物，分處不同位置，閻婆惜在樓上，閻婆在樓下，宋江在門口，經金聖歎修改之後，便成了：

> （閻婆惜）正在樓上自言自語，只聽得樓下呀地門響。床上問道：「是誰？」門前道：「是我。」床上道：「我說早哩，押司卻不信，要去。原來早了又回來。且再和姐姐睡一睡，到天明去。」這邊也不回話，一逕已上樓來。
> 　　那婆娘聽得是宋江了，慌忙把鑾帶、刀子、招文袋，一發卷

---

24 羅貫中著，毛宗崗批評，齊煙校點《三國演義（上）》（濟南：齊魯書社，1991年），頁598。
25 施耐庵、羅貫中著《水滸傳》（上海：上海文藝出版社，1996年），頁276。

做一塊，藏在被裡，紐過身，靠了床裡壁，只做鼾鼾假睡著。[26]

以各人的位置替換人名，全知觀點便被改成了以閻婆惜的聽覺為媒介的有限觀點，這一改，從閻婆惜警覺地細聽一直到「聽得是宋江」，製造了戲劇效果。更重要的是金聖歎另加入批語：「（只聽得）三字妙絕。不更從宋江邊走來，卻竟從婆娘邊聽去，神妙之筆。……一片都是聽出來的，有影燈漏月之妙。」[27]「影燈漏月」，可說是金聖歎對觀點轉換概念的一種比喻。如果說「燈」比喻能照遍屋內的全知觀點，那麼「影燈」即遮住燈光，切斷光源，轉而借用漏入屋內的月光來觀察；而「漏月」比擬有限觀點，一線月光之下，只能看到部分的情形。

　　總體看來，小說評點派推崇的與其說是單純固定地運用有限觀點，倒不如說是全知敘述下不斷切換到不同人物的有限觀點，即所謂「散點透視」。其功能評點者亦有談及，比如金聖歎批前面李小二一段：「一個，小二看來是軍官；一個，小二看來是走卒。先看他跟著，卻又看他一齊坐下。寫得狐疑之極，妙妙。」[28]敘述受制於觀點人物的身份意識，從李小二的「狐疑」中便能產生懸念和戲劇效果。而另外脂硯齋批《紅樓夢》第三回賈寶玉眼中所見之林黛玉：「不寫衣裙妝飾，正是寶玉眼中不屑之物，故不曾看見。黛玉之舉止容貌，亦是寶玉眼中看，心中評；若不是寶玉，斷不能知黛玉終是何等品貌。」[29]由此可見，以人物的有限觀點引介其他人物出場，實為一箭雙鵰的寫法，既刻畫了被看者的形象，也突顯了觀看者的品性特徵。不過，這些好處往往需要與全知觀點搭配使用，全知與有限觀點間的轉換，或者不同人物間的觀點轉換，才是古代評點者們內心認同的技巧。

　　對於「觀點」這個概念來說，中國式的實踐、詮釋與西方體系化的理

文學批評關鍵詞——概念·理論·中文文本解讀

078

---

[26] 施耐庵著，金聖歎批評，劉一舟校點《水滸傳（上）》，頁 396。

[27] 同上。

[28] 同上，頁 206。

[29] 曹雪芹著，黃霖校理《紅樓夢：脂硯齋評批》，頁 64，注釋（一）甲戌本眉批。

論發展有否高下之分？還是回到亞里斯多德的提示：只有希望產生某種效果，某種觀點才是好的或壞的。[30]觀點的優劣只與文本效果有關，只與文本個體有關，傳統與現代、中國與西方的對立區分都是人為塗抹的價值色彩。在具體的文本中，觀點是一種控制力量 —— 全知或有限，固定或轉換，小人物的或大英雄的等等 —— 觀點的選擇，控制著故事呈現的角度、意義彰顯的力度，最終影響文本內含的世界「觀點」、生命「觀點」的表達。

[30] "If such and such an effect is desired, then such and such points of view will be good or bad." In Aristotle, *Poetics*, quoted from Wayne C. Booth, "Distance and Point-of-View: An Essay in Classification," in Michael J. Hoffman and Patrick D. Murphy, eds., *Essentials of the Theory of Fiction*, 2nd edition, p.118.

第七章
人稱
PERSON

人稱與觀點

　　關於「觀點」的討論總會談到「人稱」。「我」、「你」、「他／她／它」、「我們」、「你們」、「他們／她們／它們」，當不同的人稱代詞出現在文本中，就會引出一些以人稱來區分觀點的說法：「第一人稱觀點」、「第三人稱全知觀點」等等。類似的表述很常見，許多時候被人們想當然地使用著，然而，細想一下，我們根據什麼稱某個文本是「第一人稱觀點」呢？「第三人稱」和「全知觀點」之間的搭配又基於什麼前提？更追究下去，我們面對的問題便是：什麼是文本敘事中的「人稱」？「人稱」與「觀點」有怎樣的關係？「人稱」又是如何在敘事中發揮作用的？魯迅的小說《祝福》中介紹主人翁祥林嫂的文字寫道：

> 　　大家都叫她祥林嫂；沒問她姓什麼，但中人是衛家山人，既說是鄰居，那大概也就姓衛了。她不很愛說話，別人問了才回答，答的也不多。直到十幾天之後，這才陸續的知道她家裡還有嚴厲的婆婆，一個小叔子，十多歲，能打柴了；她是春天沒了丈夫的；他本來也打柴為生，比她小十歲：大家所知道的就只是這一點。[1]

像這樣一段敘事，可能會因為全知敘述者在故事之外觀看，文本中又只出現「第三人稱」代詞而被稱為「第三人稱全知觀點」。然而這一判斷卻有

---

[1]　魯迅《魯迅全集（第二卷）》（北京：人民文學出版社，1981年），頁11。

令人困惑的地方：作爲修飾「觀點」的定語，「第三人稱」如果說是觀點人物的「人稱」，顯然是有問題的，因爲全知敘述者並沒有人稱，並不是文本中的「他／她」。那麼這個「第三人稱」是誰的「人稱」呢？

法國敘事學家Gérard Genette在討論「觀點」問題時曾點出：

> 在我看來有關這個問題的大部分理論著作都令人遺憾地混淆了我這裡所說的語式（mood）和語態（voice），混淆了誰是控制敘述視角（perspective）的觀點（point of view）人物？問題和另一個截然不同的誰是敘述者？的問題──或者，更簡單地說，就是誰在看？和誰在說？的問題。[2]

發出這樣的感慨，Genette針對的是當時F.K. Stanzel、Norman Friedman、Wayne Booth等小說理論家的各種「觀點」論述，尤其是那些用「人稱」來區分觀點的方法，他認爲許多理論其實都不是在討論「觀點」問題，而是將「看」與「說」的問題混爲一談。

Genette的反駁提醒我們，文本敘事其實內含兩個側面：看和說。如果說「觀點」涉及看的動作，那麼「人稱」則指向說（敘述）的部分。從理論上講，敘述行爲包含三大要素：敘述者、敘述接受者、被敘述者，用人稱代詞來描述三者的關係就是「我」向「你」講述「他」的故事。這樣一組人稱關係實際上存在於所有敘事（講故事）行爲內部，這也就是爲什麼Genette斷定無論敘述者是否現身於故事內，他在敘述中都只能是第一人稱的。[3]同樣的道理，任何敘述接受者（narratee），聽故事的人，都處在第二人稱「你」的位置上，那麼敘述文本中唯一可變的人稱只能是被敘述者的人稱，也就是說，我們通常所說的「第X人稱敘述」中的「人稱」

文學批評關鍵詞──概念・理論・中文文本解讀

2　Gérard Genette, translated by Jane E. Lewin, *Narrative Discourse: An Essay in Method* (Ithaca, N.Y.: Cornell University Press, 1980), p. 186. 粗體的文字部分在原文中同樣以不同字體標示。

3　Ibid., pp. 243-244.

指的就是被敘述者的人稱：第三人稱敘述是「我」向「你」說「他」的故事，第一人稱是「我」向「你」說「我」的故事，而第二人稱就是「我」向「你」說「你」的故事。由此看來，我們平時常用的一些概念便需要重新檢視，比如「第X人稱敘述者」就不那麼妥當，「第X人稱觀點」也有待商榷，因爲當觀點人物和被敘述者並不重疊時，人稱的指涉就會產生歧義。所以，上面這段《祝福》中的文本，從「觀點」來看屬於全知觀點，從「人稱」來分則是第三人稱敘述，兩種描述不能合二爲一。

或許是因爲「人稱」的運用很容易被辨識，它的敘事功能不太被理論界關注，Wayne Booth就曾說：「人稱大概是被濫用最甚的區分方式。說一個故事是以第一或第三人稱講述的並沒有告訴我們什麼重要的東西，除非我們更爲精確地來描述敘述者的特殊品質是如何與特殊的效果相連繫的……。」[4]與「人稱」相比，「觀點」往往被認爲是更能夠體現敘事複雜性的因素，因爲同一人稱敘述採用不同的觀點會帶來迥異的文本效果。不過，這一章我們以「人稱」爲關鍵概念進行討論，倒是想說明在文本中，「人稱」具有不同於「觀點」的敘事功能，更多的情況下，兩者各司其職，協同合作，配合參與著文本意義的建構。

Genette關於「人稱」的討論集中於第一人稱敘述，他認爲任何敘述都是第一人稱的，而「真正的問題在於敘述者是否用第一人稱指認他的其中一個人物」，即故事是被作爲人物的「我」講述的，還是被故事外的敘述者（隱身的「我」）講述的。[5]並且，同樣作爲人物的「我」參與故事的程度也會不同，可以是旁觀者、見證者——如魯迅《孔乙己》裡的小夥計「我」，阿城《棋王》中追隨「棋王」的知青「我」，也可以是故事的主人翁講述自己的經歷——如香港作家西西的這一篇《像我這樣的一個女子》：

4　Wayne C. Booth, *The Rhetoric of Fiction*, 2nd edition (Chicago: University of Chicago Press, 1983), p. 150.

5　Gérard Genette, *Narrative Discourse: An Essay in Method*, p. 244.

像我這樣的一個女子，其實是不適宜與任何人戀愛的。但我和夏之間的感情發展到今日這樣的地步，使我自己也感到吃驚。……一開始的時候，我就不應該答應和夏一起到遠方去探望一位久別了的同學，而後來，我又沒有拒絕和他一起經常看電影。對於這些事情，後悔已經太遲了，而事實上，後悔或者不後悔，分別也變得不太重要，此刻我坐在咖啡室的一角等夏，我答應了帶他到我工作的地方去參觀，而一切也將在那個時刻結束。當我和夏認識的那個季節，……6

小說就是這樣開頭的，且通篇都是以這種內心獨白的方式來講述。作為主人翁的「我」是一個殯儀館的女化妝師，當她陷入與「夏」的戀情時，並沒有告訴他自己的職業。因為「我」的姑母就是因為這個職業而歷經戀愛的挫折，孤獨終老。兩代愛情悲劇的故事，如果用第三人稱（配合全知觀點或有限觀點）同樣可以敘述得有聲有色，那麼西西選擇第一人稱的獨白敘述用意何在呢？

從敘述者、被敘述者、敘述接受者三方的關係來看，第三人稱講述他人的故事，與故事的距離最遠，即便表現人物的內心，也是遠距離的觀照。而在第一人稱中，敘述者和被敘述者是重疊的，都在故事內，敘事直接進入主人翁的意識。《像我這樣的一個女子》將一個年輕女子矛盾的內心狀態曝露出來，思緒的跳躍、情緒的波動都呈現得絲絲入扣。然而更為重要的是，小說採用第一人稱並非自傳式的坦白和宣洩，而是一種策略，使它得以將主人翁「我」及姑母幾十年的命運坎坷壓縮到一個時間片段，如上面小說開頭寫的「此刻我坐在咖啡室的一角等夏」，那是秘密即將被揭開前的片刻。這一關鍵時間的選擇，使第一人稱能夠展現主人翁澎湃的心緒，回憶、自問、自我審視、自我懷疑、自我辯白等等意識活動，一方面烘托出人物劇烈掙扎的心理狀態，另一方面又巧妙地將故事的前因後果

6　西西《像我這樣的一個女子》（臺北：洪範書店，1984年），頁109。

從思緒碎片中拼貼出來，並製造出愈來愈強烈的懸念：戀人「夏」是否會接受「我」的職業現實呢？有意思的是，小說的第一人稱敘述，始終約束在「我」的思索中，並且在結尾謎底就要揭曉時嘎然而止，讓敘述停留於主人翁的猜測，而「夏」的真實反應卻不得而知。第一人稱敘述加上有限觀點的嚴格控制，給這部小說留下了懸念，小說的重心也由此突顯：它不在於講一個有頭有尾的故事，而意在呈現人物的內心曲折。

這麼看來，人稱的選擇與敘述者的敘述姿態有關。與表現個人內心的第一人稱相比，第三人稱敘述則較為疏離。按前面提到的敘述關係來看，第三人稱敘述之所以最傳統最常用，正是因為它符合我們講「他」人故事的自然習慣。在文本中以「他」為人稱，自然區分並安頓了敘述者「我」和敘述接受者「你」的角色，只有被敘述者在故事中。這樣一來，敘述者和被敘述者保持距離，賦予敘述者隨意調節觀點的絕對權力，或全知全能，或自我約束，或借用人物眼光，或中途轉換，收放自如的觀點運用，最能發揮敘述的虛構特色。另一方面，文本僅指涉「他」，使敘述者和敘述接受者都處在隱形的狀態，都是「局外人」，由此敘述和接受都很容易成為一種遠距離的輕鬆閒談，沒有第一人稱敘述帶來的傾訴壓力。

回到本章一開始那段出自魯迅《祝福》的引文。全知觀點下的第三人稱敘述，產生的就是眾人（「大家」）道聽塗說、閒嘴八卦的敘述效果。祥林嫂的故事，是一個在他人嘴中流傳的他人的故事。在一般課本和教材對《祝福》的主題分析中，祥林嫂的故事總是焦點所在，比如「它描寫的是以勤勞樸實的農村勞動婦女為主角的一齣平凡而悲慘的社會悲劇」；「祥林嫂受苦難、受宰割、受歧視、受唾棄的命運，成了封建宗法社會中千百萬處於奴隸地位的農村勞動婦女的命運寫照。」[7]這樣的解讀之下，魯迅創作《祝福》便成了對封建宗法社會有力的「控訴」和「批判」。

如果從「人稱」的角度來重讀《祝福》，我們會發現整部小說的人稱

第七章 人稱（PERSON）

085

運用並不是統一的，中途出現了轉換。第三人稱敘述的「祥林嫂」故事，實際上被外圍的第一人稱敘述籠罩著。那麼，這一層第一人稱敘述有何涵義？第三人稱敘述不是已經完成了對祥林嫂悲慘命運的展示了嗎？又或者，《祝福》為什麼不像《孔乙己》一樣就以第一人稱敘述配合旁觀者「我」的觀點來統一整個敘事？中途轉換人稱和觀點用意何在呢？

從敘事策略看，《祝福》實際上有兩個層次的敘事，在祥林嫂的故事外層，包裹著「我」的故事，而雙層的敘述、雙重的觀點包含著某種呼應。比照《孔乙己》，我們會發現一個不同，《孔乙己》裡的小夥計「我」始終注視著孔乙己，而《祝福》裡的「我」與祥林嫂只有一處交談，而那個情節出現在外層的「我」的故事裡，她其餘的故事，於「我」只是聽聞來的。那麼是否有這樣一種可能，《祝福》從某種意義上講的其實是「我」的故事，祥林嫂的故事反而是一種襯托？小說開篇便講述「祝福」氣氛下「我」的百無聊賴，而路遇祥林嫂成了全文的關鍵。祥林嫂逼問魂靈的有無，地獄的有無，將「我」的無聊打破，令「我」不安，而她的死更讓生命、生存的意義再次凸現於無聊的生活中，儘管「我」在暫時的驚惶過後，逐漸輕鬆，但內心的忐忑和負疚讓「我」想起了祥林嫂的一生。全知觀點加第三人稱敘述的祥林嫂的故事，並沒有「我」的參與，並非「我」的觀點，那是讓敘述者和敘述接受者都輕鬆自在的「她」的故事，於己無關痛癢，可作飯後談資，「我」只是眾多消遣者之一罷了。正如祥林嫂訴苦，說多了就成了渣滓，那麼小說敘述者「我」在又一次複述她的故事之後，同樣也獲得了某種精神上的解脫，在「祝福」的爆竹聲中，「懶散而且舒適」地掃空了「從白天以至初夜的疑慮」。[8]可以說，《祝福》裡的「我」是魯迅小說中又一隻飛了一圈又回到原地的蠅子，被祥林嫂的生命追問嚇了一下，但迅速又回到了空虛聊賴的生活軌道上。

《祝福》發表於1924年3月《東方雜誌》21卷6號，收入魯迅的短篇小說集《彷徨》為首篇。從上面的解讀看來，《祝福》外層的第一人稱敘

8　魯迅《魯迅全集（第二卷）》，頁21。

述正契合著書名流露的第一人稱的「彷徨」心態。李歐梵曾分析認為，《祝福》裡的敘述者「我」和祥林嫂的痛苦之間存在一種對比關係，「她的不幸激起她提出了那個重大的人生存在的問題，但這個問題本應是作為知識份子的敘述者更應當關心的。」[9]如果說魯迅希望通過這種對比來反觀知識份子的消極狀態，那麼這一主題的表達正是通過人稱和觀點的轉換策略來實現並加強的。第一人稱敘述呈現了敘述者路遇祥林嫂前後的內心波動，而第三人稱敘述將敘述者和敘述接受者都置於「看客」的位置，從側面來隱喻知識份子與庸眾的一致角色。更有意思的是，我們也可以發現這一部分反覆出現一個集體人稱：「大家」，「大家」和「我們」不同，可以包括也可以不包括「我」，這似乎也在暗示「我」是一個遊移在「庸眾」群體邊緣的人物，在擺脫和從屬之間，知識份子的無力和無奈凸現出來。而另一個問題是，對於這樣一種精神狀態，文本在「我」的第一人稱敘述之間是否藏有及如何藏有潛在不同的態度？這是我們在下一章「聲音」（voice）中需要解答的。

作為「他」和「你」的「我」

　　敘述離不開人稱代詞，我們前面說到任何一種敘述潛在都是第一人稱的，那麼特定的人稱代詞出現在文本中，都標示著與「我」的關係，「你」或「他」的指認都相對於「我」而言。可是，如果我們要敘述的是「我」本身呢，除了「我」這個人稱外，我們還能用什麼來敘述自己呢？敘述自己，是文學敘事的一大主題，在以下的文本中，我們可以看到獨特的人稱運用為我們探討自己獲得了自由，同時變幻的人稱也再現出「自我」的多變影像：

　　　　許多人都說應該學習與自己相處，要經常和自己對話，其實大多數的人都言不由衷。據我所知，常照鏡子的人固然很多，願

9　李歐梵《鐵屋中的吶喊》（香港：三聯書店，1991年），頁64。

意長久與自己對話的人是很少，好些人非但不能與自己相處，而且希望能擺脫自己，更甭說與自己對話了。人們渴望各種自由，擺脫自己，也是其中的一種自由罷。

　　以前，我就是一個極希望能擺脫自己的人。現在，我倒是真的擺脫他了，老實說，我的確很久沒看到自己了，當然，也沒機會和他對話。這些日子，我常照鏡子，不是因為自我迷戀，我希望能在鏡子裡看到自己。但是，儘管我在鏡子前花了不少時間，我對著它流淚，苦著臉哀求，鞠躬認錯，甚至掌嘴巴，而我看到的依然是我，看不到我的自己。[10]

這是新加坡作家英培安長篇小說《我與我自己的二三事》的開頭兩段。整部小說將「我」的一生放置在「我」與「我自己」的離合關係中，對話、爭吵、驅逐、尋找，當自幼陪伴左右的「我自己」被「我」拋棄，最終離「我」而去時，「我」才發現「我自己」的珍貴，追悔莫及。

　　從語法角度來說，「自己」是一個代詞，可以用來複指前面的名詞或代詞。「我自己」，就是「自己」複指「我」加以強調，「我」和「我自己」的所指其實並沒有差別。英培安的小說刻意將「我」和「我自己」分離開來，借此來突出人作為個體存在的雙重性和矛盾性。問題是，文本是如何在敘述中實現這一分離的？引文的第一段首先將「自己」當作一個獨立的對象進行描述，而在第二段中，出現了「他」這個人稱。從敘述關係上看，「他」相對於「我」而言是一個遠距離談論的異己角色。以人稱「他」來指代「我自己」，文本最終完成了分離動作，這一並不符合日常規範的用法，成為這部小說文本建構的一個獨特符號。

　　依靠人稱的變異使用，文本得以在敘述中分裂「自我」，使文學敘事獲得了更多的自由，更豐富的可能性。英培安的小說以「他」來指代「我」內在的另一個自我，構成了一種自我觀照的內省關係。這與小說中

文學批評關鍵詞——概念·理論·中文文本解讀

---

[10] 英培安《我與我自己的二三事》，（臺北：唐山出版社，2006 年），頁 2。

照鏡子的隱喻相契合，「我」一直想在鏡子裡看到「我自己」，正是試圖通過自身的鏡像反觀自身，然而卻只能看到「我」，則暗示著內省的失敗，小說用「我」驅逐、擺脫「我自己」的情節暗喻主人翁自暴自棄的墮落過程。另一方面，「他」這個人稱的選擇，同時也顯示在小說的敘述中，「我自己」是被敘述的第三者，而敘述的主動權始終在「我」口中，隱含的敘述接受者也處於被動地接受傾訴的狀態。從這一點我們可以看到儘管英培安的小說富有新意地區分了「我」和「我自己」，展示了個人內在的多重聲音和人格張力，營造了獨特的戲劇效果，然而從敘述關係上看，小說中的「我自己」其實相當於故事中的一個人物，整部作品同樣是從「我」的觀點講述「我」和「他」的故事。

英培安的《我與我自己的二三事》也出現第二人稱「你」，比如：

> 與你分手之前，我極渴望你早點離開我。我有一句沒一句地敲著鍵盤：但是，不管你相不相信，剛與你分手的那段日子，我非常不習慣。我們在一起畢竟太久了。[11]

關於「第二人稱」敘事功能的探討，隨著現代小說技巧的發展越來越為人關注。然而需要注意的是，「第二人稱」出現在文本中有許多種情況，我們首先需要分清的是這些「你」／「你們」所指是誰 —— 是想像的聽眾（敘述接受者）？故事中的另一個人物？還是敘述者「我」的分身？

雖然上面文字中的「你」是指「我自己」，但分析敘述關係，這段文字其實是一種書信格式，寫信的對象「你」其實和「我自己」一樣都是文本中的一個人物。更常見的「第二人稱」用法是將「你」作為說話的對象，一個處於故事之外的讀者或聽眾，沒有鮮明形象，其實就是現身的敘述接受者。「看官，你道這花也憐儂究是何等樣人？原來，……」[12]這樣

---

[11] 英培安《我與我自己的二三事》，頁4。
[12] 韓邦慶《海上花列傳》（北京：人民文學出版社，1982年），頁1。

的口氣，說書唱本裡比比皆是，而它們與兒童文學以及某些突出讀者地位的現代小說本質上是一樣的：「你」聽「我」講的還是「他」的故事。

在下面這個例子中，「你」的角色又是什麼呢？

> 可這魚竿還先得找個地方放好，我那小兒子要是看到了，非由他玩斷了不可，你①買這東西幹什麼？屋子本來就擠，你②買這往哪裡放？我就聽見我妻子在嚷，……接著你③就聽見了砰當一聲，我以為是我妻子在廚房剁肉，隨即也就聽見她叫喊，你④也不來看看！你⑤也就聽見了我那小兒子在廁所裡的哭聲，也就明白了那魚竿也跟著遭殃，你⑥也就下定決心，非把這魚竿送回老家去不可。
>
> 可這家鄉變得你⑦已經認不出來了，……[13]

我們可以發現，上面標記的七個「你」所指並不相同。「你」①②④應該出現在「我」妻子對我說的話裡，文本刻意省略了標示對話的引號，從而引導了被敘述者人稱自然地從「我」轉向「你」。從動作連貫性看，「你」③⑤⑥⑦指的應該就是「我」，敘述功能上兼任了文本的被敘述者和觀點人物。也就是說英培安小說中的「我」分裂出了一個「他」，而這裡的「我」分裂出了一個「你」，儘管潛在的敘述者仍然是「我」，但這個「你」控制著敘事的觀點，傳達著「我」的意識。那麼這樣的「第二人稱」敘述能產生什麼效果？文本在同一段話裡突然轉換人稱又是為了什麼呢？

這段文本截自高行健寫於1987年的短篇小說《給我老爺買魚竿》。[14]小說開頭使用第一人稱講述主人翁「我」在一家新開的魚具店給老爺買了一根魚竿，回憶起「我」小時候和老爺在一起的那些事，一直到上面這段

文學批評關鍵詞——概念‧理論‧中文文本解讀

090

---

[13] 高行健《給我老爺買魚竿》（臺北：聯合文學出版社，1989年），頁245。編號為筆者加注的。

[14] 老爺，指外祖父，中國北方地區方言，一般寫成「姥爺」。

文字，第二人稱出現。之後，文本時而用「我」，時而用「你」來講述敘述者送魚竿回老家卻一直找不到家的經歷。而到小說結尾，在夾雜著足球賽解說詞的敘述中，文本寫道：「……我想起來了這場足球賽凌晨起實況轉播，而轉播業已結束，我應該起來看看，給我過世的老爺買的那十節的玻璃鋼魚竿是否在廁所的水箱上。」[15]原來，文本敘述的回鄉過程是「我」的一場意識流。

　　對於這個文本的解讀可以從隱喻、象徵、敘事結構等許多方面進行，而人稱對於這樣一部意識流小說而言，更有著關鍵性的作用。人稱的靈活轉換，摹擬出意識狀態的流動跳躍，同時更建構出多重層次的「自我」。首先在某種意義上，小說第一人稱回憶性敘述本身就暗含了「我」的分裂。童年的「我」弄壞老爺的魚竿，而現在的「我」給老爺買魚竿是為了彌補精神上的缺憾，由此現在的「我」與過去的「我」，現實中的「我」與記憶中的，或者說是想像中的童年的「我」構成了一股張力，推動著主人翁開始一場白日夢：「我」一方面沉溺於通過回憶代入童年的角色；另一方面嘗試在現實的（其實是想像的）時空中尋找過去的蹤跡，尋找家鄉，尋找已經逝去的一切。如果說這兩個層次的自我是跨越時空的對照，那麼第二人稱「你」的出現，又導致現實中的「我」進一步的分裂，「你」是「我」當下面對的另一個自我，是「我」自言自語的對象。

　　人稱的運用分裂出多重的自我，小說藉此來呈現精神「尋鄉」歷程的艱辛和不可能。反復出現的「我記得……」的句式，引導著敘述者「我」進入童年的甜美記憶。然而記憶越美好，現實越顯得殘酷。主人翁每一步的尋找都在證明這種尋找的徒勞無功，家鄉的湖、河、橋、路一切都不在了，家鄉人變得陌生。與此同時，第二人稱「你」包含的對話效果渲染出內心的疑問和訝異，將「我」的困惑、荒誕和迷失感進一步確認和加強：家鄉已找不到一點痕跡，「我」童年的記憶在現實中無所歸依，只有彌散在狂奔的意識流中。我們可以發現，小說前半部分的敘述中現實、回憶

---

[15] 高行健《給我老爺買魚竿》，頁 259。

和想像的界線清晰，而後半部分呈現的則是天馬行空不可駕馭的臆想狀態，記憶和幻覺交織在一起，敘述者「我」、童年的「我」和當下對話的「我」／「你」一齊出場，相互碰撞。比如「我」想像在郊外的河邊看見了老爺，一下子「我」又變成了童年那個光屁股小孩的模樣，而「你」又久久地注視著小孩和老爺……如此自由的人稱運用，打亂了連貫的指稱邏輯，卻恰好描繪出無法受控的意識流狀態，以及自我在意識流中流暢的角色轉換。文本後半部分的意識流書寫映射出主人翁面對堅硬現實的無奈與退卻，試圖在精神的暢遊中獲得慰藉，然而諷刺的是他仍然無法逃開現實的一次次入侵：

> ……在二十七分鐘的時候，魯梅尼格一腳射中了馬拉多納，場上的比分是一比二，現在大家看馬拉多納帶人進球——
> 　　老爺，你也踢足球嗎？
> 　　足球踢你老爺。
> 　　你在同誰說話？
> 　　你在同你自己，你童年時的你……[16]

下面的問答，似乎是「我」和老爺的對話，又像是「我」與「你」的自我對話，而第二人稱被敘述者和敘述接受者重疊的特徵又將這內心的詰問指向外層的隱含讀者（implied reader），召喚著閱讀中的共鳴與認同。而有意思的是，文本刻意不加說明地穿插入足球賽的解說詞，摹寫出個人意識不斷被現實噪音打斷的情狀，而最終主人翁「尋鄉」的「白日夢」也隨著足球賽轉播的結束而結束，只剩下廁所裡的那根魚竿，隱喻著被擱置的無法填補的心靈缺憾，成為這段精神歷程的唯一證物。

　　人稱運用和意識流書寫，一直是高行健小說和戲劇實驗的用力所在。高行健的長篇小說《靈山》更出現了「我」、「你」、「他」、「她」

---

[16] 高行健《給我老爺買魚竿》，頁 256-257。

多重人稱的交錯運用。小說第52章揭示了這些人稱的秘密涵義：第一人稱「我」敘述現實世界的旅行，第二人稱「你」則是「我」內心傾訴的對象，「一個傾聽我的我自己」，這自我傾訴的過程又創造出另一個談話的對手「她」，而「他」則是「我」遠距離觀照下的自己，「他是你離開我轉過身去的一個背影」。[17]高行健在一次演講中解釋說西方的意識流是「從一個主體出發，追隨和捕捉這主體感受的過程，作家得到的無非是個語言的流程。」他因此稱之為「語言流」。而要使這種語言表達得更為充分，「只要變更這主體感受的角度，譬如變一下人稱」。[18]轉換人稱，令文學語言更能捕捉意識流動的狀態，高行健的人稱運用實際上拓展了文學／語言表達的空間，而其中更暗含了一種主流以外的文學觀。如果說本章第一部分討論的是小說家們如何在「我」對「你」講「他」的故事這樣一個基本敘事關係上運用人稱策略講出一個別致精彩的故事，那麼第二部分的文本，尤其是高行健的創作則試圖擺脫這一「文學－敘事」的模式：文學在講故事之外，更為了認識「我」自己。《給我老爺買魚竿》一書的《跋》裡，高行健寫道：

> 用小說編寫故事作為小說發展史上的一個時代早已結束了。用小說來刻畫人物或塑造性格現今也已陳舊。……我在這些小說中不訴諸人物形象的描述，多用的是一些不同的人稱，提供讀者一個感受的角度，這角度有時又可以轉換，讓讀者從不同的角度和距離來觀察與體驗。這較之那種所謂鮮明的性格我認為提供的內涵要豐富得多。……我希望能找到用以認知人自身的一種更為樸素、更為確切、更為充分的語言。[19]

---

[17] 高行健《靈山》（臺北：聯經，1990 年），頁 340-344。

[18] 高行健《文學與玄學·關於〈靈山〉》，1991 年 5 月在斯特哥爾摩大學東方語言學院的講話，載高行健《沒有主義》（香港：天地圖書有限公司，1996 年），頁 173。

[19] 高行健《給我老爺買魚竿》，頁 260-261。

從講故事、刻畫人物的文學，轉向認知人自身的文學，高行健的文學觀為我們提供了文學創作的另一條思路，而如何運用漢語盡可能地表達自身、敘述自己，人稱的多樣化運用是高行健的一種嘗試。

文學與自我認知的親密關係，在另一層面上觸及了文學批評領域中的身份／認同課題。一方面，寫作本身正是形塑個人身份／認同的重要途徑，另一方面，文本通過各種再現方式詮釋著特定的身份／認同觀念，人稱便是其中一個重要的表徵。人稱代詞「我／我們」、「你／你們」、「他／她／它／他們／她們／它們」出現在文本中，看上去指認的是描述的對象，實際上標示著對象與敘述主體「我」的關係。而標示同時也是一種區分，包含著特定的標準和眼光，個體或者集體，男或者女，人或者非人等等。人稱代詞的選擇代表了某種判斷，與說話主體的身份／認同、意識形態都有關係。譬如說，高行健在《靈山》中使用了各種人稱，唯獨沒有「我們」，他在小說中同樣有所解釋：

> 你不知道注意到沒有？當我說我和你和她和他乃至於和他們的時候，只說我和你和她和他乃至於她們和他們，而絕不說我們。我以為這較之那虛妄的令人莫名其妙的我們，來得要實在得多。
>
> ……我如果說到我們，立刻猶豫了，這裡到底有多少我？或是有多少作為我的對面的映像你和我的背影他以及你我派生出來的幻象的她和他或他的眾生相他們與她們？最虛假不過莫過於這我們。[20]

複數第一人稱「我們」是「我」對自己所屬集體／群體的認定，代表了「我」的集體認同。正如本書常常出現的「我們」指的其實是本書的作者團體，或者是包括讀者在內的文本的解讀者群體。前者是確鑿的（本書

---

[20] 高行健《靈山》，頁 342-343。

有三個作者），而後者則是想像的。高行健對「我們」這個人稱的排斥，抵抗的則是淹沒了個體自我的想像的集體概括，這種概括建立在虛假的一致性上，爲了輸出某種意識形態而排除了個體的差異。上面的文字表達了高行健對這個空洞人稱的強烈反感，而反觀他的創作，變幻的人稱都圍繞「我」而生成，它們編織出多重、矛盾的自我映像，同樣反襯出「我們」這個人稱的蒼白無力：「我」已經如此難以捉摸，如何來說「我們」？作家通過寫作抵抗主流意識形態的課題，我們會在「意識形態」一章詳細探討，而在這裡，高行健的創作實驗顯現出的是以人稱來消解人稱意識形態的努力，它讓我們了解到「人稱」在文學實踐中可能承載的豐富涵義。

第八章
聲音
VOICE

在文本細讀中討論「聲音」這個概念，是件弔詭而有趣的事。「聲音」，《現代漢語詞典》解釋爲「聲波通過聽覺所產生的印象」。[1]可除了劇場表演之類的有聲文本之外，無聲的文字文本也有「聲音」嗎？把文本敘述看成無聲的「聲音」段落，這樣的隱喻使用構成了文本批評的討論基礎。任何文本都在試圖表達什麼，表達本身就是發出一種聲音，或者更確切地「說」，是複數意味的聲音（voices），因爲從我們下面的討論可以看到，文本的世界其實是眾聲喧嘩的。

作者vs隱含作者

接著前兩章的話題，「觀點」概念針對的是「誰在看？」的問題，「人稱」涉及「誰被說？」的問題，「聲音」則主要處理「誰在說？」的課題。那麼，誰在文本中說話呢？一般而言，文本聲音包含人物的聲音、敘述者的聲音和隱含作者的聲音，分別代表文本三個層面的聲音來源——故事層面、敘事層面和文本層面。跨出文本再延伸一層，便是現實創作中的作者聲音。所以說，「隱含作者（implied author）的聲音」是個臨界概念，它在文本的最外層，對應著作者的聲音，是其在文本世界的代名詞，因爲對於獨立存在的文本來說，作者不是已經死了？怎麼還會有他的聲音呢？

隱含作者的聲音、作者的聲音，還有作者作爲個人的言行，三者被混爲一談的歷史相當悠久。中國傳統批評中，這實際上是一個「爲人與爲

1　中國社會科學院語言研究所詞典編輯室編《現代漢語詞典》（第五版）（北京：商務印書館，2005 年），頁 1223。

文」的古老話題。清代詩論家葉燮曾言：「詩是心聲，不可違心而出，亦不能違心而出。功名之士，決不能爲泉石淡泊之音；輕浮之子，必不能爲敦龐大雅之響」，[2]他因而稱讚李白、杜甫、韓愈等人「無不文如其詩，詩如其文，詩與文如其人。」[3]清代劉熙載也曾提出「詩品出於人品」，並稱「人品悃款樸忠者最上，超然高舉、誅茅力耕者次之，送往勞來、從俗富貴者無譏焉。」[4]「詩是心聲」、「文如其人」、「詩品出於人品」，這些中國古代批評論斷中包含了一種對文學創作的理想化想像：文章應該像一面明鏡，照出作者爲人的本來面貌／聲音，可是，如果「豬八戒照鏡子」，卻照出了「人樣」來，那就不再是個文學問題，而成了道德問題，有賣弄文采，粉飾造作之嫌。

　　以道德詮釋文學，捉襟見肘之態顯而易見。因爲自古以來，人品與文品不符的現象比比皆是。對此，現代文學理論逐漸發展出了一個釜底抽薪的觀點，從根本上否認了作者、作者其人以及文本中的「作者」三者之間存在什麼對等關係。前面「作者」一章提到，「新批評」認爲在閱讀文本時考慮作者的聲音是一種「意圖謬誤」；而「隱含作者」概念的另設，更清楚地指代了「作者」在文本中的角色，進一步撇清了作者與文本之間糾纏不清的關係。儘管「隱含作者」概念存在的必要性一直受到爭議，但這一理論脈絡影響深遠。

　　「隱含作者」的概念由美國芝加哥學派批評家Wayne Booth在1961年提出，他認爲「只有將作家與其隱含於作品中的形象區分開來，我們才能避免一些無意義的，無法證實的討論，比如關於作家『誠實』或『嚴肅』的特性的討論」。[5]根據Booth的解釋，「隱含作者」是作者在創作過程

2　葉燮著，霍松林校注《原詩・外篇上》，載《原詩・一瓢詩話・說詩碎語》（北京：人民文學出版社，1979 年），頁 52。
3　葉燮《南遊集・序》，《已畦文集（第八卷）》，《叢書集成新編》本第 124 冊（臺灣：新文豐出版公司，1985 年）。
4　劉熙載《藝概・詩概》，載劉熙載著，陳文和、劉立人點校《劉熙載集》（上海：華東師範大學出版社，1993 年），頁 114。
5　Wayne C. Booth, *The Rhetoric of Fiction*, 2nd edition (Chicago: University of Chicago

中創造出來的「第二自我」（second self），與那個「現實的人」（real man）不同，它經過一個選擇和精煉的過程，並且同一個作者會視不同的需要，在不同的作品中創造各異的化身。[6]

更具體地說，隱含作者是作者在文本中的代言人，而它的發言取決於作者想在這個文本中說什麼，因此「隱含作者的聲音」，也就是文本所呈現的思想情感、價值信念，可能與作者的生活現實相符，也可能恰恰相反。排除刻意作偽，自我粉飾的成分，即便作者十分「忠實」地進行創作，所誕生的隱含作者也只能是其真實人格的一部分。美國批評家 James Phelan 曾開玩笑地說，如果把作者比喻成土豆（馬鈴薯），隱含作者就是「薯條」或者「烤土豆」。作者會在創作中塑造出不同的自己，譬如余光中在《鄉愁》裡是個思鄉的遊子，在《我的四個假想敵》中則成了吃醋的父親。另一方面，Phelan 也強調這種塑造有自由也有限制，正如土豆上壞了的部分可以事先切除，但改變不了它仍是土豆而不是西紅柿（番茄）。[7]Phelan 的比喻非常有趣，但也有可商榷之處。作者畢竟不是土豆，他並不是一個靜態的固體，其意識狀態是變動不居的，因而可以說文本中隱含作者的聲音，只是作者在某一時空某一部分意識的凝結，並不能涵蓋他整體的思想歷程。

轉換到讀者／觀者／聽眾的位置再來看這個問題。正如前面「作者」一章曾提到的，我們所談論的「作者」，很多時候並不是那個有血有肉的人，而來自於閱讀的想像。正如我們從某人在不同時間場合的表情、聲音中拼貼出關於這個人的整體印象，「作者」也常常是我們從一系列文本的隱含作者及其它外部資料中整合出來的虛構產物。那麼接下來的問題是，「隱含作者」從哪裡來？作者創造了「隱含作者」，但在文本的字裡行間，「隱含作者」並沒有聲音，也沒有形象。Seymour Chatman 提醒我

　Press, 1983), p. 75.

[6]　Ibid. p. 151.

[7]　轉引自申丹《究竟是否需要「隱含作者」？——敘事學界的分歧與網上的對話》，載《國外文學》2000 年第 3 期，頁 9、12。

們：「隱含作者和敘述者不同，他什麼也不能告訴我們。他，或者更確切地說，它，沒有聲音，沒有直接進行交流的工具。它是通過作品的整體設計，借助所有的聲音，依靠它為了讓我們理解而選用的一切手段，無聲地指導我們。」[8]這裡的「所有的聲音」，包括人物的聲音、敘述者的聲音、文本細節透露的各種聲音；這裡的「一切手段」，包括情節設置、修辭運用、觀點選擇、敘述方式的處理等等，所有這些文本元素都在引導讀者去感受、領悟其背後的某種語調、風度、價值取向、人生態度，那便是「隱含作者的聲音」（這顯然也是一個充滿吊詭的隱喻），誕生於作者的筆下，最終由讀者建構成形。因而從這層意義上講，「隱含作者的聲音」的建構也必然受到讀者自身因素，如知識背景、倫理價值觀、文化限制等等的影響，而這就進入了文本接受層面的討論。

照理說，一部作品中隱含作者的聲音應該是和諧統一的，否則就是個失敗的作品。但現實並不那麼簡單，因為一個文本可能有許多人參與創作，《詩經》、《聖經》、《荷馬史詩》、《紅樓夢》一百二十回，這些古老的經典無不如此，文本的流傳和改寫反襯出單一「作者」概念的虛構性。Chatman認為不管多少人集體創作，一個文本只有一個隱含作者。[9]Phelan也提出續寫前人未完成的作品，其首要任務就是要為整部作品創造出一個單一連貫的隱含作者。[10]這些看法都是從讀者接受的角度入手，然而讀者是否有可能從一部作品中讀出兩個或者多個隱含作者，而不影響對作品的評判呢？現代影像作品的複製、重疊、拼貼，時下流行的網上小說接龍，這些源源不斷湧現的新鮮例子，似乎在提醒我們，一個文本，一個隱含作者，並不那麼理所當然。

[8] Seymour Chatman, *Story and Discourse* (Ithaca: Cornell University Press, 1978), p. 148.
[9] Ibid. p. 149.
[10] 轉引自申丹《究竟是否需要「隱含作者」？──敘事學界的分歧與網上的對話》，頁11。

說謊者的聲音

臺灣作家張大春在《公寓導遊》的開頭就說：「各位千萬不要期待從我這裡聽到什麼故事，我只是個導遊而已。」[11]看完作品，你就能發現這句話不可當真，因為他從頭到尾都在講故事。所以敘述者，有的時候會「說謊」。

有的文本，會選擇一些特殊的敘述者來敘述故事，他們不一定在說謊，但聲音同樣不可信，比如下面這段文字摘自余華的短篇小說《我沒有自己的名字》：

> 我是誰？我看著他們嘿嘿地笑，我不知道該怎麼說。我沒有自己的名字，可是我一上街，我的名字比誰都多，他們想叫我什麼，我就是什麼。……他們怎麼叫我，我都答應，因為我沒有自己的名字，他們只要湊近我，看著我，向我叫起來，我馬上就會答應。
>
> 我想起來了，他們叫我叫得最多的是：喂！[12]

這個不知道自己名字的敘述者「我」，講起自己的故事顛三倒四，且不帶任何感情。可見，敘述者的判斷能力（傻子？）、知識限度（孩童？）、道德傾向（惡棍？），乃至生理缺陷（盲人？）都可能影響敘述的可信度。（請注意，只是「可能」，並非「一定」。）可是在這樣的文本裡，胡言亂語往往暗吐「真言」；失明者往往看見事實「真相」；童言無忌往往一針見血；荒唐小人往往一語中的，這樣的敘述者聲音質疑著「正常」與「不正常」、「可信」與「不可信」之間的界線。

更多的情況下，敘述者是否可信，並不這麼容易判斷。還是來看魯迅

---

11 張大春《公寓導遊》（臺北：時報文化出版企業股份有限公司，2002 年），頁 165。

12 余華《我沒有自己的名字》，載《黃昏裡的男孩》（北京：新世界出版社，1999 年），頁 1。

的《祝福》，結尾一段這樣寫道：

> 我給那些因爲在近旁而極響的爆竹聲驚醒，……我在這繁響
> 的擁抱中，也懶散而且舒適，從白天以至初夜的疑慮，全給祝福
> 的空氣一掃而空了，只覺得天地聖衆歆享了牲醴和香煙，都醉醺
> 醺的在空中蹣跚，豫備給魯鎮的人們以無限的幸福。[13]

　　《祝福》在爆竹聲中開始，在爆竹聲中結束。爆竹聲，爲整個文本添上了
團圓祥和的喜慶底色，而敘述者「我」也最終被感染，掃空疑慮，融入到
一片「繁響」的祝福中。那麼，小說末尾這一團和氣的敘述者聲音可以信
任嗎？

　　敘述者的可信性問題，同樣由Booth首次給予界定：「當一個
敘述者的言行與作品的規範（也就是說，隱含作者的規範）相一
致時，我稱之爲可信任的（reliable），不一致時則是不可信任的
（unreliable）。」[14]Booth所謂的「規範」（norms），可以說就是隱含
作者的「聲音」，展示作品的價值取向和文本意義的所在。隱含作者是一
個幕後操縱者，控制著所有的文本表現，包括敘述者的聲音，但問題是這
個敘述者可以開門見山、直抒胸臆，也可以拐彎抹角、言此及彼，甚至正
話反說。正如Booth進一步強調的，「不可信任」的意思並不僅僅是「說
謊」，因爲有一些不可信任的敘述者（unreliable narrator）「表現得好像
他們一直在爲作品的規範講話，但事實上並非如此」。[15]因此，文本細
讀，對敘述者所言應抱以一種懷疑的態度，從其他的文本細節中來推導揣
摩隱含作者的聲音，來判斷這個敘述者是否值得信任。

---

[13] 魯迅《魯迅全集（第二卷）》（北京：人民文學出版社，1981年），頁21。

[14] Wayne C. Booth, "Distance and Point-of-View: An Essay in Classification," in Michael
J. Hoffman and Patrick D. Murphy ed., *Essentials of the Theory of Fiction*, 2nd edition
(Durham: Duke University Press, 1996), p. 127.

[15] Ibid. p. 127.

由此，重讀《祝福》，我們便能發現文本中隱藏了同一敘述者的兩種可信度不同的聲音。外層的第一人稱敘述中，「我」的聲音是左右搖擺、遊移不定的。對於祥林嫂的死，「我」時時感到不安，又時時從自我辯解中解脫出來。在「我」用「說不清」來搪塞祥林嫂關於地獄有無的逼問時，「我」一面擔心「倘有別的意思，又因此發生別的事，則我的答話委實該負若干的責任……。但隨後也就自笑，……而況明明說過『說不清』，已經推翻了答話的全局，即使發生什麼事，於我也毫無關係了。」接著有一段評論：

　　　　「說不清」是一句極有用的話。不更事的勇敢的少年，往往敢於給人解決疑問，選定醫生，萬一結果不佳，大抵反成了怨府，然而一用這說不清來作結束，便事事逍遙自在了。我在這時，更感到這一句話的必要，即使和討飯的女人說話，也是萬不可省的。[16]

此話語帶機鋒，是正言，還是反語？它讓我們開始懷疑這個敘述者聲音的可信程度，而更確鑿的證據來自文本內的另一種敘述者聲音，內層的第三人稱敘述。這時「我」的主觀觀點隱退，一個被默認爲「我」的全知敘述者承擔敘述，在他冷眼旁觀的講述和評論中，撇清了當事者的遊移，一些段落也讓隱含作者的批判聲音逐漸明朗：

　　　　她未必知道她的悲哀經大家咀嚼賞鑒了許多天，早已成爲渣滓，只值得煩厭和唾棄；但從人們的笑影上，也彷彿覺得這又冷又尖，自己再沒有開口的必要了。她單是一瞥他們，並不回答一句話。[17]

---

[16] 魯迅《魯迅全集（第二卷）》，頁 8。

[17] 同上，頁 18。

由此，內層敘述從外層敘述者糾纏反復的聲音中跳脫出來，拉開了一個審視反觀的距離，從而反襯出「我」這個敘述者的不可信任，「我」的自我開脫和辯解便成了一種反諷。從聲音的角度來分析《祝福》這個文本，兩層敘述不只是情節交代的需要，更構築了一個內含張力和衝突的聲音世界。如果說，故事中的人物聲音暗示庸眾對待弱小生命的價值態度，那麼外層「我」的聲音則呈現了一種嘗試抽離卻無力抽離的精神狀態，文本內時時作響的爆竹聲，隱喻著一股庸常的世俗力量，將試圖游離出去的不和諧音消融在眾人的合唱中。內層敘述，表面看來同是「我」在說話，實際上已通過觀點和人稱的調整設計暗中轉換了聲音，冷漠中立的旁觀者口吻，在前兩種聲音的襯托下，暗自彰顯出截然相悖的批判態度，而那就是隱含作者的聲音。

從《祝福》這篇小說看來，一個文本的敘述者聲音是否可信，答案並不是非此即彼的。一則不同的敘述層次會隱含不同的敘述者聲音，二則可信度這件事，似乎也像光譜一般有個漸變的過程，並非一分爲二。所以說，討論「不可信任的敘述者」概念，判斷是與否本身並不是最終目的，以懷疑之心面對文本，聽音辯色，讀出隱含作者的眞意才是重點所在。

反諷

臺灣詩人瘂弦的《如歌的行板》是一首反諷的詩，開始五行這麼寫：

溫柔之必要
肯定之必要
一點點酒和木樨花之必要
正正經經看一名女子走過之必要
君非海明威此一起碼認識之必要[18]

---

[18] 瘂弦《如歌的行板》（臺北：洪範書店，1996 年），頁 47-49。

這首詩通過一個言之鑿鑿的敘述者聲音，羅列並置了十九種看上去並不那麼必要或完全不必要的「必要」之事。絕對肯定的口氣有可能是一種反諷，因為這個敘述者有「正話反說」的嫌疑。

　　「反諷」（irony）的希臘語詞形eironeia最早出現在柏拉圖的《對話錄》（*Dialogues of Plato*）中，含有褒貶不一的兩個意思：「說謊」和「掩飾」。前者指類似亞里斯多芬（Aristophanes）的喜劇人物的那種以華麗言辭欺騙他人的說謊行為，後者則指蘇格拉底在辯論中擅長用的「掩飾」技法：把話語真正的意思掩藏起來，通過裝傻和追問來暴露對手的弱點，這後來被稱為蘇格拉底式的反諷（Socratic irony）。這一脈絡使反諷發展成為一種傳統的辯論技巧和話語策略，即表面上說一個意思，實際上是在表達另外一個意思。這一發展過程中，「說謊」的意義成分慢慢消退，使用「反諷」，不再為了欺騙對方，相反是為了讓聽者能夠聽出話語中的另一層意思。[19]

　　從古希臘、古羅馬一直到十八世紀，「反諷」都只在修辭的層面上被使用被研究。我們現在對這個概念的一般認識，也著重於言與意的矛盾關係。就像《如歌的行板》的反諷首先體現在詩句的表達上，如詩中所寫的「旋轉玻璃門／之必要。盤尼西林之必要。暗殺之必要。」句式短小，連用句號，斬釘截鐵的肯定語氣，便是在暗示弦外之音的存在。凡事皆必要，萬事都有「必要」的理由，於是就有了「世界老這樣總這樣」的感歎。從字面荒誕的肯定到一種世界觀的表達，詩歌進入了另一種意義上的反諷：「觀音在遠遠的山上／罌粟在罌粟的田裡」，世界不是單純絕對的，世界有這一面同樣也有另一面，世界本身就是反諷的。十九世紀歐洲的浪漫主義反諷觀（romantic irony）正是從這一哲學的角度來理解「反諷」，他們從蘇格拉底面對世界的懷疑態度受到啟發，認為他的反諷不僅是一種修辭手法，更包含著對世界本質的體察，世界不是表面看上去的那

---

[19]「反諷」概念的發展歷史可參考 Claire Colebrook, *Irony* (London and New York: Routledge, 2004), pp. 1-8.

樣，它是矛盾的，似是而非的，而只有通過反諷的方式才能呈現這種狀態。從這層意思來解讀，《如歌的行板》正是這樣，通過反諷來觸摸人類存在的反諷本質，每一件「看上去」不必要的事都是必要的，世界就是這樣既荒誕又合理。

二十世紀的英美新批評在文學批評領域裡發展了反諷研究，「反諷」被視爲文學，尤其是詩歌的基本結構。美國批評家Cleanth Brooks把「反諷」定義爲「語境對於一段陳述明顯的歪曲」，也就是說文本中的表述或描述的事件，在周圍語境的壓力下，意義會發生明顯的變化，產生所言非所指的效果。他斷言反諷存在於任何時期的詩中，因爲它來自語言本身的張力。[20]拿《如歌的行板》爲例，「旋轉玻璃門／之必要。盤尼西林之必要。暗殺之必要。」這些陳述的意義並非來自陳述本身，而產生於上下詩句共同建構的意義空間，所以「暗殺」的「必要」性只有在詩歌的荒誕氛圍中才能夠被理解。

關於「反諷」的後續研究層出不窮，角度各異。而文本分析方面，在詩歌之外，小說、戲劇中的「反諷」樣式更被學者關注，根據表述和文本語境之間不同情形的張力關係，細分出了許多種類。比如言意悖反，是語言的反諷（verbal irony）。事件與情境發生衝突，則是情境的反諷（situational irony），清代小說《儒林外史》裡寫的範進中舉，因爲高興過頭發了瘋，可算是一例。我們前面提到的整個文本結構內敘述者和隱含作者的聲音差異，是結構性反諷（structural irony）。而假如對於故事，讀者比故事中的人物知道更多，讀者的預見和人物的言行之間便會產生戲劇性反諷（dramatic irony）。這種情況發生在悲劇裡，人物無法躲避厄運的降臨，便是悲劇性反諷（tragic irony）。與之相關的，主人翁個人努力與結果之間的落差，構成命運的反諷（cosmic irony），因爲他總是被命運捉弄，無論如何抵抗，都逃不了命運的掌控。曹禺的戲劇《雷雨》可

---

[20] Cleanth Brooks, "Irony as a Principle of Structure," in Hazard Adams, ed., *Critical Theory Since Plato* (New York: Harcourt Brace Jovanovich, Inc., 1971), p. 1042.

為後幾組反諷類型提供很好的注解：被隱瞞血緣關係的兄妹相愛製造出戲劇性反諷的效果，而魯媽所作的一切終究無法阻止真相暴露，家破人亡的慘劇發生，這都是對悲劇性反諷和命運反諷的有力詮釋。

從聲音的角度來看反諷，文本敘述者和隱含作者聲音的衝突構成的只是其中一種反諷，而把「聲音」當成一個隱喻，反諷就是文本內在各種不和諧音混合產生的特殊效果。連繫我們在「文本」一章的討論，有的時候，反諷的意義張力也可能來自文本內在的「互文性」（intertextuality），也就是來自其他文本的聲音。熟悉音樂的讀者可能知道，瘂弦《如歌的行板》的詩題，其實與交響樂有關。「行板」出自義大利語，形容緩緩徐行的速度，如歌聲般舒緩、流暢。瘂弦在一次演講中說「『如歌的行板』是交響樂慣用的第二樂章曲式，在音樂上是人人都知道的常識，拿到文字的世界來就顯得比較新鮮，因為沒有人這樣用過。」[21]瘂弦的解釋說明作詩可以汲取其他的藝術資源來增添新鮮感，而從詩歌本身來看，這一詩題實際上自然引入了另一種文本的聲音。「如歌的行板」的樂聲印象成為詩歌的背景音響，襯托出詩句的節奏感和音樂美，而同時，兩者配合營造的舒緩氛圍又與詩句語義透露出的瑣碎、無聊、無奈以及沉重的情緒構成反諷，詩歌在不同聲音的交匯撞擊中變得富有層次，意味深長。

回溯中國古代的文學傳統，反諷，無論作為概念還是文本表現，都被包容到由《詩經》開啓的諷刺、諷諫的文學批評課題中，在論述上很少加以區分。從現代漢語的角度來看，諷刺較容易與語言反諷類型混淆，兩者都包含言非所指的特點。但在程度上，諷刺更為直露，反諷則含蓄間接，意味深遠。而這背後的根本差異在於，諷刺是以表達說話者意圖為首要目的的，針對性和傾向性顯而易見，並常常伴有道德訓誨的潛臺詞。而作為文學概念的反諷，強調的並非作者意圖，而是文本效果，說話者態度並不那麼鮮明，其言下之意需要從文本線索中體味、解讀。譬如，《紅樓夢》

21　瘂弦《生活的詩，詩的生活》，載《香港文學》2007 年 4 月號，總 269 期，頁 62。

第二十九回有這麼一段：

> 原來那寶玉自幼生成有一種下流癡病，況從幼時和黛玉耳鬢廝
> 磨，心情相對，及如今稍明時事，又看了那些邪書僻傳，凡遠
> 親近友之家所見的那些閨英闈秀，皆未有稍及林黛玉者，所以
> 早存了一段心事，只不好說出來……[22]

如脂硯齋所言，《紅樓夢》通部小說，「筆筆貶寶玉，人人嘲寶玉，語
語謗寶玉」，[23]問題是如何來解讀這種「貶」、「嘲」、「謗」的敘述者
聲音。單從字面來看，我們並不能輕易判斷敘述者所說的「下流癡病」
是正言還是反語，必須通過了解整部作品隱含作者對寶玉的態度才能定
奪。脂硯齋在第十二回夾批中透露：「觀者記之，不要看這書正面，方是
會看。」[24]脂硯齋這個讀者以自己的閱讀經驗來暗示《紅樓夢》的反諷筆
法，感歎「作者之筆，狡猾之甚」，「觀者萬不可被作者瞞蔽了去，方是
巨眼」。[25]

由此看來，中國古代對於反諷的理解可能也與曲筆傳統有關。反諷是
否也能算作「春秋筆法」的一種？金聖歎評《水滸傳》有言：「雖然，誠
如是者，豈將以宋江真遂為仁人孝子之徒哉？《史》不然乎？記漢武，初
未嘗有一字累漢武也，然而後之讀者，莫不洞然明漢武之非是，則是褒貶
固在筆墨之外也。」[26]撇開金聖歎讀《水滸》評宋江的個人立場不論，他
的這段評語指出了文本有可能將褒貶態度隱藏在文字以外，而其中的反諷
意味需要讀者自己去揣摩出來。

---

[22] 曹雪芹著，黃霖校理《紅樓夢：脂硯齋評批（上）》（濟南：齊魯書社，1994 年），
頁 511。

[23] 同上，頁 99。

[24] 同上，頁 213。

[25] 同上，頁 7。

[26] 施耐庵著，金聖歎批評，劉一舟校點《水滸傳（上）》（濟南：齊魯書社，1991 年），
頁 665。

脂硯齋、金聖歎在討論文本「反諷」時，都強調了讀者的角色，可見對於反諷而言，是否「會看」是個大問題。金聖歎提到《水滸傳》「一部書中寫一百七人最易，寫宋江最難。故讀此一部書者，亦讀一百七人傳最易，讀宋江傳最難也。」原因是：「蓋此書寫一百七人處，皆直筆也，好即眞好，劣即眞劣。若寫宋江則不然：驟讀之而全好，再讀之而好劣相半，又再讀之而好不勝劣，又卒讀之而全劣無好矣。」[27]金聖歎這段「讀後感」，恰恰點出了解讀反諷的難度，因爲反諷本身就具有阻礙解讀的模糊性。首先，反諷常常以「曲」、「隱」的方式表達，乍讀之下並不易讀出表面以外的另一層意思。其次，如上文所講的，反諷的構成基礎就是無法調和的張力關係，存在於文字與含義之間，行動與結果之間，表像與眞實之間……。更爲重要的是，反諷往往是說話者對現實相對性、矛盾性、悖謬性洞察之後的一種表達，而反過來，運用反諷也恰恰是爲了表現這種無法說清的似是而非的生活本質。

權力的聲音

傳統敘事學研究的範疇中，「聲音」概念，和我們前幾章談論的「隱喻」、「觀點」、「人稱」一樣，都是運作於文本內部的敘述策略，它們共同解答著「故事如何被講述？」的問題。一九八〇年代以後，文學批評者們開始思考文本外圍的因素，如社會、歷史、文化、政治等力量如何滲透並作用於文本，核心問題變成了「故事爲什麼被這樣講述？」。「聲音」概念在這種氛圍中同樣被重新詮釋：「聲音」不再只是組織結構、表達意義的文本技巧，而成爲社會權力關係在文本中的再現載體，因爲文本發出怎樣的「聲音」，與誰掌握敘述的權力有關。這一思路引導人們開始去反思長久以來的文學史書寫和文學生產過程，開始去反問：我們所聽到的，是否都是權力者的聲音？被壓迫的弱勢者，如何才能發出自己的聲音呢？正是在此意義上，「聲音」概念被女性主義批評理論等弱勢群體研究

---

27 同上。

廣泛借用，美國敘事學家Susan S. Lanser就曾感歎：「對於當代女性主義者，沒有哪個詞比『聲音』這個術語更令人覺得如雷貫耳的了。……對於那些一直被壓抑而寂然無聲的群體和個人來說，這個術語已經成為身份和權力的代稱。」[28]

從敘事學角度理解的文本的「聲音」和從文化政治角度解讀的權力的「聲音」，構成了批評界對「聲音」概念的兩種闡釋，不同的批評理論往往各有側重，比如女性主義批評「通常不涉及敘述的技巧方面，而敘事學研究一般也不討論敘述聲音的社會性質和政治寓意」。[29]Lanser在一九九〇年代對女性作家作品中敘述聲音的研究，則有意識地打破了這一區隔，來表明文本的敘述聲音同樣能夠解讀出權力政治的聲音，「敘事技巧不僅是意識形態的產物，而且還是意識形態本身」。[30]

Lanser的研究將女性作家的敘述聲音分為三種模式：作者型敘述聲音（authorial voice）、個人型敘述聲音（personal voice）和集體型敘述聲音（communal voice），首先指出不同敘述聲音模式對於女性作家而言先在暗含了不同的性別權力關係。比如，作者型敘述聲音相當於敘述者在故事外的第三人稱敘述，因為這一「隱身」的敘述者沒有性別特徵，女性作家就可能通過聲音的掩飾來分享男性的敘述權威，而同時卻不可避免地強化了這一權威。相比之下，個人型的敘述聲音，就是敘述者為主人翁的第一人稱敘述，就無法採用這種無性別的掩飾手段，因為主人翁「我」必須有明確的性別特徵。由此女性作家書寫女性主人翁自己的故事，這種常常被讀者混同為自傳的敘述模式，在男性中心的社會中便會遭遇許多障礙，她們需要保證「故事本身和故事中的女性自我形象符合公認的女子氣質和行為準則，否則就有遭受讀者抵制的危險」。女性敘述權威的難以建

[28] Susan S. Lanser, *Fictions of Authority: Women Writers and Narrative Voice* (Ithaca: Cornell University Press, 1992), p. 3. 中文譯本為：蘇珊·蘭瑟著，黃必康譯《虛構的權威：女性作家和敘述聲音》（北京：北京大學出版社，2002年），頁3。

[29] Ibid., p. 4.

[30] Ibid., p. 5.

立，使得許多女性作家都避免採用這種敘述聲音。集體型的敘述聲音，是Lanser發現的一種屬於邊緣群體或受壓制群體的敘述方式，相對於西方小說個人化的男性化的傳統敘事模式，集體型敘述聲音能夠表達一種群體的共同聲音或者各種聲音的集合，這便為「形成某種帶有政治意義的女性集體的聲音」帶來了可能。三種敘述聲音模式代表著三種敘述權威，Lanser的研究通過大量的文本分析來呈現女性作家如何在敘述聲音模式帶來的限制和可能性之間建立自己的敘述權威，在男性中心的敘事傳統中發出自己的聲音。[31]

　　女性主義的課題我們會在「性／別」一章中著重涉及，而這裡介紹Lanser的研究成果是為了說明，當我們將性別、種族、階級等社會權力關係引入對文本敘述聲音的思考時，便能發現文本的「聲音」從來就不是中性的，那中性的聲音印象其實來自於我們對權力聲音的默認，來自於權力聲音的控制和掩飾，弱勢者的聲音在這一過程中則被排斥和掩蓋了。然而另一方面，Lanser的研究也讓我們看到，文本的聲音同樣能夠成為弱勢者掙脫控制，爭取自身敘述權利的反抗者的聲音，從此意義上講，文本是一個權力擴張與爭奪的場域，而「聲音」概念，為我們提供了一條線索去解讀出文本的權力寓意。

---

[31] Ibid., pp. 3-24.

第九章
敘事
NARRATIVE

故事新編

魯迅的小說集《故事新編》中的《補天》是如此開場的：

> 女媧忽然醒來了。
>
> 伊似乎是從夢中驚醒的，然而已經記不清做了什麼夢；只是很懊惱，覺得有什麼不足，又覺得有什麼太多了。煽動的和風，暖曦的將伊的氣力吹得瀰漫在宇宙裡。
>
> 伊揉一揉自己的眼睛。[1]

魯迅在序言裡寫道，《故事新編》當中的「敘事有時也有一點舊書上的根據，有時卻不過信口開河」。[2]從《補天》的例子來看，作品所依的「根據」應該是中國傳統典籍裡關於女媧造人和補天的神話故事。譬如「造人」一節，《太平御覽》裡就有記載：「俗說：天地開闢，未有人民；女媧摶黃土作人，劇務力不暇供，乃引繩於泥中，舉以爲人。故富貴者黃土人也；貧賤凡庸者絚人也」。[3]

《補天》的第一部分和這「舊書」上的記載，可以看成是兩個關於女媧造人的敘事文本，它們敘述的是同一個故事，而《補天》，按魯迅的說法，加入了許多「信口開河」的成分，譬如上面這段描寫女媧夢醒一刻的文字。這樣看來，同一個故事有許多種敘述的方式，可以「信口開河」地

---

[1]　魯迅《魯迅全集（第二卷）》（北京：人民文學出版社，1981年），頁345。

[2]　同上，頁342。

[3]　轉引自魯迅《魯迅全集（第二卷）》，頁354。

添油加醋，也可以像「舊書」那樣的精練扼要，一句話概括故事始末。本章要談的「敘事」概念，便是一個關於「講故事的方式」的課題。

「講故事」這件事，被區分為「所講的故事」和「故事被講述的方式」，這一組二元關係的確定，正是「敘事」課題的討論基礎。俄國形式主義批評家以素材（fabula）和情節（sjužet）的術語來稱呼這對二元關係。法國結構主義批評家們則提出用故事（histoire）和話語（discours）來指代大致相同的區分。現在比較通用的英語表達是story（故事）和discourse（話語），美國敘事學家Seymour Chatman就曾以這對概念命名自己的著作*Story and Discourse*來探討小說和電影之中的敘事結構。在Chatman對前人理論的總結中，一個敘事文本（narrative text）可以分為故事和話語兩個層面，故事則由事件（events）和存在的事物（existents）組成，前者包括行動（actions）和事件的發生（happenings），後者包括人物（characters）和環境（setting）。可以說，這些都是敘事的內容，而話語則是組織和結構這些內容的方式。[4]

1969年法國結構主義批評家Tzvetan Todorov用法語造了一個新詞narratologie，[5]便是我們今天所說的敘事學（Narratology），用來描述關於敘事和敘事結構的理論和研究，而將敘事現象分解為「故事」和「話語」兩個層面，正是敘事學研究的基本前提之一。可以說，敘事學就是研究故事被通過怎樣的話語方式組織到一個敘事結構中，也就是研究故事和話語兩個層面之間的互動關係。以魯迅的《故事新編》為例，當「舊書」上的故事被換一種方式重新講述時，敘事學關心的便是「故事」是如何被「新編」的，「故事」如何左右著「新編」的方式，「新編」的過程又如何改寫了「故事」的意義。

4　Seymour Chatman, *Story and Discourse: Narrative Structure in Fiction and Film* (Ithaca: Cornell University Press, 1978), pp.18-20.
5　Tzvetan Todorov, *Grammaire du Décameron* (Mouton: The Hague, 1969), p. 69.

故「事」新「編」

　　敘事學研究領域中，有一些研究者的興趣偏重於「故事」的層面，這一方向早期受到俄國結構主義批評家Vladimir Propp的民間故事研究的影響。借用俄國形式主義細分結構的方法，Propp將大量的俄國民間故事分解到最小的故事單元，總結出七種基本的人物角色和三十一項人物在故事中的行為功能（function），包括英雄出場、英雄與壞人交戰、艱巨的任務交給英雄、任務完成、壞人受到懲罰、英雄成婚並登上皇位等等。[6]Propp指出他所研究的民間故事，都出現了這三十一項行為功能中的某一些，更為重要的是，它們的出現都遵循著同一個固定不變的順序。

　　和Propp的結論不同，法國結構主義人類學家Claude Lévi-Strauss認為敘事作品中存在比人物的行為功能更為根本的結構。他運用類似於語言學分析句子結構來發現語法規則的方法，從各地的神話故事中拆解出一種他稱之為「神話素」（mytheme）的基本結構（正如音素phoneme是語言的基本單位），他認為神話素存在於所有神話故事之中，這也是世界各地的神話彼此相像的原因。剖析神話素，考察它們之間的組合方式，Lévi-Strauss試圖尋找敘事內在普遍一致的深層結構，他相信其中隱藏的正是人類思維中共通的宇宙法則（universal laws）。[7]

　　Propp和Lévi-Strauss的研究影響了一九六〇年代法國結構主義敘事學的發展，許多學者沿著他們的方向致力於將敘事現象分解成基本的部件，來確定它們在敘事中的功能和相互之間的關係。如果說這一條研究思路關注的是敘事的共性，研究者相信所有敘事行為都受到某種不變的潛藏在人們意識深處的永恆法則的約束，那麼另一些敘事學家的探索方向正好相反，他們著眼於敘事的「話語」層面，致力於發掘人類的創造力賦予敘事的多樣性，發掘作家們如何突破既有的敘事規範，如何超越限度，來創造

---

[6]　Vladimir Propp, *Morphology of the Folk Tale* (Austin: University of Texas Press, 1968), pp.25-66, 79-83.

[7]　Claude Lévi-Strauss, translated by Claire Jacobson, *Structural Anthropology* (New York: Basic Books, 1963), pp. 204-208.

出獨特的敘事效果。

討論中首先出現的一個問題是，事件彼此之間如何連接（succession of events）？如果說「敘事」就是講述一連串彼此相關的事件，那麼事件之間以怎樣的關係來聯結成一個完整的敘事呢？英國小說家E.M. Forster曾舉過這樣一個例子：「國王死了，接著王后也死了」，是按照兩個事件發生的時間順序敘述的，所以是「故事」（story），而「國王死了，接著王后也因爲悲傷而死了」強調的則是兩個事件之間的因果關係，Forster稱之爲「情節」（plot）。[8]

我們來看《太平御覽》記載的「天地開闢，未有人民，女媧摶黃土作人」一句，按照Forster的觀點，事件之間除時間順序之外並沒有明顯的關聯。有趣的是，魯迅的《補天》在事件的空隙之間補充進了一層因果關係，他寫到女媧睡醒後發出歎息：「唉唉，我從來沒有這樣的無聊過！」，[9]然後她走到海邊玩泥巴，無意間作出了人。因爲覺得無所事事，所以女媧才造人出來，《補天》在事件之間填入的因果關係改變了敘事的意義，女媧創造人類的神聖「故事」主題，在這一戲謔「情節」的設置中被消解了。

Forster關於故事和情節的概念辨析被廣泛引述，同時也引起了一些爭論，一種反對意見認爲Forster的判斷忽略了敘事上的省略現象，也忽視了讀者在閱讀文本時的主動聯想能力。從這個角度來看「天地開闢，未有人民，女媧摶黃土作人」一句，在「未有人民」與「女媧摶黃土作人」之間，讀者似乎並不難推導出其中的因果關係：因爲沒有人，女媧才造人。可見在某些敘事中，因果關係潛藏在文字的空白之間，需要由讀者通過聯想或詮釋來建立事件的聯結，領會敘事的意義。如果有讀者像魯迅一樣，在空白處填入了「另類」的詮釋和想像，那便能產生截然不同的意義。這麼看來，「情節」（或者是「故事」和「情節」的差別）可以說是讀者從

---

8 E.M. Forster, *Aspects of Novels* (Harmondsworth: Penguin, 1963), p. 93.

9 魯迅《魯迅全集（第二卷）》，頁 345。

敘事文本中讀出來的，敘事的過程也只有在聽故事的人那裡才最終完成，這就涉及讀者在文本詮釋中的重要角色，我們在前面的章節中已有所討論。

除了因果關係之外，事件的聯結和組合方式還與許多方面的因素有關，譬如：誰是故事的敘述者？以誰的觀點講故事？講的是誰的故事？借助誰的聲音講故事？故事是說給誰聽的？這些問題，也就是我們前幾章逐個討論過的「觀點」、「人稱」、「聲音」、「讀者」等課題，在敘事學中它們都指向「話語」的層面：用怎樣的方式來講一個故事？而下面我們要談的是其中另一個重要問題：敘事的時間。

法國敘事學家Gérard Genette的《敘事話語》是一本從各個方面討論敘事話語問題的著作，標題上就注明這是一本關注「方法的論文」。書中前三章都與敘事的時間有關，分別是「時序」（order）、「時距」（duration）和「頻率」（frequency），代表敘事文本在時間處理方面的三種可能方式。[10]

首先是時序。如果把女媧造人的神話傳說，當成一個簡單的敘事，我們可以發現說故事的順序是按照故事發生的前後順序進行的：天地開闢，未有人民（過去）、女媧摶黃土作人，劇務力不暇供，乃引繩絚於泥中，舉以為人（現在）、故富貴者黃土人也，貧賤凡庸者絚人也（以後）。這種敘事時間（narrative time）與故事時間（story time）平行一致的敘事方式，一般稱為順敘。

古希臘和古羅馬的史詩寫作中，有一種稱為「in medias res」（從事物的中間開始）的手法，指的是敘事從故事的中間開始，而非從頭開始。古代說故事的人已經領會敘事時間的特殊性，說故事可以不按照事件發生的自然時間和順序，可以不按照事件發展的前後邏輯，而可以按照自己的意願，從中間甚至從結尾開始，往前追溯事件的發生，這種手法稱為倒敘

---

[10] Gérard Genette, translated by Jane E. Lewin, *Narrative Discourse: An Essay in Method* (Ithaca, N.Y.: Cornell University Press, 1980), pp. 33-160.

（analepsis，flashback）。

Genette稱敘事順序排列差異的現象爲「時序錯置」（anachrony），除倒敘之外，另一種跳敘（prolepsis，flashforward）的手法在文本中運用得較少，我們較爲熟悉的例子是《紅樓夢》第五回，賈寶玉進入太虛幻境，從判詞中預先察覺出其他人物最終的命運，以後的小說故事和人物發展，已經預先在這一回展露了端倪，這可以當成一個跳敘的文本。

頻率是指事件的發生及其在敘事中出現的次數問題。事件可以反復發生，在敘事中只出現一次；也可能事件只發生了一次，而敘事卻反復描述；當然也有事件反復發生，敘事同樣反復描述的情況，而重複敘事（repeating narrative）往往是爲了突出某個事件的重要性和象徵性。《補天》中有兩處明顯的重複敘事，一處屬於事件的重複，女媧兩次感歎：「唉唉，我從來沒有這樣的無聊過！」，[11]第一次無聊而造了人，第二次無聊是因爲補天耗盡了力氣。另一處則是景色的描寫，可以說是敘事的重複：

> 天邊的血紅的雲彩裡有一個光芒四射的太陽，如流動的金球包在荒古的熔岩中；那一邊，卻是一個生鐵一般的冷而且白的月亮。[12]

這段文字第一次出現在小說的開頭，描繪女媧從夢中醒來所見的景色，她不理會太陽和月亮「誰是下去和誰是上來」。同樣的文字再次出現則是在小說的結尾，在這幅畫面中，「伊的以自己用盡了自己一切的軀殼，便在這中間躺倒，而且不再呼吸了」。可以說，《補天》中的這兩處重複敘事，自然烘托了小說開頭和結尾的氛圍反差，前面的閒適、慵懶和最後的悲愴，在同樣話語和句式的重複中，加強了對比和呼應的敘事效果。

---

[11] 魯迅《魯迅全集（第二卷）》，頁 345、351。

[12] 同上，頁 345、353。

「時距」的概念，探討的則是故事發生和敘事所用時間上的落差關係，與敘事流動的速度有關。不過，文字的敘事本身並不具有度量速度的標準，我們依循的只是一種想像的感覺。譬如上文引的景色描寫一段，我們可以想像故事的發展在這細膩的景色摹寫中暫時停頓（pause）了，敘事時間延緩了故事推進的速度。而小說結尾寫到秦始皇讓方士去尋仙山：「方士尋不到仙山，秦始皇終於死掉了；漢武帝又教尋，也一樣的沒有影」，[13] 這裡顯然大量省略了實際發生的事件，通過概括起到了加速（acceleration）的作用。不過有的時候敘事文本出現省略（ellipsis）的情況，不只是略去重複或者類似發生的事件，也有可能是為了留給讀者更大的詮釋空間，就像《紅樓夢》關於秦可卿死因和過程一節的空白，一直引來讀者的多方猜測和解讀。

與時距有關的另一種情況是，幾秒或幾分鐘發生的事在敘事文本中被拉長了，就好像電影中的「慢動作」（slow motion）。譬如《水滸傳》第二十二回敘述武松打虎的過程：

説時遲，那時快；武松見大蟲撲來，只一閃，閃在大蟲背後，那大蟲背後看人最難，便把前爪搭在地下，把腰胯一掀，掀將起來。武松只一閃，閃在一邊。大蟲見掀他不著，吼一聲，卻似半天裡起個霹靂，振得那山岡也動，把這鐵棒也似虎尾倒豎起來只一剪。武松卻又閃在一邊。原來那大蟲拿人只是一撲，一掀，一剪；三般捉不著時，氣性先自沒了一半。那大蟲又剪不著，再吼了一聲，一兜兜將回來。[14]

「說時遲，那時快」，正表明了敘事速度慢於故事發生的速度，是一種敘事的減速（deceleration）。武松打虎的緊張場面，落到紙面上，每個動

---

[13] 同上，頁354。

[14] 金聖歎《讀第五才子書施耐庵水滸傳》（河南：中州古籍出版社，1985），頁370。

作被分解描述，時間被拉長了。而有意思的是，這段文字又通過簡練有力的用詞，如「一閃」、「一掀」、「一剪」、「一撲」，來加快敘事的節奏，消減了「慢動作」的拖沓感，在刻畫每個動作細部的同時，又能凸現動作的俐落快速。

敘事是一場敘述者與時間展開的遊戲，通過調節事件發生的時序、頻率和時距，敘述者令故事以截然不同的面貌呈現出來。同樣的，一個故事在不同的觀點、人稱、聲音的控制下，都會生成迴異的敘事文本，這些都是使故事轉化爲敘事的「話語」方式，都是影響故「事」新「編」的要素。敘事學家對敘事話語層面的探索，令我們看到敘事的豐富可能性，故事與敘事之間的空間被不斷拓展，故事的意義也在「新編」的過程中不斷被改寫。

「故」事新編

敘事，就是講故事，而「故」事，也可以理解爲「過去的事」，在中國古代的敘事傳統中，敘事與這「過去的事」（歷史）的關係尤爲密切。

《周禮‧春官宗伯》有這麼一段，講解古代「職喪」官員的職務範圍：「職喪掌諸侯之喪。及卿、大夫、士凡有爵者之喪，以國之喪禮涖其禁令，序其事。」[15]這段話說明了「職喪」要如何料理宮廷喪事的細節，所謂「序其事」就是安排安頓喪禮事宜的先後次序。

從文字字義來看，中國古代「敘」與「序」相通，「序事」也可以說就是「敘事」，透露了一種安排事件先後的意思，跟現代敘事學理論討論的「時序」問題不謀而合。不過，除了指先後的時間順序之外，「序」也包含另一層與空間有關的意思。根據清代孔廣森的文字訓詁，「序」指的是「東西牆」，是正堂東西面的一道區隔。因此我們可以追溯，「敘」（通「序」）的原始意義，除了時間的順序安排之外，還包含不同空間的分割作用，對於「事」的「敘」，除了觀照「先、後」的時間維度，還帶

---

[15]《周禮注疏》（上海：上海古籍出版社，1990），頁 335。

有「東、西」的空間維度。[16]從這一點來看，現代敘事學中某些關涉空間變換的話語方式，如人物觀點的改變，敘事焦點的移動等，與中國古代「序」字隱含的空間性，也有相通之處。

由此看來，和西方由史詩戲劇傳統中醞釀產生敘事理論的發展脈絡不同，中國古代的「敘事」觀念出自古史官，跟歷史的書寫、記載，規範的制定、執行都關係密切。而且這一歷史書寫傳統在要求對事件的「如實記載」之外，也有一些記載方法上的講究，從現代敘事觀點來看，記錄史實，同樣是一種敘事，史實（不過「史實」這個概念本身也有待商榷）如何被記錄，如何被呈現便是敘事方式的問題。相傳孔子編寫《春秋》，在據實記述的過程中並不直接表明自己對事件的態度，而是通過含蓄的修辭手段、選擇性的區別用詞、素材的擇取等等細部的編排，隱露出褒貶的態度，被後世稱為「春秋筆法」或「微言大義」。如果說「春秋筆法」正是中國古代歷史書寫傳統中的一種敘事方式，那麼換個角度看，這種方式的強調是為了提醒讀者，在閱讀歷史文本的時候，必須注意其「筆法」的運用，去思考敘事方式的問題，才能夠從「微言」中讀出「大義」來。

從歷史敘事轉向文學敘事的論述，隨著明清小說創作及其評點的發展壯大逐步出現，而將歷史「紀實」和小說的「虛構」敘事相提並論，則是在金聖歎的小說評點中。《第五才子書讀法》中，金聖歎曾作出如此的區分：「《史記》是以文運事，《水滸》是因文生事。以文運事，是先有事生成如此如此，卻要算計出一篇文字來，雖是史公高才，也畢竟是吃苦事。因文生事即不然，只是順著筆性去，削高補低都由我。」[17]在金聖歎看來，《史記》的對象雖然是「現成」的歷史事件，但也得需要有剪裁、組織等「運事」的能耐，並非易事。而相反像《水滸》這樣的虛構小說，則是「因文生事」，不受史實的約束，「削高補低」具有更大的自由度。

金聖歎的這段話，將《水滸傳》這樣當時尚屬邊緣的小說文類和《史

---

16 楊義《中國敘事學》（臺北：南華管理學院，1998），頁 11。
17 金聖歎《讀第五才子書施耐庵水滸傳》，頁 18。

記》放在同一個平臺上加以置評，在中國古代敘事課題的論述中可謂是一個突破。而更值得注意的是，它並非從內容真實性的角度來比較歷史和文學敘事的差別，而是著眼於兩者敘事方式上的不同，並且進一步來突出虛構敘事自由發揮的特性，推崇小說敘事手法上的多樣性。《第五才子書讀法》中，金聖歎還說：「吾最恨人家子弟，凡遇讀書，都不理會文字，只記得若干事蹟，便算讀過一部書了。」[18] 從敘事角度來理解金聖歎在這裡使用的「文字」和「若干事蹟」等詞眼，「文字」相對於「事蹟」而言，應該就是指對於故事事件的處理和安排，與敘事的手法有關。因而金聖歎最恨人家子弟「只記得若干事蹟」，但卻不記得將這些「事蹟」串聯起來的「文字」，也就是在批評那些只記得「故事」，卻不留意「說故事的方式」的讀者。

那麼如何來讀這些「文字」呢？金聖歎以《水滸傳》為文本，列舉了許多種類的「文法」，譬如有「倒插法」，「謂將後邊要緊字，驀地先插放前邊」；「夾敘法，謂急切裡兩個人一齊說話，須不是一個說完了，又一個說，必要一筆夾寫出來」；「草蛇灰線法，如景陽崗勤敘許多『哨棒』字，紫石街連寫若干『簾子』字等是也。驟看之，有如無物，及至細尋，其中便有一條線索，拽之通體俱動」，也就是指某個關鍵意象和標記在敘事中多次重複出現，雖然不引人注意，卻起到連貫情節的作用。另外「欲合故縱法」是有關設置敘事的「懸念」，而「橫雲斷山法」則是指敘事過程中故事轉換的現象，因為「文字太長了，便恐累墜，故從半腰間暫時閃出，以間隔之」。其他還有「大落墨法」、「棉針泥刺法」、「背面鋪粉法」、「弄引法」、「獺尾法」、「正犯法」、「略犯法」等等。[19] 以上介紹並非想要從金聖歎列舉的《水滸傳》文法中找出某些現代敘事學理論的影子，而要指出的是，金聖歎的小說評點正是強調通過「文本細讀」來關注小說作品各個層面的敘事手段和技巧，從故事的剪裁、情節的

---

[18] 同上，頁 22。

[19] 同上，頁 22-24。

安排、敘事的順序到小說整體結構的佈局，他對「說故事的方式」問題的探討爲中國小說敘事實踐和理論的發展都帶來了深遠的影響。

可以說，金聖歎對於敘事方式的關注，將小說的敘事特性凸現出來，不過小說敘事仍然受到某些歷史敘事觀念的左右，譬如說對敘事「眞實性」的追求。還是來看《水滸傳》第二十二回武松打虎的情節，小說寫到老虎終於被武松打倒在地：「武松把隻腳望大蟲面門上、眼睛裡只顧亂踢。那大蟲咆哮起來，把身底下爬起兩堆黃泥，做了一個土坑」。[20]金聖歎對這段描寫做出這樣的評點：

> 耐庵何由得知踢虎者，必踢其眼，又何由得知虎被人踢，便爬起一個泥坑，皆未必然之文，又必定然之事，奇妙絕妙。[21]

金聖歎認爲作者施耐庵是不是眞的懂得踢虎的法門並不重要，這樣的寫法都是「未必然之文」，重要的是能讓讀者感到這是「必定然之事」，也就是說敘事的方式可以變換，但表現的東西要具有「眞實性」，要能讓人信服。正如Andrew Plaks指出的，敘述的內容或許是非現實的故事，但卻必須呈現出一種能夠說服讀者的逼眞度（verisimilitude）。[22]換句話說，小說敘事雖然是虛構的，但仍要遵從歷史「眞實」的標準。

故事「新」編

魯迅的《補天》中重複出現這樣一個情節：女媧造出了人，卻聽不懂人說的話。其中一段寫到天崩地塌，女媧問一個身上包著鐵片的神情喪氣的小人「那是怎麼回事？」小人說：「嗚呼，天降喪……顓頊不道，抗我後，我後躬行天討，戰於郊，天不祐德，我師反走，……我後爰以厥首觸

---

[20] 同上，頁 371。

[21] 同上。

[22] Andrew Plaks, "Terminology and Central Concepts," in David L. Rolston, ed., *How to Read the Chinese Novel* (Princeton: Princeton University Press, 1990), p.112.

不周之山，折天柱，絕地維，我後亦殂落。嗚呼，是實惟……」女媧聽不懂，轉身問一個同樣包著鐵片卻興高采烈的小人，小人說：「人心不古，康回實有豕心，覷天位，我後躬行天討，戰於郊，天實祐德，我師攻戰無敵，殛康回於不周之山。」女媧仍然沒聽懂，再問一個沒包鐵片的小人，他卻只會重複女媧的問話。那麼到底是怎麼一回事呢？女媧最終不得而知。[23]

這一情節同樣「新編」自一個「舊書」上的神話故事。《淮南子·天文訓》記載：「昔者共工與顓頊爭爲帝，怒而觸不周之山，天柱折，地維絕。天傾西北，故日月星辰移焉；地不滿東南，故水潦塵埃歸焉。」[24]正是共工和顓頊作戰，撞倒不周山，以致天崩地塌，而成爲女媧補天的緣由。這段神話故事在魯迅的「新編」中轉化爲上面一組對話，小人的說話內容還模仿了《尙書》等古書上的文字。這樣一種敘事方式除了將共工怒觸不周山的神話故事融合到女媧補天的情節之外，還有什麼意義呢？

如果說《尙書》、《淮南子》上的文字，代表著古人記錄下的「歷史」，那麼《補天》的情節則暗示「歷史」只是人們站在各自立場的「敘事」而已，共工和顓頊之戰，出自雙方的口中是迥異的故事。而女媧聽不懂人說的話，同樣也隱喻著人類的歷史敘事是由人自身建構出來的，是權力鬥爭的產物，連「造物主」都不能了解「眞相」，談何歷史的「眞實」。將歷史理解爲一種敘事，從而強調歷史的文本性（the textuality of history），正是一九八〇年代初美國「新歷史主義」（New Historicism）的代表觀點，[25]在這裡我們不展開討論，而從上面這個情節，我們可以體察到歷史作爲一種敘事，最好地詮釋了敘事與權力的關係，歷史往往是權力者的敘事，曾經發生的「那是怎麼回事？」，我們不得而知。

回到敘事的角度再來看《補天》中的這個情節，歷史記載的神話故

文學批評關鍵詞——概念·理論·中文文本解讀

---

[23] 魯迅《魯迅全集（第二卷）》，頁 349-351。

[24] 轉引自魯迅《魯迅全集（第二卷）》，頁 354。

[25] Louis Montrose "Professing the Renaissance: the Poetics and Politics of Culture", in H. Aram Veeser, ed. *The New Historicism* (New York: Routledge, 1989), p. 20.

事，經過「新編」之後反過來消解了故事本身的意義，掌握權力的史官敘事被新編成了消解權力的小說敘事，這正說明了敘事能產生某種力量，在故事的不斷「新編」過程中，去重新審視原有敘事中的權力關係。

歷史是敘事，文學是敘事，我們生活中的講述、書寫、影像的紀錄，都是敘事，那麼到底什麼不是「敘事」？法國學者Paul Ricoeur曾言：敘事並非對於身外之事物的探究，我們到來的這個世界已經充滿了種種敘事，我們無時無刻不是活在敘事之中。[26]我們生活在敘事中，我們又在不停地說故事，以不同的「說」的方式來說那些以前就被說過的「故事」，從我們之前談過的「互文性」觀點來看，每一次說故事（敘事）不都是一次「故事新編」？問題的關鍵是，這重新「說」的過程，這「新編」的過程，如何影響著我們對「故」事的認知，對世界的看法。

還是來讀《補天》。神話是先民的敘事，是古人解釋世界的一種答案。「天地開闢，未有人民、女媧摶黃土作人，劇務力不暇供，乃引繩縆於泥中，舉以為人、故富貴者黃土人也，貧賤凡庸者縆人也。」女媧造人的神話裡同樣包含著解釋，解釋為什麼這個世界有「富貴者」和「貧賤凡庸者」的差別。敘事為解釋世界提供了答案，為混沌萬物提供了一種秩序和規律，而故事通過傳承也讓人們相信這種秩序和規律是自然的存在，世界也就變得更容易理解和把握。

然而敘事也總是不斷在打破原有敘事建構出來的各種模式，通過不同的「說」的方式來重新看待世界。譬如《補天》，文本融合了許多段落的歷史和神話故事：女媧造人補天、共工怒觸不周山、巨鼇馱仙山、「女媧氏之腸」以及《史記》中關於秦始皇、漢武帝尋仙山的紀錄。這些故事被重新節選組織，被重新賦予時序關係和因果關係，整合到一個敘事文本中。更值得注意的是《補天》的觀點設定，如果說歷史記載中的敘述者是以全知觀點來陳述「事實」，那麼我們可以發現《補天》的主要部分（除

---

[26] Paul Ricoeur "Narrative Time", in W. J. T. Mitchell, ed., *On Narrative* (Chicago: University of Chicago Press, 1981), pp.181-182.

了結尾）是以女媧的有限觀點來敘述的，也就是說《補天》呈現的是一個神眼中的世界和人類，通過她的眼睛，我們看到的是人類的愚蠢和殘酷，人類的創造只是因為她的無聊，而人類來到世界上卻只會帶來災難。通過這一觀點的轉換，文本嘲笑了那些自視高貴的人們，以及他們自詡神聖的權威。

　　現代敘事學告訴我們，敘事包含故事和話語兩個層面，而上面的例子也告訴我們，這兩個層面其實是互相交融的，故事在被講述的過程中產生意義，敘事的方式決定著意義的建構。故事一直在被講述，新的意義隨著新的講述方式的生成而不斷生成，進而影響著我們對世界的理解、再現和表達。在「觀點」、「人稱」、「聲音」，以及本章「敘事」中，我們已經看到了敘事的豐富可能性，對於敘事學而言，它並非在指導我們故事是如何被講述的，恰恰相反，它只是在提醒我們，敘事的方法無窮無盡，等待著我們自己從文本中去發現。

第十章
再現
REPRESENTATION

文學反映現實？

　　文學與現實世界之間的關係，是文學理論最關心也最廣泛討論的課題之一。如果有人問你這個問題，你很可能會不假思索地說：「文學反映現實。」這樣的說法看起來像是普通常識，不過，如果仔細想想，也引發一些新的問題。首先，這句話把文學與現實世界對立起來，視爲兩個毫不重疊的物體；文學與現實世界，究竟是不是互相獨立，像是存在於兩個沒有交集的空間呢？其次，表述中採用了「反映」作爲比喻來說明二者的關係，那麼，文學是不是像一面鏡子一樣，可以「忠實地」將現實世界加以「反映」？這兩個問題看起來簡單，卻都是跟我們對待文學的態度有著密切的關係，也是值得深入思考的大問題。

　　完成於1932年並於次年出版，茅盾的長篇小說《子夜》被認爲是反映一九三〇年代初上海城市面貌的作品。小說開篇如此敘述：

　　　　太陽剛剛下了地平線。軟風一陣一陣地吹上人面，怪癢癢的。蘇州河的濁水幻成了金綠色，輕輕地，悄悄地，向西流去。黃浦的夕潮不知怎的已經漲上了，現在沿這蘇州河兩岸的各色船隻都浮得高高地，艙面比碼頭還高了約莫半尺。風吹來外灘公園裡的音樂，卻只有那炒豆似的銅鼓聲最分明，也最叫人興奮。暮靄挾著薄霧籠罩了外白渡橋的高聳的鋼架，電車駛過時，這鋼架下橫空架掛的電車線時時爆發出幾朵碧綠的火花。從橋上向東望，可以看見浦東的洋棧像巨大的怪獸，蹲在暝色中，閃著千百隻小眼睛似的燈火。向西望，叫人猛一驚的，是高高地裝在一所

洋房頂上而且異常龐大的霓虹電管廣告，射出火一樣的赤光和青燐似的綠焰：Light，Heat，Power！[1]

這段文字，詳細地敘述上海入夜的景象。乍看起來，首四句採取了不帶感情的客觀角度，描述蘇州河的流水與岸邊的船隻。不過，這種看似客觀的書寫態度，很快的就開始轉變；在接下來的文字中，尤其是與「洋人」有關的物體，如「浦東的洋棧像巨大的怪獸」、又如「叫人猛一驚的」「洋房頂上」的「霓虹電管廣告」，都已經不再是客觀的景物描寫，而是帶有強烈的主觀色彩，對照於整部小說的主題，這段看起來是描述性的文字，具有深刻的隱喻意義。如果說文學反映現實，作為當代的讀者，小說的文字是不是讓我們像看到鏡子中所反映的影像那樣，看到一個「客觀的」一九三〇年代初的上海？

我們也許可以看一看在接近年代的另外一篇小說的文字。穆時英的短篇小說《上海的狐步舞（一個斷片）》，發表於1932年11月，敘述的也是上海：

> 上海，造在地獄上面的天堂！
>
> 滬西，大月亮爬在天邊，照著大原野。淺灰的原野，鋪上銀灰的月光，再嵌著深灰的樹影和村莊的一大堆一大堆的影子。原野上，鐵軌畫著弧線，沿著天空直伸到那邊兒的水平線下去。
>
> 林肯路（在這兒，道德給踐在腳下，罪惡給高高地捧在腦袋上面）。[2]

穆時英文字中的上海，顯然與茅盾的有所不同。他並沒有像茅盾那樣以大量的文字描述細節，而是選擇性地敘述幾個物體，包括月亮、原野、樹

---

[1]　茅盾《子夜》（北京：人民文學出版社，1952年），頁3。

[2]　穆時英《上海的狐步舞（一個斷片）》，載李歐梵編《新感覺派小說選》（臺北：允晨文化實業股份有限公司，1988年12月），頁177。

影、村莊、鐵軌、林肯路。讀者從文字中所看到的，這幾個物體的描述，幾乎沒有具體的、圖像化的細節，而只是幾個抽象概念的羅列。如果我們沿用「鏡子」作爲比喻，穆時英的這面「鏡子」，一方面「反映」出來的一九三〇年代初的上海，與茅盾的「鏡子」很不一樣，另一方面，看來並沒有「反映」出什麼具體的影像。

從這兩個例子，我們已經可以看出「反映說」的種種問題。「反映」究竟是什麼意思？從修辭的角度來說，「反映」在這裡的使用是一種比喻手法。《現代漢語詞典》中的「反映」詞條下，並沒有說明其本義，而只是提及其比喻性的用法：「反照，比喻把客觀事物的實質表現出來」，並舉例句說明：「這部小說反映了現實的生活和鬥爭」。[3] 值得注意的是，根據美國學者劉禾的研究，「反映」一詞並不是中文原有的詞彙，而是現代漢語借自日文漢字，日文又是從英文reflect一詞翻譯過來的。[4] 如此一來，我們不得不追溯reflect的意義。根據《牛津英語字典》，reflect作爲一個及物動詞，基本的意思，是指光線、聲音或熱能，以某個物體的表面作爲媒介，碰觸之後朝其來源的方向回彈。與我們所討論的語境最直接有關的一個解釋是：藉由鏡子或其他光滑的物體表面，展現人或物的影像。在這個意義的層面上，reflect多是作爲比喻使用。[5] 由此可見，「鏡子」或「某個光滑的物體表面」作爲一個媒介，在「反映」的動作中，占據關鍵的位置。

問題是，外在現實中的「客觀事物」，是不是能夠通過這個媒介，使

3　中國社會科學院語言研究所詞典編輯室編《現代漢語詞典》（第五版）（北京：商務印書館，2005年），頁379。

4　〈附錄B：現代漢語的中—日—歐外來詞〉，載劉禾著，宋偉傑等譯《跨語際實踐：文學、民族文化與被譯介的現代性（中國，1900-1937）》（北京：三聯書店，2002年），頁397。劉禾的書中，收錄了許多現代漢語的詞彙，說明這些詞彙經由日文譯自歐洲語文再由中文借用流傳，或者是日文借用古代漢語的既有詞彙，但轉用來表述與原來詞彙的意義完全無關的現代概念，再由現代漢語引用。本書原著是英文版：Lydia H. Liu, *Translingual Practice: Literature, National Culture, and Translated Modernity – China, 1900-1937* (Stanford: Stanford University Press, 1995).

5　*Oxford English Dictionary Online*, second edition, 1989.

其「實質」展示在我們的眼前？還是在這個「反映」的過程中，現實世界裡的事物的樣貌和形態，因為媒介的不同性質，顯示出來的影像會產生不同的變異？即使是最光滑的鏡子，也只能夠以二次元的平面形式，展示現實中三次元的立體對象。由是觀之，在現實和影像之間的這個媒介，究竟有著怎樣的性質，又如何在現實和影像之間發生作用，就非常值得研究了。以上述茅盾與穆時英的小說為例，作為一種現實的一九三○年代初的上海，經過兩面不同的「鏡子」所產生的「反映」效果，顯然是兩種不同的影像——兩個小說家的敘述方式，分別創造了兩種不同的上海現實。從茅盾的小說中認識上海的讀者，來到穆時英的小說所敘述的上海，會感覺那是全然陌生的城市！

　　換一個角度來說，以上的表述方式，似乎暗示「現實」和「影像」是兩個互不牽涉的物體。就如本章一開始所提出的問題——文學與現實世界是不是互相獨立的？——「現實」和「影像」之間是什麼關係，以及二者是不是可以放在一個二元對立的座標上來看待，也是一個有意思的課題。「文學反映現實」的提法，暗示了文學作品並不是現實世界的一個部分，可是，難道文學作品是存在於一個現實世界以外的空間裡？有這樣的一個空間嗎？難道文學作品的寫作、閱讀、出版、流通，可以不受到現實世界的種種物質與非物質的條件所制約？美籍巴勒斯坦裔學者Edward Said在其重要的著作中討論這個課題時，提出文本的「在世性」（worldliness）。Said認為，文本的存在，往往是糾結於某種情狀、時間、空間、社會之中；文本就在世界之中，也因此是在世的（worldly）。[6]有別於新批評理論家所認為的文本是一個與現實無涉的自足體，Said和後結構主義理論家把文本的創造和詮釋，視為受制於現實中的各種社會、政治、經濟等等力量的行為。文本不僅不能夠獨立於現實世界，相反的，文本的寫作和閱讀，也同時形塑了人們對於世界的認知方

6　Edward Said, "The World, the Text, and the Critic," in Said, *The World, the Text, and the Critic* (Cambridge, MA: Harvard University Press, 1983), pp. 34-35.

式，由此改變了現實的意義，甚至現實本身。

　　要討論茅盾的《子夜》，顯然必須將小說放置在一個適當的歷史與社會語境之中來進行。簡要地說，我們不能忽略《子夜》的創作，是二十世紀初的中國新文學運動、一九三〇年代以後的左翼文學運動等等語境中完成，也必須考慮到作者茅盾作為中國共產黨積極創始成員，以及他可能帶著某種意識形態寫作的種種因素。另一方面，《子夜》出版以後的閱讀和評論中，讀者的社會政治背景和意識形態，也影響了讀者從小說中讀取意義的方式和讀取了什麼意義。一九四〇年代以後共產黨的意識形態主導之下，茅盾的《子夜》「簡直可以用一句話把它們 [小說主題] 概括出來：在帝國主義經濟侵略和腐敗政府橫徵暴斂的雙重壓迫下，三十年代長江三角洲的整個經濟都瀕臨破產了！」[7]同樣一部小說，美國學者夏志清卻認為「太偏重於自然主義的法則，所以我們很不容易看到茅盾作為一個熱誠的藝術家的真面目」，小說「僅是按照馬克思主義的觀點給上海畫張社會百態圖而已」，而「書中的人物，幾乎可以說都是定了型的，是註定了要受馬克思主義者詆毀的那種醜化人物」。[8]換句話說，《子夜》的寫作是受制於作者所處在的社會語境與他所接受的意識形態；《子夜》的閱讀，則是受制於不同讀者在進行閱讀行為時的各種語境與意識形態。小說中所描述的上海，一方面，某種程度上建構了後世讀者對於現實世界中的上海的認知方式，另一方面，通過文學話語的流傳與影響，也成為現實中的上海的其中一種面貌。

藝術再現與政治代表

　　文本和現實世界之間錯綜複雜的關係，與其單純地、二元化地說成

7　王曉明〈驚濤駭浪裡的自救之舟 —— 論茅盾的小說創作〉，載王曉明主編《二十世紀中國文學史論（第二卷）》（上海：東方出版中心，1997 年），頁 285。

8　夏志清著，劉紹銘等譯《中國現代小說史》（香港：中文大學出版社，2001 年），頁 136。本書原著是英文版，於 1961 年出版，第三版為：C.T. Hsia, *A History of Modern Chinese Fiction*, third edition (Bloomington: Indiana University Press, 1999).

是「反映」，不如說是「再現」（representation），雖然「再現」這個概念也有其複雜與混亂的意涵。歐洲古代的文學理論中，就認為文學是一種「生活的再現」（representation of life），意味著藝術是對於現實世界的「模仿」（mimesis）。古希臘哲學家亞里斯多德不僅認為所有的藝術——包括語言藝術、視覺藝術、音樂藝術——都是一種再現的形式，也認為人類與動物不同之處，正是他們能夠通過再現進行模仿與學習。[9]在這個層面上，再現與模仿是同樣的意思。不過，現代文學理論中的「再現」，作為一個批評概念，因為社會理論、媒體理論，以及文學理論本身的各種討論與闡述，有了更複雜的含義。

對應於英文representation一詞的中文翻譯，日常生活語言中比較常用的是「代表」。根據劉禾的研究，「代表」是日文借用古代漢語中已經存在的詞彙來翻譯英文represent一詞，再被現代漢語轉借表示這個源自英文的概念。[10]可是，當represent翻譯為「代表」，實際上只是翻譯（或重點翻譯）了英文原詞的部分意思。《牛津英語字典》中記錄的representation詞條下提及的當代用法，首先是指根據物體的樣子所複製而成的東西，特別是指以人或物為複製對象的繪畫，或是以某種具體的圖像或象徵符號來表現抽象的概念。[11]這個部分的意思，翻譯成中文的時候，無法完全以「代表」一詞來顯示，而比較常用的詞彙是「表示」、「表現」、「表述」或「象徵」。列舉在《牛津英語字典》中的representation的另外一個意思，是指由某個人或物替代另一個人或物——通常前者在替代後者時，被賦予某種權利或權威。這層意思，在中文的習慣中，我們通常採用的詞

---

[9]　亞里斯多德著，姚一葦譯注《詩學箋注》（臺北：中華書局，1966 年），頁 52。

[10]　〈附錄 D：回歸的書寫形式外來詞：源自古漢語的日本「漢字」詞語〉，載劉禾著，宋偉傑等譯《跨語際實踐：文學、民族文化與被譯介的現代性（中國，1900-1937）》，頁 404；又見 Lydia H. Liu, *Translingual Practice: Literature, National Culture, and Translated Modernity – China, 1900-1937*, p. 334. 值得注意的是，古代漢語「代表」與現代漢語「代表」雖然使用的是同樣的文字符號，其意義沒有沿革繼承的關係。在劉禾〈附錄 D〉中所列的例子，都是這種情況。

[11]　*Oxford English Dictionary Online*, second edition, 1989.

彙是「代表」，例如，議員在國會中代表選民。

Representation的這兩個意思，在我們這裡討論的語境中，可以分別用「藝術再現」（artistic representation）與「政治代表」（political representation）來表示與區分。二者的一個重要差別在於「政治代表」是在某種契約的約束之下（例如選舉），被代表的人賦予代表者某種具有權威性的力量，讓後者得以在前者缺席的情況下行使前者應有的權利。這種關係，也正是現代民主政治制度運作的原則與基礎。「藝術再現」則沒有這種授權與受權的關係，其重點在於創造再現的人（作者）選擇性的以某種媒介與方式，展示他對於現實世界的獨特認知。有了這層理解與辨識，如果評論者認爲《子夜》是茅盾最優秀的小說，他可以說《子夜》是茅盾的「有代表性的」（representative）作品，可是，他不能夠說《子夜》的敘述「代表」一九三〇年代的上海，因爲小說中所「再現」的是茅盾認知中的、選擇性地進行書寫的上海。茅盾的《子夜》中再現的上海，與穆時英的《上海的狐步舞》中的再現有所不同，而二者都不是現實世界裡的上海——假設有一個「現實世界裡的上海」的話。

另一方面，即使我們可以從現代語言使用的角度來分辨「代表」與「再現」的差異，二者皆是以一物或人替代另一物或人的相似性質，卻也使得這兩個概念的意思具有重疊與流動的特徵。英國文化理論家Raymond Williams在詳細討論相關概念時，指出從十八世紀以來，尤其是在十九世紀中以後有巨大影響的現實主義和自然主義的理論與實踐中，在人物塑造和情境描述方面，「代表性」（representative）這個表述方式有著「典型性」（typical）的含義。即使在現代的語言使用上，來自同一個英語字源的「代表」和「再現」，Williams認爲，也很難估計二者之間的重疊程度；採用哪一個詞語來表述，與文化語境有著密切的關係。[12]這也是爲什麼以現實主義意識形態進行寫作的《子夜》，以及把《子夜》評論爲現實

---

[12] Raymond Williams, *Keywords: A Vocabulary of Culture and Society*, revised edition (London: Fontana, 1983), p. 269.

主義作品的文學話語，往往強調這部小說的「代表性」與「典型性」，而我們討論《子夜》和相關概念時，如果選擇一種比較開放的閱讀方式，卻要有意識地分辨「代表」和「再現」。

再現：溝通、選擇與建構

　　每一種再現都是以溝通作為目的來進行的。美國學者W.J.T. Mitchell認為再現的結構具有四個維度：要表達的人或物、代替的人或物、創造者、接受者；前二者之間的關係是再現，後二者之間的關係是溝通。這兩種關係，形成一個交叉的線軸。他也指出，再現作為一種溝通的媒介，往往也不可避免地對創造者和接受者之間的溝通產生障礙，造成誤解、偏見，甚至假象。[13]這種以再現作為媒介的溝通及其潛在的障礙，在日常生活中的例子不勝枚舉。新加坡旅遊局的官方網站的首頁上所再現的新加坡，[14]是一個有意思的例子：

134 文學批評關鍵詞──概念・理論・中文文本解讀

---

[13] W.J.T. Mitchell, "Representation," in Frank Lentricchia and Thomas McLaughlin, eds., *Critical Terms for Literary Study*, second edition (Chicago and London, University of Chicago Press), p.12-13.

[14] 新加坡旅遊局主頁 http://www.visitsingapore.com/。這個網站的照片時常更換，這裡所分析的網頁文本瀏覽於 2007 年 10 月 27 日。

新加坡旅遊局是一個官方機構，任務是向外國人推銷新加坡，以吸引他們選擇新加坡作為旅遊目的地。很明顯的，在這個架構中，旅遊局（再現的創造者）代表政府，塑造一個新加坡的形象。通過什麼方式與形態再現新加坡，直接涉及這個形象的接受者（也就是潛在的外國旅客），以及旅遊局想要再現一個怎樣的新加坡。

我們可以假設，這個網站的主要想像讀者是第一次認識新加坡。看到這張照片，他們會對這個地方產生怎樣的印象？網站首頁的這張照片，左下角是新加坡的金融區，參差的摩天樓再現的是新加坡作為一個現代城市的特點。右下角是一棟富有殖民地時期建築風格的政府大廈，再現的是新加坡的歷史與傳統。照片拍攝的時間，顯然是白天將盡而即將入夜的時刻，占據照片大部分空間的，是天空中染上亮紅色餘暉的雲朵。這張照片整體的再現，顯示了新加坡既是一個現代化的城市，又具有豐富的歷史傳統，也暗示了新加坡有著多姿多彩的夜生活。照片中的各個元素，分別再現的是新加坡的不同層面。這些元素組合起來，形成一個多層次的意義網絡，稱為「再現系統」（system of representation）。我們也可以稱這些組成元素為「符碼」（codes）。接受者在面對這個再現系統時，通過本身對於這些符碼的詮釋，使這個再現對他們而言產生意義。旅遊局作為創造者，外國旅客作為接受者，網站首頁的照片作為新加坡的整體再現——這個通過再現完成的溝通方式，如果根據以上的解讀，對於網站的想像讀者來說，可能達到了預期的傳達效果。

可是，我們也可以很明顯的看得到，這個新加坡的再現方式，是有著某種選擇性的。作為一種再現，替代的物體（照片）必然不可能將所要再現的對象（新加坡）完全加以展示，組成再現形象的各個符碼，也因此是經過創造者有意識的選擇。旅遊局網站的再現可能引發的問題是：為什麼要以金融區的高樓大廈來再現新加坡的現代感？難道沒有別的事物也有著現代意義的嗎？為什麼要以英國殖民地時期的官方建築來再現新加坡的歷史與傳統？其他種族與社群（如華族、馬來族、印度族、民間會社、宗教團體等等）的文化和傳統難道不是新加坡歷史的組成部分？換一個角度，

是不是能夠跳開這種現代／傳統二元化的認知方式，以其他性質的元素來再現新加坡？

　　旅遊局選擇這些符碼來再現新加坡，或者選擇具有這些符碼的照片來再現新加坡，顯示了旅遊局作爲創造者，在接受者認知過程中，意圖塑造某種對於新加坡這個概念的印象。這個再現的方式，向接受者展示新加坡的某一些層面，也隱藏了另外一些層面。換句話說，作爲一種溝通的媒介，再現不是必然的，而是一種有意圖、有意識的建構（construction）。接受者看到的是創造者想要他們看到的關於這個概念的層面，而其他沒有被選擇涵括在這個再現之中的符碼，就被排除在接受者認知的範圍之外了。接受者對新加坡這個概念的認知，也因此只是某種片面，而無法得知其他的層面。

　　同樣以新加坡作爲再現的對象，新加坡音樂創作者梁文福發表於1990年的《新加坡派》，歌詞中再現的新加坡是相當不同的樣貌：

> 舊家的戲院建在六十年代
> 我鑽在人群裡看明星剪綵
> 那時候粵語片是一片黑白
> 有些來新加坡拍
>
> 漸漸地我們進入七十年代
> 一穿上校服我就神氣起來
> 裕廊鎭煙囪個個有氣派
> 比我長高得更快……[15]

《新加坡派》作爲一個再現系統，和旅遊局的網站照片的相似之處，在

---

[15] 梁文福《新加坡派》，載《寫一首歌給你：梁文福詞曲選集》（新加坡：八方文化創作室，2004年），頁88-89。

於文本中對於新加坡的再現，也是放在一個從過去到現在的線型發展的框架中進行，並通過過去和現在景觀之間的差異對比表達一種「進步」的概念。不過，兩個文本所選擇的再現符碼有所分別，而二者所訴求的接受對象也很不同。《新加坡派》再現一九六〇年代和一九七〇年代的「過往時代」，選擇的符碼都是非官方的、民間的符碼，包括電影、明星、歌星等流行文化元素，以及運動員這樣的大眾關注的對象。從一九七〇年代到一九九〇年代的具有「現代」意義的符碼，則是象徵國家現代化的工業發展（裕廊鎮煙囪），以及人們生活組成元素如大眾交通工具（地鐵）和日常景觀的改變（舊戲院變成教堂）。這些符碼的運用，顯然是將一般新加坡人作為主要的想像接受者，而根本上不同於旅遊局所訴求的外國旅客。另一方面，《新加坡派》中的敘述者以親身經歷整個過程的身份，與他所敘述的時代變遷在時間上重疊，加強了個人命運與新加坡建國發展的連繫，其目的顯然也是為了使得文本的接受者更能夠產生認同感。

《新加坡派》中的各種過往和現代的符碼，形成一個社會與文化的網絡，讓許多新加坡人得以使自己的記憶與他人經驗加以連繫，由此形成一個生命共同體，也因此有效地在接受過程中產生認同情感。值得注意的是，這些再現符碼的運作，也就是這些再現符碼要產生意義的話，必須是發生在某個特定的社會與文化環境之中。某個符碼具有某種意義不是必然的，就如Mitchell所指出的，是使用這個符碼的社會中的成員共同接受的，也就是一種約定俗成。[16]譬如說，《新加坡派》裡出現的「孫寶玲」，是新加坡的國家游泳隊成員，曾經在國際運動賽會上贏得獎牌，在一九七〇年代末被視為國家英雄式的人物。大多數沒有親身經歷那個時代的新加坡人，是難以從這個符碼中讀出上述的意義；而對於新加坡以外的接受者，「孫寶玲」這個符碼是完全沒有意義的。另一方面，新加坡的中文媒體上使用的是中文名字「孫寶玲」，可是，對於非華族、非華語使用者的新加坡人來說，他們可以認同的符碼，是這個人物的英文姓名

---

[16] W.J.T. Mitchell, "Representation," p. 13.

「Junie Sng」，對於「孫寶玲」這個符碼無法有相關意義的連繫。同樣的道理，旅遊局網站照片中的「高樓大廈」之所以讓接受者有效地得到「新加坡是一個現代化城市」的訊息，並不是這些建築本質上就有這樣的意義，而是在環球化的語境中，人們已經有所共識地認定，「高樓大廈」是一個城市現代化發展的具體再現。

文化符碼

　　我們在第三章「文本」中討論過Saussure所提出的語言作為一個符號系統（system of signs）的概念，指出語言符號是由「能指」和「所指」兩個元素組合而成。Saussure的理論雖然以語言作為對象，後來的文學和文化理論家將之引申到其他文本中的符號系統的分析。時常被評論者引述來說明這個概念的例子是交通燈。一般常見的交通燈，有紅、黃、綠三色，分別顯示的意思是：停止、警示、前行。可是，某種顏色具有某種含義，並不是必然的或自然的。顏色的意義的產生，是在某一個社會文化語境中，所有成員共同接受的，也就是一種約定俗成。同樣的顏色，在另外一個社會文化語境中，可能有完全不同的含義。譬如說，紅色在交通燈的符號系統中再現的意義是「停止」或「危險」，不過，在中國文化或華人文化裡，紅色往往表示的是「吉祥」或「喜慶」，婚嫁慶典的佈置和器皿多數是以紅色為主要顏色，春節時長輩分派的壓歲錢是放在「紅包」裡。與此不同的是，新加坡的回教徒在開齋節也有長輩派錢給晚輩的習俗，用的不是「紅包」而是綠色封套的「綠包」。文化理論家一般認為，顏色作為一個符號系統，其意義是在各種顏色的差異之中展現。換句話說，如果交通燈只有紅色而沒有其它顏色，就無法顯示紅色作為停止的意義；如果在華人文化中沒有白色作為喪事的象徵，紅色也就無法顯示喜慶的意義。

　　從符號學的角度來說，所有的文化產品，包括物質的與人的行為，都可視為傳達某種意義的符號系統。文化產品作為符號的運作方式，與語言符號由能指和所指組成的意義結構相似，也因此是可以被分析的。以服裝作為例子，某種布料和剪裁的服裝被稱為牛仔褲，另一種布料和剪裁的則

被稱爲晚禮服，這是第一個層次的物質符號系統：布料和剪裁是能指，牛仔褲和晚禮服是所指。在某個特定的社會文化語境中，牛仔褲被認爲是粗狂的或休閒的，而晚禮服被認爲是優雅的或正式的，這是第二個層次的文化符號系統：這時，牛仔褲和晚禮服是能指，而它們再現的那些抽象概念則是所指。[17]第一個層次的能指（意義），在第二個層次轉變爲符號，成爲含有另外一個意義的所指。

　　把文化產品看成是符號系統，並對第二個層次的含義進行解讀，是二十世紀中以後文化評論的重要方法。這方面的實踐，以法國文化理論家Roland Barthes於1957年出版的《神話學》爲先驅，也影響最大。[18]Barthes所討論的一個經典文本，是法國雜誌*Paris-Match*的封面照片：「一個尼格羅青年，穿著法國軍服，做敬禮的動作，他的目光朝上，可能是看著一面三色旗[法國國旗]。」[19]這張照片作爲第一個層次的能指，其中的符號包括穿軍服的黑人、手臂提起放在額前的動作、向上的目光等等，而其所指就如Barthes所敘述的那樣：「一個黑人士兵對法國的致敬」。可是，Barthes的解讀並沒有停留在這張照片的表面層次，而進一步讀出另一層意義。他認爲，這張照片所再現的更深一層含義是：法國是一個偉大的帝國，她的所有子民，沒有因爲膚色的不同而有所分別，一致對法國表現忠誠的態度，而且，這個黑人對他所謂的壓迫者所展示的熱情，正是對殖民主義的批評者最有力的反駁。[20]第一個層次的意義是直接而明顯的，要解讀第二個層次的意義，則必須將這個文本置放在更廣泛的語境之中來進行，也就是法國殖民主義的歷史、行爲、意識形態，Barthes將之稱爲「『法國性』（Frenchness）與『軍事

[17] Stuart Hall, "The Work of Representation," in Stuart Hall, ed., *Representation: Cultural Representations and Signifying Practices* (London: Sage Publications, 1997), pp. 37-38.

[18] Roland Barthes, translated by Annrette Lavers, *Mythologies* (London: Hill and Wang, 1972). 中文譯本爲：羅蘭・巴特著，許薔薔、許綺玲譯《神話學》（臺北：桂冠圖書，1997 年）。

[19] Roland Barthes, "Myth Today," in Barthes, *Mythologies*, p. 116.

[20] Ibid.

性』（militariness）的有意識的結合」。[21]第二個層次的指涉意義，正是Barthes在這本書中主要論述的概念：神話（myth）。[22]

　　任何文本作爲一個再現系統，都可以被閱讀與解構，其目的是要得到文本中可能隱含的意義。Barthes對於文本閱讀的處理方式，提示讀者的是，文本的意義並不只是顯示於文本的表層符號，而必須結合文本所產生的歷史、社會、文化等等語境，以及其中的各種意識形態。就如Barthes在《神話學》一書中所分析的文本包羅萬象，涉及日常生活中的各種事物與現象，他的閱讀策略很能夠適用於我們對於各種日常所見文本的分析。以下的例子是新加坡的《聯合晚報》在2007年推出內容與版面革新時所刊登的廣告：[23]

文學批評關鍵詞——概念・理論・中文文本解讀

---

[21] Ibid.

[22] Myth 的中文翻譯，常用的有「神話」與「迷思」兩種。

[23] 《聯合早報》，2007 年 10 月 15 日，頁 9-10。

這兩則全版廣告，分別是同一個年輕女子的正面與背面的照片。讀者首先看到正面照片中的女子：衣著大方、神態優雅，雖然站立的姿勢顯得悠閒，卻也不失端莊。廣告文案以「話說在前頭」為主，而比較小的文字「好戲在後頭」已經向讀者預示了「後頭」將有驚奇。當讀者翻到下一頁，照片顯示的是女子的背面，焦點顯然是在她裸露的背部，以及背上色彩鮮豔的一株開在帶刺花莖上的紅色玫瑰。文字方面，「好戲在後頭」一句成為主題，讀者這時可以輕易解讀何謂「好戲」。這一系列的廣告還有第三則，主要文字是「前看後看都有看頭」，以及比較小的說明文字：「風格設計皆煥然一新！前看有第一手新聞、社會奇情、世界大小事。後看有八卦消息、娛樂休閒與生活時尚。內容更充實更多樣化！」[24]很明顯的，通過這些文字的說明，前兩則廣告中的圖像的意義，也就是Barthes所說的第一個層次的所指，已經具體揭示。可是，這一系列的廣告，是不是還可以進行第二個層次的分析？是不是再現了某種「神話」？

女子的正面形象再現的端莊優雅姿態，讓人聯想起新加坡航空公司自一九七〇年代初以來塑造的「新加坡女孩」（Singapore Girl）造型。兩者的相似之處在於，第一，她們的姿勢神情都展現溫婉柔和的特質，符合一般上對於「東方」女性的想像（包括西方觀點和內在化了西方觀點的某些新加坡人的自我認知）；第二，她們的衣著密實，沒有直接暴露女性的性徵，可是，通過前者的半透明黑色外罩衣裙使裡面穿著短裙的胴體若隱若現，或者後者的具有「東方」色彩的緊身長裙凸現女性胴體的曲線，都帶有某種性的暗示。這種再現方式的特點是，性的特徵並不是直接展現，而是以一個「東方」女性的帶有神秘感的造型，通過暗示的方式，誘發接收者產生聯想與幻想，同時對於廣告要推銷的產品發生興趣。

有意思的是，《聯合晚報》革新版的廣告，還有第二個部分：女子的背面形象。女子的衣裙從正面看顯得端莊，背面的設計卻頗有驚奇效果，讓女子的背部幾乎完全裸露，展示了背上的彩繪玫瑰（可能是刺青）：暗

---

24 《聯合早報》，2007 年 10 月 15 日，頁 11。

第十章　再現（REPRESENTATION）

141

示並未在表面顯露的精彩、大膽、刺激，甚至像帶刺的玫瑰一樣有一點危險。第二則廣告刊登在第一則的後面，明顯的加強了讀者發現驚奇的效果，也再現了引導讀者發現隱藏在端莊背後的一種新體驗的意圖。

　　作為一個符號系統的文本，這個系列廣告的再現方式及其意識形態，還可以結合更廣泛的社會文化語境來閱讀。《聯合晚報》廣告的正面與背面的對比之下，顯示創作者（廣告商或者廣告文本設計者）努力想要暗示可能隱藏而被忽略的精彩刺激，卻又要在表面展現端莊姿態。這種敘事策略，與新加坡政府從一九九〇年代以來多方面設法將新加坡塑造成一個多彩多姿、充滿活力與刺激的城市，在意識形態上互相謀合，就如前文討論的新加坡旅遊局網站圖片所再現的：在進步的現代城市與豐富的傳統文化之外，新加坡還有充滿誘惑的夜生活。這種極力想要改變新加坡原有的嚴肅和沉悶的國際形象的意圖，在新加坡的主流媒體和官方話語之中，顯然已經成為一種「普通常識」，也是新加坡人對於自我、對於「新加坡性」（Singaporean-ness）——新加坡或新加坡人的特質或特徵——的認知方式：新加坡旅遊局的廣告標語，正是「非常新加坡」（Uniquely Singapore）。就如Edward Said提醒我們的，文本和現實世界是互相糾結的，那些到處充斥在主流媒體和生活空間裡的文本，不僅塑造了外國人對於新加坡的印象，也在新加坡人的自我認同建構中產生影響。

第十一章
意識形態
IDEOLOGY

「我可以在任何地方談成一筆百萬元的生意。」
（新加坡南洋理工大學2006年度的招生廣告）

上面這個「文本」在2006年一度流動在新加坡西部的街道間，它被刷在公共汽車上，載著文本的「隱含讀者」（implied readers）——報考大學的新生？——駛入「隱含作者」（implied author）——南洋理工大學？——的領地。

不知道這個廣告策略是否為南洋理工大學招來更多的優質新生，單從廣告「文本」來看，無論畫面還是「敘述者」的畫外音都充滿了誘惑：潛水至一個空無一人的海灘，輕鬆微笑著談成一筆百萬元的交易。

通過虛構故事（場景）產生誘惑的效果，是廣告的策略所在，而其中的秘訣更在於，讀者往往會相信雖然故事是虛構的，但「產品」的承諾的確能夠實現。比如，百萬交易不一定會發生，文本隱喻的「成功」前途卻並非不可能。不過，問題是，這個文本再現了怎樣的「成功」內涵？

從文字和數位可知，「成功」的前途首先是成功的「錢途」。從畫面可知，成功人士（「我」）應該是一個年輕的華人男子，「成功」的交易夥伴則是年輕的白人男子，貿易語言為英語，而標誌「成功」的貿易方式（潛水）是自由的，休閒的，富有創意和品位的，更是普通人生活之外的。這些要素構築了這個文本的「成功」定義。如果說故事和場景是虛構的，那麼其背後隱含的「成功」定義是對社會現實的真實寫照嗎？或者，它同樣也是被虛構出來的？

被虛構出來的「成功」圖像，誘惑著尚未跨入校門，尚未「成功」的普通學生。某種虛構的觀念意識會被大多數人所接受，甚至是那些被這一觀念視為弱勢的人也對之心悅誠服，這股奇怪的力量就是意識形態。當我們不了解它時，世界的運作是這麼自然而然，而這一批評概念的出現，告訴我們，每一種文本中的敘述和再現，都是特定「觀點」下的敘述和再現，都服務於特定群體的利益，正是因為它引導我們以它的方式看待世界，世界才顯得如此「自然而然」。就是這樣，我們在不知不覺中，自覺自願地被隱含各種意識形態的文本載入了它們的領地；而我們下面要做的便是：走出來，看清楚文本是如何被塑造、包裝，並傳播著怎樣的意識形態。

「虛假意識」？

意識形態（ideology）一詞翻譯自法文idélogie，最早由法國哲學家Destutt de Tracy在1796年提出，而它在批評理論中至今不衰的影響力則得

益於Karl Marx的論述。從構詞便可看出，de Tracy把ideology定義爲一門「思想的科學」，強調以科學的方法來考察觀念意識的來源和發展過程，不再依賴宗教和形上學的解釋，所以說「意識形態」的最初語意是積極有益的，並不像後來發展的那樣面目可憎。經過半個世紀的演變，Marx在1846年的早期著作《德意志意識形態》（*The German Ideology*）中的使用顯然是貶義的，以題爲證，被他稱爲「德意志意識形態」的正是他在文中著力批評的德國唯心主義思想家的觀念。他們認爲世界是人的精神觀念的具體體現，而在Marx看來，這根本就是本末倒置，他認爲「不是意識決定生活，而是生活決定意識」，人的物質實踐（material practice）才是社會研究的出發點。[1]Marx的用法豐富了「意識形態」的貶義色彩，與唯心主義世界觀的牽連，令這個詞語包含了類似於「空洞」、「抽象」、「脫離生活實際」的指責，ideologue和ideologist就可以用來指紙上談兵的空想家。正是在這一意義上，Friedrich Engels擴展出了後來屢屢被人引用的論斷：「意識形態是由所謂的思想家通過意識所形塑的一種過程，但是這種意識是一種虛假的意識（false consciousness）」。[2]

　　意識形態的「虛假性」更在於它掩蓋、扭曲了社會資源、權力分配不公的事實。根據Marx的思路，人們在生產方式中的不同分工、不同關係導致了階級差異，而其中的統治階級不僅控制著社會物質力量，同時也形成了占統治地位的觀念意識，並操縱著觀念的生產和分配。這些觀念意識將統治階級自身的利益描繪成社會所有成員的共同利益，通過理想化、普遍化的方式表現出來，使它們顯得富有理性，普遍有效。這樣的僞裝最終變得那麼自然，以至於統治階級的成員視之爲理所當然，被統治者也把它們當成不可能改變的「現實」坦然接受，甚至都不認爲自己處在被剝削、被壓迫的境地。

---

[1]　Karl Marx "The German Ideology."in David McLellan, ed., *Marx Selected Writings*. (Oxford: Oxford University Press, 1977), p. 164.

[2]　Karl Marx and Friedrich Engels, *Selected Correspondence* (Moscow: Progress Publishers, 1965), p. 459.

分析上面那幅「成功」圖像內含的意識形態，我們是否能看到一些在新加坡社會中占統治地位的觀念意識？在新加坡這個華人占大多數人口，以歐美為（或者被認為是）主要經濟合作夥伴的社會語境中，什麼標誌著「成功」，或者，這個社會追求著怎樣的「成功」？是商業效益、財富、權力、高品位的生活，還是什麼？什麼樣的人更可能擁有「成功」？擁有名牌大學學位的、說英語的、年輕的、男性、華人或者白人？當這一整套「成功」理念被大多數人所接受並成為社會的主流觀念時，對於普通大眾而言，儘管生活現實與這樣的「成功」圖像很遙遠，但並不妨礙他們對這樣的「成功」抱以認同和幻想，並期待有一天自己（或下一代）能夠成為其中一員。從意識形態的角度來看，這幅大學招生廣告向普通大眾投注的正是這樣的承諾。

　　接下來的問題是，統治階級的觀念如何能夠被大多數人接受而變得自然合理呢？意識形態如何發揮效力，讓人心甘情願地接受於己不利的「現實」？馬克思主義（Marxism）以及後來的批評理論從許多角度提供了答案。義大利共產黨的領導者Antonio Gramsci在被捕入獄後的反思過程中，領悟到一種他稱之為「霸權」（hegemony）的社會控制力量，他的《獄中札記》（*Selections from the Prison Notebooks*）描述道：

> 每個國家都是倫理國家，因為它們最重要的職能就是把廣大國民的道德文化提高到一定的水準，與生產力的發展要求相適應，從而也與統治階級的利益相適應。學校具有正面的教育功能，法院具有鎮壓和反面的教育功能，因此是最重要的國家活動；但是在事實上，大批其他所謂的個人主動權和活動也具有同樣的目的，它們構成統治階級政治文化霸權的手段。[3]

---

[3] Antonio Gramsci, edited and translated by Quintin Hoare and Geoffrey Nowell-Smith, *Selections from the Prison Notebooks.* (New York: International Publishers, 1971), p. 258.

與Marx專注於物質基礎的決定作用不同，Gramsci強調政治文化霸權在國家統治中扮演的重要角色。只有依靠政治文化霸權手段，統治階級才能將大眾的意識統一起來，除了法院代表的反面機制之外，各級學校和教會等文化組織承擔著正面的教育功能。通過這些實踐活動，統治階級強加於社會生活的總方向，會在被統治大眾中獲得一種「自發的」首肯（consent）。

　　這一見解在法國哲學家Louis Althusser那裡得到了進一步的發展。Althusser認爲馬克思主義理論所指的「國家機器」（State Apparatuses）包含政府、軍隊、員警、法院、監獄等等，是一種以暴力手段進行統治的「壓迫性國家機器」（Repressive State Apparatuses）；而同時還存在另一種「意識形態國家機器」（Ideological State Apparatuses），教會、政黨、學校、家庭、媒體等等則是通過意識形態來發揮統治作用。[4]談到意識形態的作用方式，Althusser更指出，意識形態具有一種詢喚作用（interpellation），能夠詢喚個人成爲主體。[5]他舉了一個例子，在大街上，一個員警（或任何人）招呼道：「嗨，你！」被招呼的人就會轉過身來，在這一百八十度的肢體變化中，他變成了一個主體。因爲他識別出那聲招呼「確實」是針對他的，而不是別人。Althusser察覺到這個奇怪的現象很難只是用「罪惡感」來解釋，他認爲人會自覺響應意識形態的詢喚，因爲人只有在這種響應中才認識到自己是個主體。[6]在Althusser看來，意識形態首先通過意識形態國家機器的實踐發揮詢喚作用，個人在接受詢喚的過程中也接受了意識形態的虛構描述，而他強調意識形態虛構的並不是已有的生產關係狀況，而是個人與他們真實生存狀態之間的關係，扭曲誤

4　Louis Althusser, "Ideology and Ideological State Apparatuses," in Althuser edit ed by Ben Brewster, *Lenin and Philosophy and Other Essays* (New York: Monthly Review Press, 2001), p. 96.

5　許多中文譯本將 interpellation 翻譯成「召喚」，這裡嘗試譯成「詢喚」，以強調此概念所帶有的「質詢」意味，一種強制性的介入和打斷，內含權力關係，同時也和日常用語中的「召喚」一詞有所區別。

6　Louis Althusser, "Ideology and Ideological State Apparatuses," p. 118.

導了個人對自身狀態的認知。

　　從這些論述來看，關於「成功」的意識形態正是依靠各種國家意識形態機器的運作傳播、推廣開來，如政府的報告；如父母、學校的引導；如電影、電視的再現；如公共汽車上的這幅高等學府的招生廣告等等，大眾作為聽眾、觀眾和讀者，被不斷詢喚。當我們作出自認為充分自由自主，與統治階級無關的選擇時，其實並不知道自己所追求的「成功」目標，並非產生於真實的生活狀態，而是由他人制定和推動的。而環顧現實，「成功」的內涵其實是豐繁多樣的。

　　Althusser的理論把意識形態放置在人們的日常生活實踐中思考，從而轉換了從「虛假意識」看待「意識形態」的傳統視角──意識形態不是與現實對立的，或掩蓋現實的「虛假」幻像，相反，它是一種物質存在，通過意識形態國家機器的現實操作，塑造了我們的現實生活。譬如說，我們關於生活的各種信念：相信政府的正確；相信法律的公正；相信上帝；相信美等等，這些都是特定意識形態機器產生的意識形態（政治意識形態、法律意識形態、宗教意識形態、美學意識形態），它們並不一定契合我們的生存狀況，但同樣左右著我們的人生選擇，它們本身就是現實。不僅如此，Althusser更進一步斷定：「人天生就是一種意識形態動物」，只有在接受意識形態的詢喚時人才成為主體。[7]這樣一來，妨礙我們看清「真相」的「虛假意識」，反而變成了我們獲得主體性的必要條件，意識形態不再是帶貶義色彩的「他人」的意識形態，它成了一個中性詞，同樣暗含在我們自己的觀點中。

　　「意識形態」內涵的擴展，使其成為二十世紀後期批評領域被廣泛運用的重要概念。信仰、種族、地區、族群、性別、性取向等等，當階級不再是身份區分的主導標準時，意識形態理論便突破了馬克思主義的思路，各種批評路徑的切入和討論使「意識形態」變得無所不在。可問題是，如果每一種思想都是意識形態，怎麼才能保持這個概念原有的批判力呢？

7　Ibid., p. 116.

David McLellan談道：「對意識形態的任何檢視都難以避免一個令人沮喪的結論，即所有關於意識形態的觀點自身就是意識形態的。而通過這樣一種說法應該可以避免，至少能夠修正這一狀況：某些觀點比另一些更爲意識形態。」[8] 這句話的意思是：總有一些觀點是比另一些更具有控制力和壓迫性的，由此，當我們面對文本，意識形態考察的重點或許就在於：文本是否包含著某些獨斷的主流意識形態觀念；是否隱藏著某些被主流意識形態遮蔽、壓抑的觀點；又或者，是否張揚了某種觀點來抵抗某種霸權性的意識形態；同時，這樣的「非主流意識形態」如何介入、影響著主流意識形態的運作。文本是一個意識形態爭鬥的場域，「意識形態」這個概念促使我們去挖掘那些文本沒有說出來的東西。

文本沒有說出來的東西

文本爲什麼會有沒說出來的東西？文學文本與意識形態到底有什麼關係呢？要回答這些問題，首先要問文學文本與意識形態有沒有關係？ 新批評（New Criticism）理論家的答案是否定的，他們認爲文本自足構成一個獨立空間，文本所產生的意義，與外圍因素無關。對新批評來說，討論意識形態不僅無益於文本細讀，更會干擾、誤導對文本的理解和評判。另一些反對馬克思主義批評方法的傳統意見，則認爲文學批評不應該過分偏重社會、政治的因素，因爲文學具有某種超越性，而意識形態角度的文本分析否定了這種超越性，從而降低了文學的價值。

馬克思主義理論家堅持文學不可能脫離意識形態存在，因爲文學本身就是意識形態的一部分。他們認爲，物質存在決定意識，文學作品不是憑空生成的，它們創作於具體的社會歷史環境，並在不同的時代狀況下傳播，而每個時代特定的階級狀況都產生特定的意識形態，文學身居其中，便不可能擺脫時代及其意識形態的限制。以馬克思主義批評來看，強

8　David MacLellan, *Ideology* (Minneapolis, MN: University of Minnesota Press, 1986), p. 2. 中文譯本為：大衛・麥克裡蘭著，孔兆政、蔣龍翔譯《意識形態》（長春：吉林人民出版社，2005 年）。

調文學自成一體、文學的超越性、永恆性等等之類的觀點都是無意義的。Althusser的學生，Etienne Balibar和Pierre Macherey曾經以法語為例，來說明文學的基本元素——語言——本身就是意識形態的。作為法國的公共語言，法語實際上是一種國家語言（national tongue），是資本主義國家為了整合新的階級統治，推廣普及的結果，是階級鬥爭的結果。[9]在新加坡的多元語言環境中更容易理解這一觀點，（文學）文本以何種語言呈現，本身就包含了某種意識形態的立場。南洋理工大學招生廣告上的英文字母，不只是傳達某種意思的媒介，也是表明敘述者身份，鎖定特定讀者群對象，具有階級分類功能的符號，更是傳達國家語文政策、教育理念，乃至國家發展方針的符號。與法語一樣，新加坡的英語主導狀況同樣也是統治階級施行、鞏固國家統治的歷史產物。

那麼，是否可以因此推斷，文學和公共語言、政治、法律、宗教等一樣，就是一個時代占統治地位的意識形態（也就是統治階級的意識形態）的再現呢？這樣的觀點曾經在馬克思主義的發展歷史中產生過很大的影響。例如，在中國大陸，這種文學觀很長時間裡控制著文學的生產。毛澤東著名的《在延安文藝座談會上的講話》（1942年5月）談道：

> 在現在世界上，一切文化或文學藝術都是屬於一定的階級，屬於一定的政治路線的。為藝術的藝術，超階級的藝術，和政治並行或互相獨立的藝術，實際上是不存在的。無產階級的文學藝術是無產階級整個革命事業的一部分，如同列寧所說，是整個革命機器中的「齒輪和螺絲釘」。[10]

[9] Etienne Balibar and Pierre Macherey, "On Literature as an Ideological Form," in Robert Young, ed. *Untying the Text: A Post-Structuralist Reader* (London: Routledge and Kegan Paul, 1981), pp. 84-85.

[10] 毛澤東《在延安文藝座談會上的講話》，載《毛澤東選集（第三卷）》（北京：人民出版社，1991年），頁867。

在毛澤東的觀念裡，文學從屬於統治階級的政治事業，反映與傳播統治階級的意識形態，是整個意識形態國家機器裡的「齒輪和螺絲釘」，否則就是反動的文學。這一嚴格約束的文學定義，被Terry Eagleton稱爲「庸俗馬克思主義」批評（"vulgar Marxist" criticism），他認爲這個極端的看法「無法解釋爲什麼那麼多文學實際上挑戰著當下時代的意識形態」。與此相反的文學觀，相信文學能夠突破時代的意識形態限制，讓我們看到意識形態掩蓋的事實，而只有通過挑戰統治意識形態，文學才獲得自身的地位和價值。[11]

關於回答「文學／藝術與意識形態有什麼關係」的問題，Eagleton認爲上面兩種答案都過於簡單了。他贊同Althusser的觀點，強調「藝術不能簡化爲意識形態，它與意識形態存有一種特殊的關係。意識形態表徵著人們經歷眞實世界的想像方式，這正是文學同樣給予我們的體驗。……不過，藝術並非消極反映這些經驗，它包含在意識形態內部，但同樣試圖與之保持距離，保持在那個允許我們『感知』它所源自的意識形態的位置。」[12]這段話的意思是，文學雖然本身也是意識形態，卻具有一種疏離的力量，能讓我們看清意識形態的本來面貌和內在作用，「幫助我們從意識形態幻象中釋放出來」。

通過製造幻象來打破意識形態的「幻象」，在意識形態的建構中暴露意識形態的「眞相」，文學就是這樣一個充滿吊詭的意識形態空間。一個文本誕生於特定時代的意識形態結構，而它假想出另一種經歷世界的方式，建構了自身的意識形態。因而在這個文本內，不同的意識形態互相誘生、互相牽連、互相疏離、互相消解，又在閱讀與傳播的過程中不斷再生，不斷與外圍的意識形態環境產生互動。這些隱藏在人物和故事背後的，或許就是文本沒有說出來的東西，文本的意義溢出了文本的界線而變

---

[11] Terry Eagleton, *Marxism and Literary Criticism* (London & New York: Routledge, 2002), p. 16. 中文譯本爲：特裡・伊格爾頓著，文寶譯《馬克思主義與文學批評》（北京：人民文學出版社，1980 年）。

[12] Ibid., pp. 16-17.

得開放，而意識形態批評的任務並不在於理解文本意義本身，而是要去拓展各種詮釋的可能性。

武俠意識形態

武俠小說裡的江湖，看上去是一個純粹虛構的世界，自有其運作方式和遊戲規則，遠離我們的現實生活。這樣的文學幻象裡，也有意識形態嗎？

金庸的武俠小說《射鵰英雄傳》中有一段（第三十五回《在鐵槍廟中》「這時廝殺之聲漸遠漸低……」到第三十六回《大軍西征》「不由得歎了一口氣，縱下地來，綽槍北行。」），說的是黃蓉與郭靖的師傅江南七怪之首柯鎮惡躲在鐵槍廟中，與歐陽鋒、楊康和完顏洪烈一夥不期而遇。黃蓉不顧性命危險，現身與之智鬥，施巧計誘使傻姑說出了兩件事的真相：一是江南五怪慘死桃花島上，實爲歐陽鋒和楊康所爲。黃蓉爲父洗清罪名，令躲在神像後的柯鎮惡徹底醒悟。另一件是歐陽鋒的兒子歐陽克實際上是被楊康所殺，楊康見事情敗露，偷襲黃蓉，卻陰差陽錯中毒而亡。[13]這一段情節爲小說之前鋪展的兩宗懸案揭開謎底，並畫上圓滿的句號：無辜者洗脫冤情，惡人最終惡有惡報。

武俠小說寫的是「以武行俠」的故事，其中重點在「俠」，「武」是手段，「俠」是目的。[14]上面這節裡，黃蓉未施武功，同樣行俠仗義，而達到的結果是謎團被解開，冤情被平反，不平被掃除。這便是武俠意識形態的濃縮解讀。在那個沒有法律、制度的江湖裡，同樣存在一種自然運作的約束力量，可謂「公道」，它只有依靠「俠義」來維護和伸張。而「俠義」，是輕生死、重仁義、匡正扶弱，在現實中是一種個人的人生信念和處世原則，但在武俠小說裡卻能夠產生有效的規範作用，主持「公道」，復原被擾亂、破壞的社會秩序。因而武俠小說的開頭往往是亂世，結局總是光明的，邪不勝正，善惡終有報，冥冥中主宰的「公道」最終顯現出

---

[13] 金庸《射鵰英雄傳》（北京：三聯書店，1999），頁 1252-1285。

[14] 陳平原《千古文人俠客夢》（北京：新世界出版社，2002 年），頁 110-111。

來，正如楊康的死，都不需要俠義之士施加懲罰，惡人終會自食惡果。從Althusser的觀點來看，武俠小說虛構了一個江湖，而武俠意識形態虛構的則是個人與世界的關係，這種關係投射在現實生活中，則令人們相信這是一個公平和正義的世界，同時個人擁有能力來維護它的秩序。

這樣的世界觀是生活現實，還是一種意識形態？武俠小說被稱為「成人的童話」，[15]在童話中逃避、消解現實的壓抑和痛苦，將「幻象」視為現實，這正是意識形態的功用所在，武俠小說之所以流行於大眾恐怕也與此有關。

《射鵰英雄傳》的這段節選，2005年被選進新加坡中學華文文學課程的教材，這說明了當武俠意識形態在某些方面與統治意識形態相契合時，武俠小說也能被納入意識形態國家機器的運作體系。新加坡媒體的相關報導這樣描述教育官員和教育人士的看法：

> 教育部課程規劃與發展署助理署長梁春芳在受訪時說，他們選擇較少暴力描寫但情節曲折的篇章，以引起學生的學習興趣，提高他們的鑒賞技巧和華文水準。
>
> 他說：「金庸小說的文學性強，也具有俠義精神，且內容通俗，學生一般上會看得懂而且喜歡。」……
>
> 淡馬錫初院的華文部講師顏明順則認為武俠小說所強調的俠義精神能夠協助培養學生的心理素質。[16]

報導中多次出現「俠義精神」這個詞，顯示這正是兩種意識形態的交匯點。通過教育來倡導「俠義精神」以培養中學生的正義感、責任心，可以穩定現存的社會秩序。然而有意思的是，教育官員同樣強調了他們對武俠小說的選用是有所取捨的：「選擇暴力較少而情節曲折的篇章」，這就說

---

[15] 據稱為數學家華羅庚所言，陳墨《新武俠二十家》（北京：文化藝術出版社，1992年），頁3。

[16] 王慧容《金庸小說也走進本地教材》，《聯合早報》（新加坡）2005年3月4日。

明武俠小說也有某些方面是被統治意識形態排斥的。現在回頭再看《射鵰英雄傳》的節選片段，便能明白它不單是以情節始末爲界的節選，更是以統治意識形態標準爲尺度的節選，其標準之一便是「非暴力的俠義」，因爲暴力的「俠義」，同樣具有破壞秩序的潛在危險。

就像前面所說的，文學的意識形態，與政治、法律等統治意識形態不同，它內在充滿矛盾和張力，在意識形態之內，卻與它保持疏離。國家教育部門對武俠小說作爲教材的斟酌和取捨正顯示了武俠意識形態的混雜性，而即便是上面這段已經通過「審查」，進入國家意識形態機器內部的節選文本，當我們再次從意識形態角度來分析時，會發現它並不那麼「政治正確」。

陳平原在談到武俠小說的流行原因時說：「任何理論原則，爲了廣泛流傳，都很難避免『大簡化』的思路。況且，只有在一個忠奸正邪善惡是非的二元對立結構中，殺伐本身才可能被道德化。」也就是說，武俠小說將世界上的正邪善惡簡化處理成二元對立的關係，暴力行爲因而有了正義和非正義的區別。[17] 以這條武俠意識形態來看，黃蓉以非暴力的方式懲罰惡人，無疑代表了正義與善，體現的正是官方推崇的「俠義精神」。然而，細讀文本的話，讀者可能會發現，正邪善惡的界線在某些細節中似乎並不那麼清楚明確，文本內在抗拒著這種意識形態分類。節選片段裡，誰是正？誰是邪？黃蓉相對於歐陽鋒和楊康而言是正義的，但在憑「俠義」二字行走江湖的柯鎮惡（名字不也很「俠義」？）眼裡是一度欲殺之而後快的「小妖女」。更有趣的是，在金庸的筆下，那些所謂的江湖俠義之士（如柯鎮惡、郭靖），並沒有能力識破惡人的奸計，反而常常被表面的迷障所欺騙，作出黑白顛倒，不明是非的判斷。黃蓉這樣「亦正亦邪」的人物恰恰顛覆了「正邪」的分類邏輯，破壞了「俠義」的定義基礎，她主張「跟信義之人講信義，跟奸詐之人就講奸詐」，她不守規矩，用詭計來識破詭計，用「謊言」來引出真相（反諷的是，只有傻姑嘴裡的真相才令人

---

17 陳平原《千古文人俠客夢》，頁 114。

信服），反襯出「正義的暴力」的荒謬性。

從這層意義上看，黃蓉這個人物再現的並非正義和善，而是無法用單一標準來區分的人生態度。如果說統治意識形態的控制正是建立在這樣二元對立的道德評判上，那麼在金庸的小說裡，黃蓉、黃藥師、周伯通等人物的存在，正是為了消解這種壓迫性、限制性的力量。節選片段裡有一個細節，江南五怪裡的南希仁臨死前在地上寫了「殺我者乃十」，「十」字代表沒寫完的姓氏，郭靖看了便咬定是「黃」藥師的起筆，而真相應該是「楊」康。這一隱喻細節暗示有的時候正邪往往並不那麼容易辨識，而對正邪的誤認恰恰源於人們腦中有關「正邪」的意識形態偏見，真相被意識形態遮蔽著。

陳墨曾總結金庸的武俠小說「一直有著一種武俠與『反武俠』的矛盾衝突」，到他創作最後一部作品《鹿鼎記》時完全違背了武俠小說理想主義、英雄主義的精神指向，塑造出韋小寶這樣「不武、不俠、少情、少義」的主人翁，成人的童話成了反諷現實之作。[18]《射鵰英雄傳》是金庸第三部作品，英雄主題鮮明突出，但從上述文本分析看來，其中已經暗含了武俠與「反武俠」意識形態的衝突，而正是這一衝突令意識形態的邊界顯現出來，令文學意識形態與統治意識形態吊詭的分合關係顯現出來。

這麼看來，《射鵰英雄傳》的這段節選進入教材，頗為反諷。統治意識形態試圖宣揚黃蓉的「俠義」，而黃蓉在小說中卻是個反「俠義」的典型。可以說，武俠小說許多吸引讀者的美學元素都是與統治意識形態相抵觸的，除了以正義為名的暴力之外，英雄往往獨來獨往，不屑於江湖規矩的束縛，並最終厭倦江湖，浪跡天涯，頗帶有個人主義、無政府主義的傾向。由此可以明白武俠小說是否應該進入教材的問題在中國大陸引起的廣泛爭議，並非空穴來風。[19]

---

18 陳墨《新武俠二十家》，頁 129。

19 在中國大陸，《天龍八部》節選和《臥虎藏龍》節選 2004 年被編入作為教學輔助讀物的《高中語文讀本》第 4 冊，引起教育界、學界和社會的廣泛討論。可參考新浪網的意見整理：http://edu.sina.com.cn/y/focus/jyxs/index.shtml（瀏覽於：2008 年 3 月 5 日）。

武俠小說進入教材，另一方面也為我們呈現了一個意識形態再生產的過程。被節選的武俠小說片段，脫離了上下文語境，在媒體的宣傳、教材的定位、老師的指導下，文本意義經歷了意識形態國家機器的過濾和修正。文學內部的意識形態矛盾被掩蓋，與統治意識形態相衝突的部分被刪除，由此生產出一整套符合教學目的和標準的武俠小說意義詮釋，它左右著中學生及其他讀者對武俠小說的理解。這樣的意識形態生產、運作把武俠小說的解讀控制在對統治無害的範圍內，而意識形態批評試圖剝離的正是這層看上去「無害」的偽裝，更讓我們去反問：文學在什麼意義上是有害的或者無害的？有用的或者無用的？好的或者壞的？這些判定背後潛藏著的正是意識形態的暗流。

第十二章
身份／認同
IDENTITY

填空題？選擇題？

在閱讀本章內容之前，請各位先填寫以下個人資料：

中文姓名：　　　　　　　　　英文姓名：

性別：　　　　　　　　　　　國籍：

種族：　　　　　　　　　　　宗教信仰：

出生年月：　　　　　　　　　出生地：

婚姻狀況：　　　　　　　　　職業：

⋯⋯

請確認您所填寫的信息是真實正確的，並在這裡簽名　　　　　。

在生活中完成這樣的填空題，是為了確認我們的身份。從表面上看，這些一目了然的欄目信息足以告訴別人「我」是誰？「我」從哪裡來？「我」與你，與別人有什麼不同？這些問題構成了「身份／認同」（identity）概念的核心內涵，但答案有時並不像我們想的這麼簡單。以下是于堅的詩《0檔案》中的一個片段：

卷五 表格

1 履歷表 登記表 會員表 錄取通知書 申請表

照片 半寸免冠黑白照 姓名 橫豎撇捺 筆名 11個（略）

性別 在南爲陽 在北爲陰 出生年月 甲子秋 風雨大作

籍貫 有一個美麗的地方 年齡 三十功名塵與土

家庭出身　老子英雄兒好漢　老子反動兒混蛋……[1]

如果說這是一張用於確定某人身份的表格，它顯然並不「合格」：各項欄目裡填寫的內容可能「真實」，但不「正確」，或者準確地說，不是表格欄目所期待的那類答案。這麼看來，當我們在填寫開頭那份「個人資料」時，我們心裡其實對可以填入的備選答案心知肚明，我們所習慣的「表格」其實並不是填空題，而是被隱去選項的選擇題，將那些選項串聯起來，便是一條我們有關身份／認同的認知邊界。

　　上面這個文本跨越了這條邊界，因而它成了一張無效的表格，同時也成了詩，成了文學。詩（文學）的魅力正在於可以為同一個空格填入無限的可能，而不受任何備選答案的束縛。「身份／認同」因此變成了真正意義上的填空題，「我」是誰？「我」從哪裡來？這些問題被留白開放，任由文學給出自己的答案，而更重要的是，文學的答案（或者沒有答案）也讓問題本身成為問題的所在。

雙聲部的「身份／認同」

　　「身份／認同」作為一個文化批評概念的出場大致在一九六〇年代，而根據《牛津英語詞典》（*The Oxford English Dictionary*），identity這個單詞與個人相關的用法始於十七世紀，主要有兩層意思，一指「本質上一致的品質或狀態」，二指「某人或某物在所有時期所有境況下都具有的同一性（sameness）；某人或某物是其自身而非其他的狀態或事實」。Identity 的詞源意義透露了一種早期的身份觀念，即相信人（或物）有某種本質上的特性不隨時空的改變而改變，始終保持著自身的同一性，並以這一點來區別於他人。在今天看來，這種身份觀的影響是如此久遠和根深蒂固，當我們嘗試表明身份的時候，我們所想表明的正是我們身上（還是我們認為的？）那種「本質、永恆的同一性」，譬如說我們的名字，我們

文學批評關鍵詞——概念‧理論‧中文文本解讀

158

的「種族」，我們的國籍等等。因為，憑靠這些特徵，我們才能夠讓別人確認「我」就是「我」，而不是另外一個人。

回到一開始的身份「選擇題」，我們在生活中一次次重複完成這樣的身份表格，它們遵循的不正是同樣的邏輯？每個空格都假設有唯一、確定的答案，而所有答案共同確認出一個獨一無二的身份，一個在一定時間內保持統一和穩定的身份。在這一背景下讀于堅的「表格詩」，便能體會其中的反諷意味。「表格」形式先行架構起上面這種有關身份的觀念程式，而詩句卻逐行加以拆解。譬如「姓名」一項便被兩個極端的答案擾亂：「橫豎撇捺」將名字簡化為漢字的基本筆畫；「筆名11個（略）」，又代表指認的另11種方式。而「性別　在南為陽　在北為陰」；「婚否　說結婚也可以　說沒結婚也可以　信不信由你」；「政治面目　橫看成嶺側看成峰遠近高低各不同」，這樣的回答顯然拒絕作出非此即彼的選擇，並暗示身份不是固定不變的，在不同觀點和語境中，「我」是誰，取決於「你」怎麼看，以及「你」是否相信。

借用于堅的《0檔案·卷五　表格》，我們可以看到有關「身份」概念的另一種詮釋：一個人的身份從來不是唯一的，確定的，統一的，穩定的，它甚至不是「什麼」，因為一個人其實並不具有那種本質上永恆不變的同一性。類似的觀點在一九六○年代逐漸被人接受，人們對identity一詞的理解走向了其源初意義的反面，這個弔詭的結果與西方哲學界對自身傳統的反思，精神分析學對「自我」的重新發現，以及心理學對人成長過程中自我認知的考察等等都有關係，而更為重要的是，動盪的現代生活帶來了一個新名詞「身份／認同危機」（identity crisis），當「本質同一」的身份不再可信，當人們開始無法確認自己時，身份／認同凸現為一個亟待探討的文化課題。

談到這裡，我們需要先轉向identity概念令人棘手的中文翻譯問題。捷克裔法國小說家Milan Kundera（人名前的長定語不也透露著身份的流動性和複雜性？）寫有一部題為*L'identité*（即英文的identity）的法文小說。在翻譯成中文的過程中，出現了至少四個不同的書名：《身份》、

第十二章　身份／認同（IDENTITY）

159

《身分》、《認》、《本性》，足見在中文語境中把握identity語義的難度。[2]就學術界的擇取來看，「身份」和「認同」是使用頻率最高的兩種譯法。「身份」？還是「身分」？牽扯到中文詞語本身的歷史演變，是學界另一樁爭論不休的公案，在此不提。而「認同」一詞在臺灣占據主導，可能與杜維明的譯介有關，他曾在一九六○年代回到臺灣開設「文化認同和社會變遷」的課程，據稱是他把identity譯為「認同」帶進中文界。

身分？還是認同？當我們了解了identity從十七世紀到一九六○年代發生的意義流變，了解了作為批評概念的identity對其自身詞源義的反叛之後，我們或許應該避開這樣的單選題，因為身份和認同指代了identity一詞不同的語義層面，兩者無法互相替代。如果說作為名詞的「身份」強調個人自身的同一性特徵，包含了對identity詞源義的某種承襲，那麼偏向動詞的「認同」則代表了identity內在的反思維度。假如「我」並不具有某種「本質同一」的身份，那麼identity就意味著是「我」**認為**自己具有某種「同一性」，那就是一個「認同」的過程。

接下來的問題是，既然認同不是內在固有的，那麼它來自何處？是什麼使「我」認為自己具有某種「同一性」，並因此而與他人不同？再次回到《0檔案》中的詩句，我們從中可以發現：「我」認為「我」是誰，許多時候是因為「我」被告訴「我」是誰。「民族／遙遠的東方有一條龍」，老歌構築了我們的集體認同：我們是「龍的傳人」；「星座　八字　屬相　手相　胎記／遺傳　綽號　面部特徵　口音　指紋　腳印　血型」混雜的文化傳統傳授給我們各種詮釋身份的方法，幫助我們拼貼出個人認同。「家庭出身　老子英雄兒好漢　老子反動兒混蛋」，政治口號告訴我們，「我」是好漢，還是混蛋，「我」做不了主，而「本人」雖然有「肌肉30公斤　血5000CC……」，卻與「本人成分」（階級成分）無關。通過

2　張玲、湯睿譯《本性》（海拉爾：內蒙古文化出版社，1999年），此版本未獲版權，疑從英譯本轉譯；邱瑞鑾譯《身分》（臺北：皇冠文化出版有限公司，1999年）；孟湄譯《認》（瀋陽：遼寧教育出版社，2000年）；董強譯《身份》（上海：上海譯文出版社，2003年）。

文化傳統、集體記憶、政治意識形態、社會區分機制等等的再現，《0檔案》讓我們看清，正是這些外在的力量建構著我們的認同，同時也約束（或者，約束也是一種建構？）著我們的認同。

《0檔案》是一首長詩，共有8節：檔案室、卷一出生史、卷二成長史、卷三戀愛史（青春期）、卷三正文（戀愛期）、卷四日常生活、卷五表格、卷末（此頁無正文）附一檔案製作與存放。詩歌將人的生命歷程壓縮成不同時期的「檔案」，而《卷五　表格》更是一次彙總（「簡歷　某年至某年　在第一卷⋯⋯」）和延伸（從「家庭成員及社會關係」鏈接到「父親　檔案重3000克　前半生／尚缺500克　待補⋯⋯」）。從身份／認同的角度來解讀這樣一種再現生命的方式，它引導我們去思考文本與認同之間的關係。檔案，是一種文本，在詩中更象徵著文本的暴力，人的血肉軀體生命歷程都被簡化為紙上的數位和文字，納入到整齊劃一的格式規範中，最後剩下「檔案重3000克」的標記。《卷五　表格》第一欄「照片半寸免冠黑白照」正是一個提綱挈領的隱喻：在表格／檔案中，「我」的真實模樣並不重要，符合標準規格才是重點。現代社會的體制文本，製造出絕對的統一／同一性強加於個人身上，這外在賦予的**身份**左右著我們的**認同建構**。

可是，什麼不是文本？文化傳統、集體記憶、政治意識形態等等，無不以文本的方式介入我們的認同建構。《0檔案》這樣的詩，不也是文本？它以文本方式抵抗文本的暴力，通過閱讀，我們去思考身份／認同的課題，這過程本身就在重塑我們的認同。由此看來，我們的認同就是在各種文本的影響中不斷建構、消解又重構。正如Stuart Hall所言：「我們不應該把**身份**看成是一個已經完成的事實，新的文化實踐顯示我們應該把**認同**看成是一個永遠不會完成的『作品』（production），總是在過程中，總是在再現（representation）中形成。」[3]

---

[3]　Stuart Hall, "Cultural Identity of Diaspora," in Jonathan Rutherford, ed., *Identity: Community, Culture, Difference* (London: Lawrence & Wishart, 1990), p. 222.

「中國性」：認同與差異

以「中國性」（Chineseness）問題爲核心，下面我們來看看中文文本如何通過文學再現來建構認同。選取這一課題，是因爲中文文本以「中文」進行創作，先在內含了某種「中國性」的認同，而地理、歷史、文化、政治等等因素又賦予這種認同以差異性。不過需要注意的是，「中國性」的認同問題並非中文文本所獨有，同樣存在於非中文創作，比如華裔作家的英文作品中。由此可見，作爲一種身份／認同，「中國性」與語言有關，但不僅僅與語言有關，它的理論構成和種種特殊的實際狀況一直是學界持續討論的複雜課題。而在這裡，我們將它約束在中文文本的範圍內，來思考同一種語言的書寫如何詮釋出面目不一的「中國性」，如何形塑出互異的自我認同，而這些認同又如何通過閱讀和解讀得以傳播、變形和重構。

仍以于堅的《0檔案‧卷五　表格》爲例，儘管文本致力於消解堅固確鑿的「身份」觀念，但有意思的是，它所持的「中國人」的身份／認同卻是堅定明確的。文本中所敘述的中文名字（「姓名　橫豎撇捺」）、文化傳統（漢詩引用）、民族情結（「民族　遙遠的東方有一條龍」）、中國式的政治話語、中國特色的檔案管理等等，意在點明個人認同來自於後天的文化建構，然而這些文化元素建構、加強的正是毋庸置疑的「中國人」認同。在中國大陸的語境中，「中國性」往往是一個不成問題的問題，是一個被默認的共識前提。正如一個中國論者在反駁有關中國詩歌缺少「中國性」的批評時談到：

……當時我認爲「中國性」幾乎是一個僞命題……
我們從自己的生活中導出的一切關於生活的認識、反映和態度，就是「中國性」，我們的一切活動都來自於它。不管別人的看法如何，不管別人認爲這樣的中國不是中國，我們可以

說，這就是中國。我相信，我們有權利這樣說。[4]

生活在中國，書寫著中國的現實，在中國論者看來，這就是「中國性」，誰說只有「孔孟的中國，老莊的中國，或者詩歌來說，魏晉南北朝、唐宋的中國」才是「更中國的中國」？

這樣的辯駁，事實上觸及了Chineseness概念內含的巨大歧義（歧譯）。儘管目前學術界一般用「中國性」予以統稱，但Chinese的多種譯法賦予這一概念多重的認同意義：「中國」性的角度包含對「中國」的國家認同；「中華」性側重中華文化的傳承與傳播，是為文化認同；而從不同區域的華人社群來看，「華人」性則強調族群認同。由此可見，當身處中國的作家和論者將「中國」視為一個地理／國家概念時，「中國性」、「中國人」自然是沒必要糾纏的話題。然而對於地理上遠離中國地理政治範圍的「海外華人」來說，「中國性」（「中華性／華人性」）更多是文化、族群意義上的，它是來自祖先的文化記憶和對遙遠、古老中國的文化想像，這種記憶與想像參與建構著他們的自我認同，很多時候更成為一股揮之不去的力量滲透到他們的生活現實中。中國性，因而在中國之外變得格外重要。

從這個角度來說，新加坡（華人）作家希尼爾的微型小說《變遷——二十世紀末南洋劉氏三代訃告實錄》提供了一個有趣的解讀方式：

4　孫文波《中國詩歌的「中國性」》，載《詩探索》2002 年第 1-2 期，頁 1-8。

变迁
二十世纪末南洋刘氏三代讣告实录

之一:

哀啓者：先夫忌清劉府君物於一九七三年三月三日壽終正寢，享壽積閏六十有三。兒孫等隨侍在側，親視含殮，遵禮成服，泪涓於三月六日基督靈寶皇壇廣善法師設壇誦經一宵，擇訂於三月七日下午一時由柬居扶柩恭引至蔡厝港華人墳場安葬。恭屬

烟親世族鄉友　誼　哀此訃　閏

未亡人：唐大妹
關姐：周桂蓮 (在中國)
孝男：劉國光 (在中國)　　　李媳：王麗花 (在中國)
　　　劉國宗　　　　　　　　　李瑪莉
　　　劉國耀　　　　　　　　　陳四妹
　　　劉國祖　　　　　　　　　林靜霞
　　　劉國雄　　　　　　　　　曾銀妹
　　　劉國傳 (在英國)　　　　Flora Ong
　　　劉國統 (在日本)　　　　橫田芳子
孝女：劉淑貞　　　　　　　　孝婿：Sidney Johnson
　　　劉淑娟　　　　　　　　　　　林維仁
孫男：劉爾光 (在中國)　　　孫女：劉素雲
　　　Joseph Lau　　　　　　　　Nancy Lew
　　　劉濟德　　　　　　　　　　劉慧芳
　　　劉濟偉　　　　　　　　　　劉慧玲
　　　劉濟成
　　　Lawrence Lew (在英國)

服內尚有國內外家屬人數眾多，恕不盡錄。

同泣啓

之二:

我们的至亲刘国宗君物于1983年3月3日西归，享年四十有八。
定于3月6日晚上举行追思仪式，3月7日上午11时发引至蔡厝港基督教坟场安葬。
谨此敬告各位亲友

夫：　李瑪莉
孝男：Joseph Lau　　　　孝媳：Muriel Kanner (在澳洲)
孝女：Nancy Lew (在美国)　孝婿：赵大卫 (在美国)
孙男：Douglas Liu

同泣启

之三:

JOSEPH LAU
Age 37

Called home to be with the Lord on 3rd March 1993, leaving behind beloved. Cremation on 5th March 1993 at Mount Vernon.

Deeply mourned by:
Wife: Muriel Kanner
Son: Douglas Liu(Australia)
Sister: Nancy Lew(USA)
Brother-in-law: David Chao(USA)

and Lau/Lew/Liu families and relatives

5

希尼爾的這則微型小說由劉氏三代的三張訃告並置而成：一九七〇年代劉父去世，訃告內容由繁體字文言文寫成，以華人的習慣安葬在華人的墳場中，告哀者中文名占多數，一半居住在新加坡之外；一九八〇年代的訃告由簡體字白話文寫成，以基督教儀式安葬在基督教墳場，而告哀者多數為英文名，且住在新加坡之外；而一九九〇年代的訃告全篇英文，舉行火化儀式，告哀者均住新加坡之外。語言、信仰、文化習慣、生活方式以及居

5　希尼爾《變遷——二十世紀末南洋劉氏三代訃告實錄》，載《認真面具》（新加坡：SNP Publishing，1999 年），頁 50-51。

住地的選擇，劉氏三代的訃告內容變遷彰顯出一個新加坡家族在三十年間發生的認同變遷。對於這種「變遷」，一般的解讀認為「反映了華人傳統的喪失和西化過程」。[6]

　　小說題目裡的「劉氏三代」可以說是一個文化符號。姓氏代表著家族身份，以傳統秩序的力量凝聚整個家族的認同，而推及到整個海外華人（家）族群，姓氏更象徵著海外華人的「中國性」，維繫著身為華人對中國／中華文化／華人傳統的認同，正如「同根同脈」之類的經典表述，姓氏證明了華人與中國之間割捨不斷的血脈關係。而在小說的再現中，「劉氏」發生了變形，到第三張訃告的末尾，成了「Lau/Lew/Liu families and relatives」。如何來解讀這一姓氏的「變遷」？按照上面一般觀點的邏輯，對自身母語姓氏的放棄最終導致認同上的疏離和變質，（語言）的「西化」導致「華人傳統的喪失」，即「中國性」的喪失。

　　對於這個文本，我們是否還有其他的解讀方式？（我們無法確定作者是否持有這種批判態度，而作者的態度對文本意義來說也不重要。）從我們前面討論的身份／認同課題來看，「身份」內在的「本質同一性」並不那麼可靠，更多的時候來自我們的虛構和想像。「同根同脈」的論述，不正是這樣一種浪漫美好的想像嗎？海外華人與中國的「根葉」、「血脈」、「源流」關係，都是建立在一個「本質同一」的假定之上，「中國性」由此成為海外華人認同的主體部分，那麼對本質同一的中國性（劉氏）的放棄，其認同混亂的結果（Lau/Lew/Liu）也可以預見。然而換一條思路來解讀，姓氏儘管在一定程度上包含血緣、基因的生理鏈接，但它並不指向同一的本質，它更多是一個精神符號，我們從中獲得認同的力量。由此，姓氏維繫的家族認同可以看成是在差異的默認中建構同一性的過程，而姓氏的變遷，恰恰隱喻著這一認同是在不斷消解，又不斷重構的。同樣的道理，海外華人的「中國性」與其說是那亙古不變的「根」，

6　《希尼爾的〈變遷〉屢被評述》，原載於《聯合早報》，轉引自希尼爾《認真面具》（新加坡：SNP Publishing，1999 年），頁 52。

不如說是滲透在每個人生活中的文化記憶，在居住地的異質文化語境裡不斷變形，不斷被重塑，正如在澳洲的Liu 姓，與美國的Lew姓，還有新加坡的Lau姓，它們分別生成了自身的文化群落，生成了新的同一性，而「劉」則成爲一個語音痕跡留存在他們共同的記憶裡。在此意義上，《變遷——二十世紀末南陽劉氏三代訃告實錄》成了一則海外華人認同變異過程的「實錄」。

「原鄉」與「異鄉」的糾葛，是中文文本詮釋「中國性」的另一個主題。哪裡是「原鄉」，哪裡是「異鄉」，與生存空間無關，與認同有關，余光中寫於1972年的《鄉愁》正是一個具體的例子。詩的結尾寫道：

而現在
鄉愁是一灣淺淺的海峽
我在這頭
大陸在那頭[7]

如果我們稱呼余光中爲「臺灣詩人」的話，這首《鄉愁》所認同的「鄉」卻顯然不是臺灣。「鄉愁」是遊子的情緒，而在這裡「鄉愁」的對象是「母親」、「新娘」，還有「大陸」。中國大陸因此被賦予了「原鄉」的意義，而「海峽」這頭的臺灣卻成了遊子滯留的「異鄉」。

黃錦樹曾提出過一個「內在中國」的概念，當現實地理上的中國被隔絕之後，人們在各種有關中國的印象中「透過想像構設各自內在的中國」，來寄託他們的「文化鄉愁」。[8]《鄉愁》這首詩所詮釋的「中國性」正源於這一「內在中國」而非現實中國（「大陸」），「原鄉」其實不在海峽對岸，而在作者自己心中。鄉愁正是內心「原鄉」、「異鄉」認

7 余光中《鄉愁》，載《余光中詩選 1949-1981》（臺北：洪範書店有限公司，1981年），頁 270-271。
8 黃錦樹《神州：文化鄉愁與內在中國》，載《馬華文學與『中國性』》（臺北：元尊文化，1998 年），頁 220-222。

同錯位的結果。

再來看另一個臺灣詩人陳黎寫於1989年的《蔥》：

> 我的母親叫我去買蔥。
> 我走過南京街，上海街
> 走過（於今想起來一些奇怪的
> 名字）中正路，到達
> 中華市場
> 我用臺語向賣菜的歐巴桑說
> 「甲你買蔥仔！」……[9]

對照余光中的《鄉愁》來讀陳黎的《蔥》，余光中式的「內在中國」、「文化鄉愁」在這首詩中被消解了，臺灣語境下的「中國性」，成了「南京街、上海街、中正街、中華市場」這些「於今想起來奇怪的名字」；成了老師教的「國語」，「我們」唱的「反攻大陸」。這樣的再現試圖說明滲透在臺灣人日常生活中的「中國性」更多是政治意識形態建構和灌輸的結果：在臺灣的土地上建構中國的版圖，在臺灣的課堂裡建構「中國」的國家意識，建構與大陸的對抗關係，而這些都塑造著臺灣人身份認同中的「中國性」。詩歌中「我」翻山涉水去「蔥嶺」（中國大陸的帕米爾高原）買蔥，然而當「我」用「臺灣國語」熱切召喚的時候，卻得不到回答，因為「蔥嶺沒有蔥」。解讀這一隱喻，詩歌進一步暗示這種凸現「中國性」的國家認同和原鄉情結只是一廂情願的想像，面對現實的「原鄉」，才看清「原鄉」純屬「虛構」，反襯出政治意識形態認同建構的空洞和脆弱。與生於大陸，1949年之後才遷居臺灣的余光中不同，陳黎是土生土長的臺灣人。可以說，個人經歷的差異決定了身份／認同立場的差

---

9 陳黎《蔥》，載簡政珍主編《新世代詩人精選集》（臺北：書林，1998 年），頁 253-
254。

異，爲各自書寫「中國性」提供了不同的觀點。

　　許多有關身份／認同的討論，都會涉及一個「他者」（otherness/alterity）的概念。Irvin Cemil Schick指出，認同只有作爲他者（alterity）的雙重關係才存在（it only exists as the dual of alterity），[10]也就是說，我們必須在與他者的對照中，才能獲得自我認同（同一性），而更關鍵的是，「他者」同樣是由「我」的觀點建構出來的。建構出怎樣的他者與建構怎樣的自我認同是硬幣的正反兩面，而通過將「他們」「刻板印象化」來增強身爲「我們」的集體凝聚力和優越感，這一認同策略被稱爲「他者化」（othering）。從上面的例子來看，《蔥》這首詩正是通過反思「他者化」的大陸（或中國）想像，同時來反思臺灣自身扭曲的認同局面。這裡的「他者化」，同時包括政治敵對的醜化和地理懷舊的美化，因爲無論是醜化還是美化，他者都被「本質化」（essentialised）爲一個單一堅固的印象，一個與「我們」有本質差別的對象，而同樣的，「我們」也因此被賦予了單一堅固的「身份」及其附帶的職責。

　　《蔥》這首詩中，「買蔥」是一條重新尋找認同建構方式的旅程。在市場裡用臺語買蔥，回家用客家話告訴母親，上課的時候便當裡的蔥說「不管在土裡，在市場裡，在荼脯蛋裡／我都是蔥／都是臺灣蔥」，這些詩句裡，「蔥」成了一個臺灣本土認同的隱喻：紮根在臺灣的土地裡，帶著泥味，普普通通，不能、不用也沒有必要移植的蔥。最後，當「我」到達蔥嶺（隱喻蔥的「原鄉」？）才發現蔥嶺沒有蔥，蔥長在自己的土裡，而「母親在家門口等我買蔥」，至此，「原鄉」與「異鄉」的認同作爲一種位置有所對調，「我」浪費青春追尋的認同回到了本土。

　　消解「中國性」的假想，確立臺灣的本土認同，這一類的「去中國性」（de-Chineseness）論述近年來不斷得到加強。不過，假如我們僅僅從這個角度來理解《蔥》這首詩的認同觀念，卻忽視了文本傳達的另一些

---

[10] Irvin Cemil Schick, *The Erotic Margin: Sexuality and Spatiality in Alteritist Discourse* (London: Verso), p. 23.

重要信息。「賣茶的歐巴桑」、「茶籃裡的荷蘭豆」、「母奶般的味噌湯」、「ㄇㄧㄙㄡㄒㄧ‧ㄌㄨ是母語」、「pan是葡萄牙語的麵包」，還有帶去學校的「便當」等等這些出處各異的外來詞語和外來意象都暗示在臺灣的現實語境中，認同來源豐繁多元，並不是「中國性」和「去中國性」，「原鄉」與「異鄉」這樣簡單的兩極對立關係可以涵蓋的。了解臺灣的殖民歷史，會有助於對這一文本的解讀。從十七世紀開始臺灣就轉手於荷蘭、西班牙及葡萄牙之間，滿清統治結束之後，一八九五年割讓給日本，51年之後，國民政府接收。各個外來政權的意識形態滲透和文化輸入積澱下混雜的歷史記憶，共同造就了臺灣弔詭的認同處境：外來湯被認作母奶，外來語被認作母語，又或許，根本就無所謂外來還是本土，認同本來就建構自這些鮮活的生活現實。

　　什麼是中國性？在上面這些中文文本的「中國性」的再現和討論中，不可能找到統一的答案。正如黃錦樹所言，中國性論述總是「對不同歷史政治環境的在地回應」，「中國性」本身並不足以構成一種共同論述。[11]

　　以此來回應本章的身份／認同課題，任何一種單一確鑿的身份／認同論述都顯得可疑，因為認同從來不是個人／群體統一穩定的內在本質，而是一個包容多元，不斷流動變化的過程。在這樣的眼光中，讓我們再次回到前面的那張個人資料表格，性別、國籍、種族、信仰等等概念都成了需要重新檢討的課題，因為它們總是被某些建構出來的本質屬性籠罩著，成為僵硬的區分邊界深刻在我們的意識中。不信，讓我們再回去讀一遍《鄉愁》和《蔥》，新的問題是，為什麼在這兩首認同迥異的詩中，存放認同的卻都是母性的意象？母親、母奶、母語……是否祖國（motherland）就必定是母性的呢？這一問題不妨借用性／別概念來進行思考。

第十一章　身份／認同（IDENTITY）

169

---

[11] 此段話出自黃錦樹對於陳奕麟《解構中國性——論族群意識作為文化作為認同之曖昧不明》一文的引用和評論，見黃錦樹《魂在：論中國性的近代起源，其單位、結構及（非）存在論特徵》，載《文與魂與體：論現代中國性》（臺北：麥田出版，2006年），頁 16-17。陳弈麟的原文見 Allen Chun, "Fuck Chineseness: On the Ambiguities of Ethnicity as Culture as Identity," *boundary 2*, vol. 23, no.2 (Summer 1996), pp. 111-138.

第十三章
階級
CLASS

人力車夫的故事

　　談階級，讓我們先從人力車在中文文本中的不同再現談起。1877年的冬天，晚清詩人黃遵憲在日本第一次見到人力車，日後他寫了一首詩：

　　滾滾黃塵掣電過，萬車轂擊複竿摩。
　　白藤轎子蒽靈閒，尚有人歌踏踏歌。[1]

根據詩後箋注的描述，這種人力車「形若箕，體勢輕便。上支小帷，亦便卷舒，以一人挽之，其疾如風，竟能與兩馬之車爭先後。」[2]黃遵憲的詩驚歎的正是人力車風馳電掣的速度和在日本街道上「轂擊竿摩」的熱鬧場面，他以閉塞、緩行的白藤轎子做比照，突出了人力車的快和便捷。

　　1918年的北京，人力車傳入後同樣成爲《新青年》作者們的書寫對象，可是它的快與便捷此時映現出的卻是另一番印象：

　　「車子！車子！」
　　車來如飛。
　　客看車夫，忽然中心酸悲。

---

[1] 根據夏曉虹的說明，黃遵憲最初寫了一首人力車的詩：「三面襜帷不合圍，雙輪捷足去如飛。春風得意看花日，轉恨難歌緩緩歸。」而上面所引的是黃遵憲在1890年增補的詩作，代替舊詩，成爲定稿。夏曉虹《晚清社會與文化》（武漢：湖北教育出版社，2001年），頁173-174。原詩見黃遵憲《日本雜事詩（第二卷）》，錢仲聯箋注，《人境廬詩草箋注》（上海：上海古籍出版社，1981年），頁1153。

[2] 黃遵憲《日本雜事詩（第二卷）》，錢仲聯箋注，《人境廬詩草箋注》，頁1153。

客問車夫，「你今年幾歲？拉車拉了多少時？」

車夫答客，「今年十六，拉過三年車了，你老別多疑。」

客告車夫，「你年紀太小，我不坐你車。

我坐你車，我心慘淒。」

車夫告客，「我半日沒有生意，我又寒又饑。

你老的好心腸，飽不了我的餓肚皮。

我年紀小拉車，警察還不管，你老又是誰？」

客人點頭上車，說「拉到內務部西！」[3]

這是胡適1918年1月15日發表在《新青年》上的白話新詩《人力車夫》，同一期還有沈尹默的同題新詩，緊接的後一期另有一首劉半農的《車毯（擬車夫語）》。在這一組中國最早的白話詩中，人力車夫成為書寫的焦點。[4]

從晚清到五四新文學革命時期，書寫者對於人力車的注意力逐漸轉移到了人力車夫身上。如果說，黃遵憲試圖通過人力車和「白藤轎子」的意象對比來詮釋現代與傳統的差異，那麼，在胡適、沈尹默、劉半農的新詩裡，我們可以看到他們不約而同地努力刻畫著另一種差異——坐車人和拉車人之間的生存差異。看胡適的這首詩，「車子如飛」，但「客」卻心中「酸悲」、「慘淒」。年幼的拉車人靠出賣體力換取生計，坐車人空有好心腸，也只能成全他的生意。借用戲劇化的對話形式，詩歌凸現了「客」與車夫之間不可逾越的社會區隔和不可調合的利益矛盾，而這些差異、區隔和矛盾正是本章所要討論的「階級」（class）概念的組成要素。

可以說，拉車人和坐車人的社會區分構成了中國現代文學最早期的階

3　胡適《人力車夫》，載《新青年》第4卷第1號（1918年1月15日），轉引自王鐵仙編《新文學的先驅——〈新青年〉、〈新潮〉及其他作品選》（上海：華東師範大學出版社，1985年），頁14。

4　除了胡適、沈尹默、劉半農的新詩之外，五四時期的文學作品中還有許多以人力車夫為描寫對象，如陳錦的戲劇《人力車夫》，小說有魯迅的《一件小事》、郁達夫的《薄奠》、老舍的《駱駝祥子》等等。

級詮釋，但「階級」到底是以什麼為標準的社會區分？「階級」與地位、等級有何不同？這一外來概念傳入後，中國文學界建構了怎樣的階級再現與階級話語？同時，主流的話語論述又是如何左右著文學的書寫及改寫？在探討這些問題之前，讓我們先回到概念的源頭去。

階級概念和理論

和「人力車」一樣，作為批評概念的「階級」一詞同樣傳自日本，更準確地說，是日語借用古漢語裡的「階級」一詞來翻譯歐洲的現代概念class，而後這個譯名又從日語被重新引入了現代漢語。

Class這個英文單詞在今天有很多種意思：階級、等級、班級、課程、種類等等，不難看出，它們都包含著同一個動作：「區分」，把某些事物按特定標準區分成不同的群體。當區分的對象是處於社會不同位置的人時，class就特指「社會區分」（social division）的現象，翻譯成中文，就是「階級」。

Raymond Williams的語源梳理告訴我們，從泛指普遍的群體區分到特指社會的區分，class的詞義演變是社會現代化的結果。1770至1840年間，class的現代意義產生於工業革命及其引起的社會結構重組過程，而同時，class也逐漸替代了原有指代「社會區分」的那些舊名詞（rank, order, estate, degree）。Williams認為這與人們的認知有關：

> 階級一詞逐漸取代從前用來描述社會區分的詞語，這個詞的開始使用，顯示了人們對於人的社會位置觀念的改變，認為社會位置是建構的而不是繼承的。所有舊有的詞語，以及這些詞語所隱含的有關地位、順序、排列等等隱喻，都是屬於那個認為人的位置是由出身決定的社會。[5]

---

[5] Raymond Williams, *Keywords* (London: Fontana, 1988), pp. 61-62. 中文譯本為：雷蒙・威廉斯著，劉建基譯《關鍵詞：文化與社會的詞彙》（北京：三聯書店，2005年），頁 52-53。

如果說rank, order, estate, degree（中文裡也有「地位」、「等級」、「序列」）這些詞側重描述的是傳統社會中諸如貴族和平民之間由血統、出身決定的社會差異，那麼當十八世紀工業革命、法國大革命等現代事件瓦解了舊有的社會格局，不斷創造出新的社會分層時，人們的感知和表述也相應發生了變化。新階級的產生引導了新詞「階級」（class）的產生，或者更確切地說，引導了各種「階級」新詞的產生，class之前冠上了各式各樣的定語：lower class（下層階級），middle class（中產階級），upper class（上層階級），working class（工人階級）等等。

Williams的研究工作就是追蹤十八世紀晚期以來這些階級新詞的構成、使用狀況，有意思的是，class的意義並沒有在這一追蹤、梳理的過程中清晰化。Williams不斷強調class的詞義演變和對舊詞的替換是非常緩慢的，而實際的使用往往是各種意義相互交疊的狀態，作為群體還是作為社會階級的區分，在各種定語修辭下很難分離，而現代階級觀和傳統等級觀也總是交織在一起。比如，常常被對應使用的中產階級（middle class）和工人階級（working class）的表述，Williams認為它們實際上代表了兩種不同的分類模式：前者處在下層階級（lower class）和上層階級（upper class）中間，是一種相對社會地位差異的表達，而後者包含了「有用的」，「有生產力」的階級詮釋，對立於遊手好閒、不事生產的特權階級 （privileged class）或雇主（employers），是一種經濟關係的表達。[6]

以經濟關係為區分基礎的階級觀點，最具影響力的是Karl Marx的階級理論，他以此來解釋現代社會不平等的根源所在。儘管自古以來的所有社會都存在剝削和壓迫，但Marx指出資本主義社會特有的生產模式催生出截然不同的階級對立關係。資本家占有資本，雇用工人進行生產，工人出賣勞動力，但換取的僅僅是他們所創造價值裡的一小部分，僅夠維持生存。這其中被資本家無償占有的便是Marx所說的「剩餘價值」，而資

6 Ibid, pp. 63-66. 中文譯本同上，頁 53-56。

文學批評關鍵詞——概念・理論・中文文本解讀

本主義社會的本質就是通過剝削雇傭勞動來賺取剩餘價值，使資本不斷增殖。資本家對剩餘價值無止境的追求，使工人的利益和處境越來越一致，最終「單個工人和單個資產者之間的衝突越來越具有兩個階級的衝突的性質」。[7]由此，Marx稱資本主義時代的一個顯著特點就是「階級對立簡單化了。整個社會日益分裂爲兩大敵對的陣營，分裂爲兩大相互直接對立的階級：資產階級和無產階級。」[8]資產階級就是占有社會生產方式的現代資本家們，而無產階級以工人爲主體，他們沒有生產資本，只擁有勞動力，只有通過被剝削才能生存。根據Marx的階級理論，當無產者集合起來，形成爲一個階級之後，其目的就是推翻資產階級的統治，奪取政權，而在他描述的共產主義理想中，剝削的經濟關係不復存在，階級也隨之消亡。[9]

處在被剝削地位的無產者，能夠產生共同的階級意識，形成無產階級，並進行階級鬥爭，Marx 的這一觀點在Williams看來內含了一種矛盾：「階級」有的時候是以經濟關係爲標準區分的客觀種類（category），有時卻變成主觀上能感知這種經濟關係併發展出組織的「形構群」（formation）。[10]也就是說，「階級」可以是對社會區分狀況的客觀描述，同時也可以是意識形態建構身份／認同的結果，Marx的階級理論本身就是這樣一種意識形態話語，旨在推動「無產階級」的形成，改變社會現狀。在中國的歷史語境裡，Marx的階級理論一度被當作衡量社會區分的絕對標準，這便導致了應用上的模棱兩可：當我們判定誰是「無產階級」時，是依據客觀的經濟地位區分，還是主觀上的意識差異？這一不確定因素始終左右著中國二十世紀的階級論述。

Karl Marx之後，德國另一位重要的社會學家Max Weber提出了與之

---

[7]　Karl Marx and Friedrich Engels, *The Communist Manifesto* (London: Penguin, 1967), p. 89.

[8]　Ibid, pp. 79-80.

[9]　Ibid, p. 105.

[10]　Raymond Williams, *Keywords*, pp. 67-68. 中文譯本為頁 57-58。

不同的階級觀點。按照Marx的定義，階級是一種不平等的生產關係，隨著矛盾的激化，最終會演變爲資產階級和無產階級兩個階級之間的階級鬥爭。Weber回避了這樣一種「關係」模式，認爲階級是一群人在社會中的「處境」（situation），並且指出「階級處境就是市場處境」。他將眼光從生產過程移向分配過程（distribution），強調階級差異源於特定群體在市場上的不同處境導致的利益分配差異。而反過來，Weber也點明社會權力分配造成了多種社會區分現象，階級並不是唯一的產物，另外還有「地位群體」（status group）和「政黨」（party）。這一描述否認了階級在社會結構中的主導角色，因爲有許多因素左右著人在社會中的位置和選擇。循此邏輯，在Weber看來，階級作爲一個具有共同利益的整體採取某種公共行動（communal action）便不是必然發生的，雖然他承認在特定情況下，階級利益有可能會導致階級衝突，但那並非不可避免，所以也不可能成爲推動歷史發展的動力源泉。[11]

從Marx到Weber，「階級」論述經歷了一個去中心化的過程，而到二十世紀下半葉，「階級」似乎已成爲一個過時的概念，學術界甚至產生了「是否還存在階級？」的疑問。人們看到，二十世紀以來社會結構的變化並沒有像Marx預言的那樣對立爲資產階級和無產階級的兩極，相反，新生產方式的發展，新經濟格局的形成都改變著原有的社會形態，舊的階級界限逐漸模糊。與此同時，學術界的探討也越來越關注階級之外的社會區分及身份認同維度，性別、性向、種族、地域族群等等課題都在顯示社會不平等的來源是複雜而多元的，並不僅僅由經濟關係決定。然而，近年來，「階級」研究又出現了復興的勢頭，許多學者認識到儘管「階級」不再是左右社會區分和身份認同的主導因素，卻仍是不可忽視的。正如Stefan Collini所言：「在種族、階級、性別、性傾向這些經常被談論的方面中，階級無疑是最不時尚的，……儘管如此，所有的證據仍顯示階級依

11 Max Weber, "Class, Status, Party," in *From Max Weber: Essays in Sociology* (London: Routledge, 1991), pp. 180-186.

文學批評關鍵詞──概念・理論・中文文本解讀

舊是決定生活機會的最有力的單一因素。」[12]

階級再現與階級論述

　　Karl Marx的階級理論隨著1917年俄國「十月革命」的勝利傳入中國，「階級」概念在中國的意義旅行由此開始。在這裡我們關心的是，對文學創作而言，書寫者以怎樣不同的方式來再現社會的「階級」現實，由此詮釋了怎樣不同的「階級」內涵？這些文學再現和詮釋與同步建構的主流階級話語之間構成了怎樣的互動關係？合作或疏離？認同或抵抗？解讀下面的有關人力車夫的文本，我們會發現，答案是複雜而多樣的。

　　先來看1918年胡適發表的《人力車夫》。從某種意義上講，這首詩再現的社會區分現象，已具有了現代「階級」（相對於「等級」）的基本特徵。詩歌一方面著意刻畫人力車夫吊詭的生存處境：以體力上的被剝削來維持體力，以要求被剝削的方式來獲得生存，另一方面更通過突出坐車人的善意反過來揭示出這一不平等的生活現實並非道德良心的問題，而是無法回避的現代社會問題，根源於整個資本主義經濟的運行機制。連繫沈尹默、劉半農的作品，在中國現代文學萌芽的最初期，以批判社會為使命的新文學實踐中，人力車，這個黃遵憲眼裡的「現代」交通工具，被詮釋出另一層意義上的「現代性」，它成了現代社會階級剝削關係的象徵，而人力車夫，則是現代文學裡最早的「無產者」形象。

　　1920年1月天津創刊的《覺悟》雜誌上也有一首寫人力車夫的詩，那是署名「五」的作者寫於1919年12月的《死人的享福》：

西北風呼呼響，
冬天到了。
出門雇輛人力車，
車夫身上穿件棉袍，

---

[12] Stefan Collini, "Escape from DWEMsville," in *Times Literary Supplement*, 27 May 1994, cited in Gary Day, *Class* (London and New York: Routledge, 2001), p.17.

我身上也穿件棉袍。

我穿著嫌冷，

他穿著卻嫌累贅；

脫下來放在我的腳上，

我感謝他愛我，

他謝謝我助他便他。

共同生活？

活人的勞動！死人的享福！[13]

這首詩的前半部分看上去和胡適的《人力車夫》很相似，描寫乘客坐在人力車上感受到社會不公的現實，而到後半部分，詩歌先運用反諷的手法烘托出一幕互愛互助的和諧場面，接著以一句反問帶出詩歌的真正主旨：「活人的勞動！死人的享福！」如果將「活」、「死」當動詞看，這句話的意思就是：養活人的人總是在勞動，壓迫剝削人的人總是在享福。換一個角度，我們也可以從「活人」、「死人」這對修辭中讀出一種階級態度：勞動者是充滿活力和希望的，享福的剝削者則是腐朽的，必定死亡的。

這首詩的作者「五」就是後來的新中國總理周恩來。回顧這首詩的創作背景（1919年12月），當時正值五四之後愛國運動的高潮，周恩來在天津組織「覺悟社」，並邀請到李大釗為學生們介紹馬克思主義。李大釗可以說是馬克思理論在中國的最早引介者，從1918年開始他就在《新青年》上發表文章，1919年協助《晨報》、《新青年》等報刊開闢《馬克思研究》專欄，1920年還在北京大學組織「馬克思學說研究會」。[14]在這樣的社會運動氛圍和理論影響下，我們可以看到《死人的享福》所詮釋的

---

13 周恩來《死人的享福》，載劉焱編《周恩來早期文集（上卷）（1912. 10-1924. 6）》（天津：南開大學出版社，1993年），頁 334-335。

14 錢理群、溫儒敏、吳福輝《中國現代文學三十年》（北京：北京大學出版社，1998年），頁 32-33。

階級關係自然與兩年前胡適的書寫不同。胡適塑造的無產者，是「客」同情憐憫的對象，對於車夫所處的被剝削處境，「客」除了施予「同情的善意」之外，只有無奈的成全。而《死人的享福》儘管用第一人稱「我」來指代坐車人，卻通過反諷將坐車人和拉車人的關係對立起來，並最終將之上升為生死存亡的鬥爭關係。更有意思的是，詩裡所反駁的「共同生活」，恰恰就是胡適等人在當時宣導的階級之間互助、互愛、協作的人道主義理念。[15] 由此不難看出，這兩首詩透露了五四時期兩種不同的階級觀念，而後者代表的正是後來逐漸成為主流的「無產階級文學」的階級立場：打破「共同生活」的幻想／幻像，相信只有通過階級鬥爭才能消除剝削的階級關係，而無產階級是最後的勝利者。

　　儘管階級觀不同，胡適和周恩來兩首詩的階級再現卻有著相同的模式：它們都通過坐車人和拉車人的對照來展示剝削的階級關係，人力車夫由此成為「無產者」或「無產階級」的代表。從這個角度看，老舍發表於1936年的《駱駝祥子》便是一個另類的文本，小說講的是主人翁祥子從農村到城市當上了人力車夫，他的願望是拉車存錢，買一輛自己的車，他相信通過個人努力可以改變「無產者」的悲慘命運，然而各種變故和日益衰敗的身體最終讓他明白一切努力都是徒勞的，他放棄了所有的理想和堅持，隨波逐流並走向墮落。同樣以人力車夫為對象，這部小說卻拋開階級關係模式，將注意力集中在祥子一個人身上，進而發散開去表現個人和社會各階級的各種關係，由此引導的階級詮釋與以兩大階級對立為基調的主流階級話語之間，構成了值得玩味的緊張關係。

　　《駱駝祥子》開頭就寫道：「北平的洋車夫有許多派：……」，

---

[15] 「共同生活」概念在中國的傳播，源自美國哲學家 John Dewey（杜威）1919 年 4 月到 1922 年 7 月間受其中國學生胡適等人的邀請在中國所作的演講。胡適的人道主義理念深受 Dewey 的影響，他多次擔任 Dewey 演講的翻譯，也推崇「共同生活」的觀點。在演講中，Dewey 提出「共同生活」是「人性頂重要的需要」，因為「人類必定要共同生活，才能互相幫助，互相長進」。可參考杜威《五大演講》，載沈益洪編《杜威與中國》（杭州：浙江文藝出版社，2001 年），頁 21。

「年輕力壯，腿腳靈利的，講究賃漂亮的車」，自由而有尊嚴；稍差一點的「拉八成新的車」；「年紀在四十以上，二十以下的」，「他們的車破，跑得慢，所以得多走路，少要錢。」[16] 敘述者詳細的介紹爲的是引出祥子在車夫中的「地位」：「他是屬於年輕力壯，而且自己有車的那一類：自己的車，自己的生活，都在自己手裡，高等車夫。」[17] 這段文字首先打破了「人力車夫」作爲被剝削階級統一的刻板印象，它告訴我們車夫也有高低之分，各有各的活法。小說對社會底層各色人等的淋漓摹寫，襯托出「無產階級」標籤的虛構性。另一方面，小說卻又暗示儘管眼下的生活不同，車夫們（無產者們）卻有著共同的結局：「那四十以上的人，有的是已拉了十年八年的車，筋肉的衰損使他們甘居人後，他們漸漸知道早晚是一個跟頭會死在馬路上。」[18] 對整部作品而言，這段文字可以說是一個預言，預言著祥子雖然是「高等車夫」，但同樣躲不過最終的厄運。從這個情節鋪墊來看，《駱駝祥子》就是一個車夫努力擺脫階級命運的故事，小說開始不久，就有這樣的描述：

> 他不怕吃苦，也沒有一般洋車夫的可以原諒而不便效法的惡習，他的聰明和努力都足以使他的志願成爲事實。假若他的環境好一些，或多受著點教育，他一定不會落在「膠皮團」裡，而且無論是幹什麼，他總不會辜負了他的機會。不幸，他必須拉洋車；好，在這個營生裡他也證明出他的能力與聰明。他彷彿就是在地獄裡也能作個好鬼似的。[19]

[16] 老舍《駱駝祥子》（上海：文化生活出版社，1941 年），頁 1-2。《駱駝祥子》最初連載於《宇宙風》，初版單行本 1939 年由上海人間書屋發行。本文所引 1941 年文化生活出版社的版本屬於未經刪改的早期版本。

[17] 老舍《駱駝祥子》（上海：文化生活出版社，1941 年），頁 4。

[18] 同上，頁 2。

[19] 同上，頁 4-5。

「地獄裡的好鬼」，這樣的比喻點出了個人和階級之間歸屬與掙脫的弔詭關係，對當時渲染階級認同的「無產階級」話語來說，顯然是一種諷刺。夏志清曾分析老舍的經歷，認為正是因為1925到1930年他在英國埋頭用功，錯過了中國風風火火的革命高潮，所以才能夠與左翼的政治話語保持疏離，能夠保有自己對「個人主義」的見解。[20]

　　然而，在《駱駝祥子》這個文本裡，作者對於「個人主義」的隱含態度卻是令人困惑的。上面的文字顯示小說前面部分對祥子個人奮鬥的描寫是積極而富有同情心的，作品最後卻為個人主義的祥子安排了墮落的結局，個人對階級歸屬的排斥似乎正是原因所在。小說透過老車夫的嘴說了一個道理：一隻螞蚱蹦得再遠，叫小孩子逮住，飛也飛不起來，要「成了群，打成陣」，就「誰也沒法兒治它們」！祥子因此明白：「他自己，也不能因為要強就得了好處。自己，專仗著自己，真象老人所說的，就是被小孩子用線拴上的螞蚱，有翅膀又怎樣呢？」[21]這段文字顯示的是，脫離階級群體的個人努力是徒勞的，只有通過無產階級的集體行動才可能改變階級的命運，這裡的潛臺詞不正應合了左翼階級觀點，那麼我們要怎樣來理解文本內部自相矛盾的階級再現呢？小說前部對祥子的正面書寫是一種反諷嗎？

　　《駱駝祥子》寫於1936年，當年在《宇宙風》上以連載小說的形式發表。1936年是中日戰爭爆發的前一年，可以猜想抗日救國的民族主義氣氛、連載小說的大眾讀者定位，這些都可能影響老舍對自己原先的「個人主義」觀念的調整：一方面回避直接書寫階級力量而關注個人的命運掙扎，另一方面卻不再把希望寄託在個人身上，戰爭局勢下集體行動成為唯一的出路。不過，儘管小說裡出現了上面的左翼論調，我們仍然要看到《駱駝祥子》的許多細節同時又在消解左翼的階級觀點，譬如「無產階級」在文本中以散漫庸碌、抽煙喝酒逛妓院的車夫群像為主體，年輕祥子

---

[20] 夏志清《中國現代小說史》（香港：香港中文大學出版社，2001 年），頁 141-142。
[21] 老舍《駱駝祥子》，頁 285。

潔身自好地避開這個群體，而他的墮落也從染上這些惡習開始。文本再現的「無產階級」不具有革命性，那麼喚醒大眾的革命者又是什麼形象呢？小說寫到祥子徹底墮落的標誌是出賣了革命者阮明，然而反諷的是，這個革命者組織車夫參加革命的動機卻和祥子一樣：「阮明為錢，出賣思想；祥子為錢，接受思想。……阮明要的是群眾的力量，祥子要的是更多的——像阮明那樣的——享受。」[22]「革命的無產階級」在這一情節中被詮釋為投機者的幌子，無論是「革命者」還是「無產階級」，實際上都不相信這套階級話語，他們互相利用、互相出賣，只為了有利可圖。小說結尾處決阮明的「示眾」場面，與魯迅筆下經典的「示眾」段落看起來相似但又根本不同：魯迅以庸眾的愚昧來反襯革命者的孤獨，而老舍對兩者都不相信，阮明的畏縮無趣掃透了看客的興，如此殘酷的階級關係刻畫讓人懷疑集體的革命行動如何可能？

《駱駝祥子》全文最後一句話是敘述者對主人翁的定論：

> 體面的，要強的，好夢想的，利己的，個人的，健壯的，偉大的，祥子，不知陪著人家送了多少回殯；不知道何時何地會埋起他自己來，埋起這墮落的，自私的，不幸的，社會病胎裡的產兒，個人主義的末路鬼！[23]

這句話常常被解讀為隱含作者對「個人主義」的尖銳批判，然而從另一個角度看，兩組修辭色彩矛盾的形容詞對應排列，是否也透露著隱含作者對祥子愛恨交織的態度？既欣賞又同情，既憤恨又無可奈何，正如文本內部的階級書寫一樣，充滿矛盾。

[22] 同上，頁 304-305。

[23] 同上，頁 308。

誰眼中的「無產階級」？

　　書寫人力車夫的文本往往都有一個特點： 大多數的作品都採用旁觀者或坐車人的觀點，[24]也就是說，人力車夫往往是被觀看者。那麼，作為讀者，我們看到的是誰眼中的人力車夫呢？

　　1931年，魯迅加入中國左翼作家聯盟（簡稱「左聯」）的第二年，在上海的一次演講中，他提出這樣一個問題：

> 現存的左翼作家，能寫出好的無產階級文學來麼？我想，也很難。這是因為現在的左翼作家還都是讀書人 —— 智識階級，他們要寫出革命的實際來，是很不容易的緣故。[25]

儘管魯迅的疑問針對左翼作家而發，但他首先指出了階級書寫的一個狀況：文學的書寫者往往是「知識階級」，文學所呈現的是「知識階級」眼中的「無產階級」，是一個被建構出來的「無產階級」，與「革命的實際」並不相同。從上面例舉的文本來看，胡適、周恩來、老舍通過人力車夫的形象分別建構著自己眼中的「無產階級」，而魯迅強調的是，即便是認同無產階級觀點的左翼作家都不能寫出純正的「無產階級文學」，因為「知識階級」並不是真正的「無產階級」勞動人民，作家「對於和他向來沒有關係的無產階級的情形和人物，他就會無能，或者弄成錯誤的描寫了」。[26]那麼，到底如何來界定「無產階級文學」，又如何來判斷它的「好壞真偽」呢？

　　「知識階級」對於以經濟關係為切入點的社會學研究來說或許並不構成一個「階級」，然而面對文學文本，我們無法忽視「知識階級」卻是文學生產者的主體。根據魯迅的觀點，文學生產者的階級位置是判斷文

---

24 劉半農的《車毯》是個例外，以車夫為第一人稱敘述者。

25 魯迅《上海文藝界之一瞥》，載《魯迅全集（第四卷）》（北京：人民文學出版社，1981年），頁300。

26 同上。

學階級屬性的標準，這樣「知識階級」與「無產階級」的階級差距就決定了「無產階級文學」這個概念內含一個悖論：「知識階級」不是「無產階級」，如何發出「無產階級」的聲音？對此，左聯提出了「作家的無產階級化」的口號，魯迅在演講中表示讚賞，他說「革命文學家，至少是必須和革命共同著生命，或深切地感受著革命的脈搏的」，才能寫出「革命的實際」來。[27]

階級概念自五四時期傳播而來，在中國的土壤裡生長出了中國自己的階級理論和話語，因而談「階級」我們無法回避這個概念在中國現代文學語境中的獨特詮釋與實踐。譬如說，「知識階級」要通過改造自己的階級意識，通過「無產階級化」來生產「真正」的無產階級文學，這一階級話語可以說從一九二〇年代、一九三〇年代的革命文學到一九七〇年代的文革文學，始終牽制著文學創作的走向，甚至左右了作家自身的命運。老舍對《駱駝祥子》的改寫便是一個例子。

老舍在1945年的一篇創作談《我怎樣寫駱駝祥子》裡曾表明：「當我剛剛把它寫完的時候，我就告訴了《宇宙風》的編輯：這是一本最使我自己滿意的作品。」他列出了四個滿意的地方，同時也說，《駱駝祥子》「使我自己最不滿意的是收尾收得太慌了一點。因為連載的關係，我必須整整齊齊的寫成二十四段；事實上，我應當多寫兩三段才能從容不迫的剎住。這，可是沒法補救了，因為我對已發表過的作品是不願再加修改的。」[28]

時過境遷，老舍在一九五〇年代幾次動筆修改了《駱駝祥子》，不過不是補寫結尾，正相反，他刪去了初版本裡最後一章半的內容，刪去了阮明的故事和祥子的墮落結局。[29]1949年「無產階級」革命勝利之後，《駱

27 同上。

28 老舍《我怎樣寫駱駝祥子》，原載《青年知識》1945 年第 1 卷第 2 期，轉引自《老舍文集（第十五卷）》（北京：人民文學出版社，1990 年），頁 204。

29 主要的刪節版本有 1951 年開明書店出版的《老舍選集》裡收入的《駱駝祥子》「節錄本」和 1955 年人民文學出版社出版的修改本，老舍刪去了小說初版本第 23 章後半部

駝祥子》的悲觀色調顯然不合時宜，對無產者祥子和革命者阮明的負面塑造，也埋下了政治不正確的危險。早在1942年毛澤東就在《在延安文藝座談會上的講話》中明確指出：「你是資產階級文藝家，你就不歌頌無產階級而歌頌資產階級；你是無產階級文藝家，你就不歌頌資產階級而歌頌無產階級和勞動人民：二者必居其一。」[30]無產階級和資產階級的階級鬥爭關係被強加在文藝創作上，作家的階級屬性和文學的再現內容被生硬鎖定，這樣一來，凡是沒有「歌頌無產階級和勞動人民」的作家作品就有了「資產階級」之嫌。一九五〇年代，當這一教條成爲評價文學的唯一標準時，刪節文本便成爲必然。而更重要的是，對於老舍和其他許多作家而言，改寫不僅是自救的方式，更是自我改造的途徑，通過改造自己的文本來改造自己的階級性，這就是作家的「無產階級化」過程。在修改本的《後記》裡，老舍是這麼寫的：

> 此書已出過好幾版。現在重印，刪去些不大潔淨的語言和枝冗的敘述。
>
> 這是我的十九年前的舊作。在書裡，雖然我同情勞苦人民，敬愛他們的好品質，我可是沒有給他們找到出路；他們痛苦地活著，委屈地死去。這是因爲我只看見了當時社會的黑暗的一面，而沒看到革命的光明，不認識革命的眞理。當時的圖書審查制度的厲害，也使我不得不小心，不敢說窮人應該造反。出書不久，即有勞動人民反映意見：「照書中所說，我們就太苦，太沒希望了！」這使我非常慚愧！[31]

分與第 24 章的全部，約 1 萬字，另外還刪去了涉及性的文字，修改本後附有老舍作的《後記》。

[30] 毛澤東《在延安文藝座談會上的講話》，載《毛澤東選集（第三卷）》（北京：人民出版社，1991 年），頁 873。

[31] 老舍《駱駝祥子・後記》（北京：人民文學出版社，1955 年），轉引自老舍《老舍文集（第十六卷）》，頁 369。

這番自我批評寫於1954年，時隔19年，個人主義的祥子成了老舍口中反復吟頌的「勞動人民」，個人的名字被階級稱號所代替，不再現身，隱喻在現實世界裡，作家個人的命運同樣被階級話語所淹沒。虛構的文本，建構的話語，反過來控制著書寫者的生活，甚至生命，在這一段中國文學歷程中，「階級」一詞牽動著最弔詭的，最令人唏噓的文學景象。

第十四章
性／別
GENDER and SEXUALITY

關於性／別的一種注視

　　東晉時候有一個美男子叫做衛介，根據《晉書》的描述，衛介年少的時候就長得「風神秀異」，而且每次坐在羊車上在洛陽街道上穿梭，都會引來許多人圍觀。由於樣子就像是玉雕出來一般出眾，因此大家無不傾倒，而且不止樣貌出眾，衛介的學問、人品以及聲名皆不錯。不過，由於不願意服從無能或者卑劣的上司，衛介的官途卻是一波三折。從小體弱多病，根據正史和《世說新語》的記載，由於衛介的名氣太過響亮，在建業都城當官的時候，因為引來了太多人慕名爭睹風采，反而令病情加劇，在二十七歲就英年早逝。過後，流傳了「看殺衛介」的說法，認為衛介是被大家「看」死的。[1]

　　「看殺衛介」的說法也許跟事實不符，不過，這則傳聞卻能讓我們意識到，一個似乎極其單純的動作：「看」，背後可能牽扯了各種更加複雜的因素。我們甚至可以進一步追問，到底這些圍觀的群眾，在衛介的身上「看」到了什麼？除了是一種集體的好奇心態，眾人在「看」的過程中，是不是還有其他微妙的心理循因，當中有沒有投射了某種占有的欲望？不同的圍觀者擁有不同的身份背景，是不是就會「看」到不同的東西？當然，這些在史書上都沒有記載，作為一則人物的敘事，《晉書》和《世說新語》這些文本於再現歷史事件之際，是不是也引導了讀者的觀點，試圖嘗試去「看」到了什麼，然後借此形成某種認同和共識？

　　除了是風姿卓越的美男子之外，史書還稱衛介為當時出眾的名士之

1　徐震堮《世說新語校箋》（北京：中華書局，1984 年），頁 337-338。

一，談道論理的能耐以及道德修養的底蘊都備受稱道，連當時的征南將軍結識了衛介之後，隨即決定把女兒嫁給了他。不過，如果我們換一個角度來「看」衛介，那些在他身上彰顯的種種優點，何嘗不也是一個衡量男性特質（masculinity）的參照。

從衛介的記述延伸而出，我們甚至可以提出質疑，像在《世說新語》這麼一本記錄人物言行的著作，裡面記載的女性人物的比例，為何明顯比男性少了許多？文本中的女性再現是否跟男性的再現不同？重複通過相同的觀點，去「看」男性或者女性特質，以及強調兩者之間的差異，到底起了一種什麼作用？那個時代的一個名士和美男子所應該具備的外在和內在特質，間隔了上千年的時間，如果我們在這個年代「看」到衛介，會不會跟魏晉那個時候產生相同的反應？還是那樣一種「珠玉」般的姿容，已經不符合我們這個時代的審美標準和要求？

根據當時的記述和形容，我們現在或許會認為衛介具有某種女性化（feminine）的傾向。雖然這跟魏晉時期，那一種特殊的品評人物風氣有關，但卻頗能帶出一個關鍵的問題：所謂的男人和男性化，或者女人和女性化，是不是分屬兩個不同層面的表述？在魏晉時期，像衛介這麼一個外表突顯「女性化」的男人，可能會吸引大家聚焦的目光，但轉換成今天我們所處的這個社會環境，也許大家觀看這個人物的角度和評價，就會出現另一種極端。這也顯示了我們所謂的「女性化」和「男性化」，並非一種放諸四海皆準或者客觀獨立的準繩，而是一種約定俗成，隨時隨地受到各種文化、政治和經濟因素所左右，必須不斷進行檢驗和挑戰的標尺。這種我們理所當然覺得，應該屬於男性和女性的特質，是不是只是一種分別加諸男性和女性的要求，一種需要符合本位和身份，或者順應了社會、文化等層面的期盼（expectation）和整合（integration），因此才形成出來的一套意識形態？

現代心理分析研究認為，每個人的身份和主體性，是通過他人的凝視（gaze）塑造出來的，一個人對於自己的認識，源於他人（包括社會和文化機制）如何「看」自己。到底這個「看」是讚賞或者鄙視，勢必都將

對一個人的身份／認同產生潛移默化的影響。這也使到「看」（凝視）在當代批評理論中，成爲了一個非常重要的架構。有關性與性別（性／別 gender and sexuality）的論述，著眼於種種由性／別的關係和對立所衍生而出的課題，而且也改變了我們傳統上看待文本和文化的角度，除了沿著主流意見指定的方向去「看」之外，從性／別的角度出發，也能提供給我們另一種「看」的方式。

從女性主義到性別理論

　　由於不同學派和學者之間的分歧，以及學術上複雜的歷史淵源和借鑒，要釐清一個有關性／別的理論脈絡並不容易。不過，大部分學者應該都會同意，在一九七○和一九八○年代後期發展出的性／別理論，是延續了更早以前的女性主義以及女性主義文學批評傳統。從社會性的男女平權運動，發展到滲透社會各層面的訴求，乃至延伸至文學文化的批評，簡單的歸納女性主義文學理論（feminist literary theory）或者婦女研究（women study），可以視之爲一種訴求有別於男性閱讀和思考框架的方式，並且從兩個主要的面向著手進行評論。一方面揭露過去傳統作品和評論架構往往以男性爲中心的霸權面目，並且將女性排擠於邊緣的位置，譬如，在許多傳統小說，總是把女性人物作出固定僵化式的描繪，往往處於被動和缺乏主體性的位置。另一方面，女性主義論者也積極發掘女性作者和書寫的特徵和傳統，作爲抗拒主流意識以及提供另類視角的手段，開展出女性自身獨特的認同和主體性。

　　挑戰父權（patriarchy）是這時期女性主義主要的特徵之一，希望能通過文本和文化的閱讀批評，達到自由解放和平權的目標。女性主義的分析對象，不限於情節和人物的片面分析，也從文字語言中更加隱蔽的隱喻層面上，紓解出各種關於性別的偏見。因此，女性主義的閱讀和批評的動機，已不僅僅是單純的美學性或者文學性詮釋，因爲傳統主流學院的批評觀點皆由男性主導，很可能只是一種服務於男性品味和論調的權宜。政治性（politics）方面的對立，是女性主義不可或缺的動機和推動力量。

以余光中書寫1949年後從中國大陸到臺灣的中國人對於家鄉的思念的詩作《鄉愁》為例，[2]單純的文學性分析，也許無法看到那一種以「女性」（母親、新娘）隱喻「故鄉／家國」的手段，以及那種男性敘述和閱讀視角的預設。雖然用女／陰性比喻祖國（motherland）是一個中西傳統文學常用的比照，但這種看似自然的性別比擬（gendered），背後折射出的可能是一種男性的優越感。這一層喻體和本體之間的隱喻，可以做出種種性別方面的解讀。

從提出女人／男人的分化對立，到質疑女性／男性的差異界線，早期女性主義已經意識到所謂的女性特質和男性特質，只是一種歷史文化通過權力和語言打造出來的局面，形成了一種宰制和壓迫女性的機制。正是沿著這條脈絡，性／別理論提出了挑戰傳統兩性關係（sexual relations）的見解，而且也把焦點和關懷從女性身上，擴延到也涉及男性的廣義兩性議題方面。法國女性主義者Simone de Beauvoir在經典著作《第二性》（*The Second Sex*）中有一句不斷被引述的名言：「女人不是天生的，而是後天造就出來的」（One is not born a woman, but rather becomes one）。[3]既然女人是被造就出來的，男人當然也不可避免身處於這個框架之中，對於性／別理論的批評運用，不能只把闡釋和分析的重點，放在任何單一的性別身上。

在中文的建構和思維的方式中，不像英文擁有sex/gender的分野，無論是「sex」或者「gender」，中文翻譯都以「性別」等同視之。如果翻查一般的中文字典，「性別」的解釋也許只有一條：雌雄兩性的區別，通常指男女兩性的區別。[4]字典的解釋，嚴格說來只是點出了男人和女

2　余光中《鄉愁》，載《余光中詩選 1949-1981》（臺北：洪範書店有限公司，1981年），頁 270-271。

3　Simone de Beauvoir, translated and edited by H.M.Parshley, *The Second Sex* (New York: Vintage, 1980), p. 267.

4　中國社會科學院語言研究所詞典編輯室編《現代漢語詞典》（第五版）（北京：商務印書館，2005 年），頁 1528。

人的生理屬性，按照性／別理論的闡釋，這樣單一的生理面向，是不足夠說明問題的。根據性／別理論的理解，「sex」指稱的是身體外在特徵的總和，區別出的是那種生理上的男人和女人。「gender」則是一套加諸於男人和女人的文化屬性標籤，是一種社會賦予男人和女人的角色（roles）。男人和女人必須遵守各自的性別規範，權力的行使主要是在監督這條界線的逾越和破壞。

在中文的性／別學術論著中，常以生理性別（sex）和社會性別（gender）作出截分，避免產生混淆，或者在討論生理屬性時使用「女人／男人」，當要強調性別意識之際，才使用「女性／男性」。根據學者Joan Scott的說法：社會性別即是加諸生理性別的一套社會規格（social category imposed on a sexed body）。[5]性／別理論學者常用一句闡釋這個觀念的句子：生理性別是自然，社會性別是文化（sex is nature，gender is culture），雖然有些學者對生理性別的「自然性」也提出了質疑，但「自然／文化」的分野，應該算是性／別論述堅持的重要分界之一。像簡單的日常用語：「女人愛美」、「男人好鬥」，就是把「愛美」、「好鬥」，這個屬於「社會性別」的特性，套在生理性別「女人」和「男人」身上，這之間的關聯並非自然而然形成的，而是文化和社會的命定，是一種建構（construct）出來的現象。

許多性／別論者都採取這種建構論（constructivist）的立場，跟主流意識和一般常識中認定「愛美」、「好鬥」是男人和女人的天性本質（essence），形成了涇渭分明的對立。如果我們抽離了「自然」的假面，性別便可以還原成某種文化的產物，因此也就必須受到挑戰和顛覆。性／別論者認為，這樣一種本質主義（essentialist）的色彩，採取了嚴格二元對立的手段進行區分，將會使到原本多元化的性別場域，變成僵化呆板。在政治社會層面上，套應在性別界限的是一套權力秩序和分佈的模

5　Joan Wallach Scott, *Gender and the Politics of History* (New York: Columbia University Press, 1988), p. 42.

式，這也使到男人可以合理化和正常化的借此作出束縛、制約和監控女人的目的。

關於生理性別和社會性別的界線，中國清代李汝珍的一部長篇章回小說《鏡花緣》當中的一段情節，頗能帶出那種建構的界線受到顛覆和倒置之後，所產生的滑稽但值得深思的效果。

《鏡花緣》的敘事結構基本上可以分成兩個部分，前一部講述的是主人翁唐敖隨妻舅林之洋以及舵工多九公出海經商，去到不同地方的奇異經驗。在小說的第三十二回，三人飄洋過海來到了「女人國」：「歷來本有男子，也是男女配合，與我們一樣。其所異於人的，男子反穿衣裙，作爲婦人，以治內事；女子反穿靴帽，作爲男人，以治外事。男女雖亦配偶，內外之分，卻與別處不同」。[6]在女人國裡，他們看到的女性都穿著男裝，性別的配置完全顛倒。唐敖於是驚訝地對多九公說道：「九公，你看：他們原是好好婦人，卻要裝作男人，可謂矯揉造作了」，但也遭到對方的反詰：「你是這等說，只怕他們看見我們，也說我們放著好好婦人不做，卻矯揉造作，充作男人哩。」[7]女人國裡還有一個統領的女國王，準備一意孤行地娶林之洋爲「妻」，甚至還對其做了中國古代盛行的纏足行爲，充滿了殘酷和痛苦的描寫。

《鏡花緣》裡的女人國，男女性別混雜倒錯，「穿衣裙」和「治內事」，這些女性的行爲和規範，竟然是由男人肩負和操作，反而「穿靴帽」和「治外事」這些男性的特徵和權力，卻是屬於女人所扮演的角色。在唐敖的眼裡，這些都是「矯揉造作」，有違自然和熟悉的行徑，但是正如多九公的回答，這一切可能只是站在不同的意識形態立場，去看待性別現象的結果罷了。現實的世界是男人主宰和壓迫女人，但小說的世界卻刻意顛覆了傳統的性別定位和遭遇，以反諷的手法衝破了那一道權力—性別的界線，反而讓我們看到了這些虛假和荒謬的一面。

6　李汝珍《鏡花緣》（臺北：三民書局，2003 年），頁 211。
7　李汝珍《鏡花緣》，頁 212。

從性別理論到性／別理論

性／別理論涵蓋了兩個面向，上節的闡釋主要只是針對生理性別和社會性別的面向，但同樣作為一種界定兩性關係的「性」（sexuality），在歷史和文化的構成中，也跟性別息息相關，因此，兩者既可以做出分析需要上的切分，或者也往往可以納入同一個理論範疇當中，以便能夠進行較為全面的批評。

不過，跟性別的中文翻譯一般，「sexuality」在中文翻譯中也可能出現含糊不清的地方。一般上雖然採用了「性」這個字來對應理解「sexuality」，但由於西方理論中指稱的「sexuality」，除了包括性對象（sexual object choice）或者性取向（sexual orientation）以及欲望（desire）的意涵，主要探討的並不是性行為本身的描繪，而是過去和現在對於任何涉及「性」課題的社會文化意義。因此，在中文術語的使用方面，也必須作出多種對應的稱謂。端視語境和討論範疇的不同，「sexuality」在中文論著中，有時被稱為「性」、「性向」、「性／情欲」、「欲望」或者「性本質」等。

從性別的再現延伸到「性」的樣式，從女性／男性在社會、家庭和閨房分別扮演的角色作為敘事重疊的重點，新加坡作家梁文福的微型小說《滴》，可以算是為性／別作出了一個有趣的比照。《滴》描述了丈夫和妻子行房的過程，間中穿插了妻子的雜亂的思緒，以及日常做家務情況的插敘。小說如此開頭：

> 丈夫在上面。
> 很久，他都沒有這麼久了。他很亢奮，是那種小心翼翼的亢奮。這個晚上，從一開始，他就故意把動作放慢，努力把時間延長。
> 已經很久了，自從婚後，每次，都是丈夫在上面，她沒有表態。開始時，她是害羞。後來是，無所謂。反正她很累，在下

面，比較不費勁。

　　每次，她都很累。每天，家務越來越多。她不明白，為什麼家務會越來越多，越做越多，沒完沒了。丈夫的身材，越來越發福，每次，當丈夫在上面，她就想起那些不知什麼時候越來越多，壓得她好累的家務。

　　丈夫閉上眼，輕輕地喘氣。每次，請丈夫幫忙做家務，都不肯。就連每年準備回營體能測驗，作運動，也沒見他這麼賣力。她看見了，有一滴汗，慢慢慢慢，凝在丈夫的鼻樑上。[8]

這篇小說裡，妻子和丈夫分別是「治內事」和「治外事」的典型再現，妻子日間有家務的牽絆，晚間有性事的負擔，兩者在小說的敘事框架裡，互為因果：「當丈夫在上面，她就想起那些不知什麼時候越來越多，壓得她好累的家務」。小說用了「滴」的意象貫穿兩段敘事，並且強調了那種由上而下的動態支配和主宰。第一段當然就是「丈夫在上面」主宰行房的方式和樂趣，第二段則是妻子晾乾的衣服，被樓上鄰居滴濕的苦惱和厭惡。我們似乎可以這麼詮釋《滴》，妻子作為女性所面對的困境和承受的苦楚，是那種由上而下的權力使然，兩人之間的性關係和行房的姿勢，恰好正是一種性別差異的再現。

　　性／別論述的主要實踐中，更多的關注是放在文化和文本中，男女關係的敘述和呈現。性／別理論學者認為，在社會性別僵化的分野裁定當中，已經預設了一套關於「性」的特定模式，男人和女人的異性戀關係，是一種遵從了各自性別規範的表現，在現代社會文化的主流觀念裡，無論是宗教、法律、醫藥和倫理的層面，男配女的異性戀（heterosexual）模式也成為唯一或者相對神聖、合法、健康和道德的配搭關係。跟受到主流意識主導的社會性別一樣，強調差異和對立的目的，也是為了對「不合法、不健康、不神聖和不道德」的性關係模式，進行種種歸類和打壓。

8　梁文福《左手的快樂》（新加坡：八方文化創作室，2006年），頁 7-8。

對於非異性戀模式和文化再現的研究，也可以不牽扯到性別的層面。從性／別論述分化而出的一個普遍稱為「酷兒理論」（queer theory）的批評論述學派，就將分析的聚焦集中在性向的課題，關心的面向是男女情欲中的多重細分展現，女同性戀、男同性戀、雙性戀、以及跨性別（transgender）的性別和情欲表現，都在酷兒理論的研究的範疇之內。

從性／別理論到中國古代的性／別觀念

談論中國古代的性／別觀念，並非一件簡單的事情。雖然一些術語和概念可以在稍為修正後進行挪用，但其他諸如「同性戀」（homosexuality）等西方在特定語境下創立的名目，並不能夠直接和準確說明中國古代的情特殊況。而且中國古代的性／別界定，尤其是男性特質／女性特質的認知，也呈現了繁複和多變的情況，無法以偏概全地做出統一的表述。不少學者已經指出，中國古代傳統對於性別的認知，並未像西方／現代一般，清楚的劃分出生理／社會的屬性。嚴格意義上的生理性別，在中國原始的「陰／陽」象徵系統中並不存在，取而代之的是一系列的社會關係和秩序，所謂的男人或者女人，必須放置在這套體系才有實質的意義。

從最基本的文字語義檢視，譬如「男」字，在許慎《說文解字》中是「丈夫也。從田從力，言男用力於田也」，[9]劃出的範圍是行為行動上的勞作體力，後代《說文解字》的注釋家雖然進一步擴充「男」的定義，但都沒有強調生物性的環節，根據學者黃衛總（Martin Huang）的看法，反而是從最先標誌力量的「武士」，滑移到注重功名事業成就的「文士」特質。[10]讓我們再來看看「婦」字，《說文解字》表明：「服也。從女持帚灑掃也」，[11]也是從權力的從屬（服從）以及特定的行動規範進行解釋。

---

[9] 許慎《說文解字》（北京：中華書局，1963 年），頁 291。

[10] Martin W. Huang, *Negotiating Masculinities in Late Imperial China* (Honolulu: University of Hawaii Press, 2006), pp. 13-14.

[11] 許慎《說文解字》，頁 259。

所謂的男人和女人，是依循他們各自在社會／家庭空間裡主導或者扮演的角色：內／外、子／女、夫／婦、父／母，然後再按照這個秩序展開劃分和排位。原始的陰陽學說中，陰和陽兩者的關係，是互補而非對立，是相對而非絕對的，雖然陽通常與男人掛鉤，陰則與女人劃上等號，但陰和陽都沒有一個固定和特定的意義。就算在傳統醫藥典籍中，對於個別身體的理解，也是遵照這種陰陽流動的模式，每個人的性別身份，是從個別不同的陰性和陽性混雜的程度斷定。

回到之前在本章開始時提到的衛介這個人物身上，我們看到了中國魏晉時期，一個理想的男性特質，也具備了「陰柔」的一面，正好說明了這種陰陽流動的特性。像衛介這樣一個柔性的理想男性特質，也許還跟他所處的中國古代階級權力關係有關。面對一個更高的社會階級，立足於這個權力網絡中，男人大都會被賦予一種女性的特質。在許多中國古典文學文本如詩歌和小說，當中隱含的敘事或者象徵再現系統，這樣一種看似揉雜了男女雙性特質的描繪屬於常態，同時也帶出了有點「雌雄同體」（androgynous）意味的書寫策略，形成了一個特殊的性別修辭和演繹。

譬如說古代詩歌中大量的「思婦」類型和母題，那個遭到愛人／丈夫遺棄或者忽略的「思婦」，很可能只是一種比興的材料或者象徵符號，是受讒被逐或者鬱鬱不得志的賢臣／詩人，用來明志宣忠的一個文字替身。就像梁代王僧儒的一首古詩《何生姬人有怨詩》所敘的一般：「逐臣與棄妾，零落心可知」，一個在官途失意的男人，無論是在地位、心境、待遇各方面，跟一個遭到遺棄的女人沒有兩樣。

中國古代君臣和男女的分界，擁有對等互換的象徵性，性別的差異混雜了權力階級的微妙關係，身份只有借助對立的辯證，才能夠於人倫和權力從屬的關係裡，確立自己的面目。從原始陰／陽觀念中的協調、互補和變化的認知，到了漢代興起的陰陽學說，男／女的性別和陽／陰的劃一，成爲了其他身份範疇（君臣、父子）的轉喻。這套性別的象徵意識盛行後，於是成爲了中國古代的主流論述，對後世的性別再現留下了深遠的影響。

「坤」在《易經》中代表純粹的「陰」，成書於漢代的《周易·坤卦·序》指稱為「地道也，妻道也，臣道也」[12]，就可以概括說明這種對等互換的意識。不過，值得注意到還有另一點，男女的性別定位以及各自的從屬關係，甚至被當成是一個「自然」／「天然」的過程，就像《周易·卦序》敘述的那般：

> 有天地然後有萬物，有萬物然後有男女，有男女然後有夫婦，有夫婦然後有父子，有父子然後有君臣，有君臣然後有上下，有上下然後禮儀有所錯。[13]

男女的社會性別屬性，是延續著「天地萬物」的生成而來，必須遵守從上而下的權力分佈，然後才能建立禮儀和秩序。由此看來，雖然中國古代沒有嚴格區分和對待生理性別的差異，不過一旦落實到「男人」和「女人」的社會角色，依附的是一套極其僵化而且等級分明的制度。就像儒家經典《禮記·內則》所描述的一樣：「男不言內，女不言外。非祭非喪，不相授器。……外內不共井，不共湢浴，不通寢席，不通乞假，男女不通衣裳。內言不出，外言不入。男子入內，不嘯不指，夜行以燭，無燭則止。女子出門，必擁蔽其面，夜行以燭，無燭則止。道路，男子由右，女子由左」[14]，必須遵從嚴屬的行為和道德規範。

從這套僵化的性別差異形成的規範制約，中國古代對「性」的表述也必須從這個角度審視。雖然正統儒家論述並未直言「性」，而且通常使用「色」、「欲」等概括的描述來包含「性」的意涵，不過正如一切外在欲望的形式，「性」也必須受到家庭倫理和文化禮儀的制約和調控。在講究孝道的儒家倫理思維中，「性」必須以婚姻和傳宗接代作為前提，而且比照的是一個更大的君臣、國家象徵體系。沒有節制或者不在家庭和傳宗接

---

[12] 周振甫《周易譯注》（北京：中華書局，1991年），頁16。
[13] 同上，頁294。
[14] 王文錦《禮記釋解》（北京：中華書局，2001年），頁369。

代（孝）範疇內發生的性關係，很可能會破壞國家社會秩序的穩定，直如《禮記・樂記》所說的一般：「滅天理而窮人欲者也。於是有悖逆詐偽之心，有淫佚作亂之事」[15]，產生嚴重的後果和牽連。在這套中國古代儒家正統的認知邏輯裡，天理和人欲經常產生摩擦，到了宋代理學盛行之際，還出現了著名的「天理人欲之辯」，一方主張保守和極端的「滅人欲」的，另一方則是本持較為中和的「天理即在人欲中」見解。

回到男女性別的從屬和象徵關係，女人（妻子）的貞節，比照臣子對君主的完全無私奉獻，也是對男人（丈夫）宣誓的一種效忠行為。在不同的朝代正史和地方記錄中，「貞女」的形象和事蹟都受到高度表揚，甚至還有設立貞節牌坊的舉措。從政治統治的角度來看，這當然也算是一種意識形態宣導的手段，從心理潛意識的層面，卻無疑說明了中國古代社會或者男性，對於女性情欲所具有的焦慮，以及因此產生的操控意志和手段。不過，這些現在看來極其保守和封閉的性／別意識，充其量只能說是儒家正統話語（discourse）的立場，就有如宋明時代挑戰「天理／人欲」的學說，中國古代存有大量其他思維體系、文化現象、以及文學文本的例子，不斷在質疑或者修正這一套中心的論述，形成的是一個複雜多元的性／別話語構成。

關於性／別的一種操演

「女扮男裝」是中國傳統戲曲和通俗小說常見的一個情節公式，在一些家喻戶曉的作品，如有關花木蘭和梁祝等的各種文字和影像文本，我們看到的是一個性別身份輕易轉換以及混淆的劇碼，性／別嚴格的規範和界線在這些文本中，多少遭到某一種程度上的破壞。晚唐張讀撰寫的《宣室志》裡記載了一段有關梁山伯與祝英臺的故事，算得上是這個民間故事，最早流傳的文本例子之一：

---

[15] 同上，頁 529。

英臺，上虞祝氏女，偽為男裝遊學，與會稽梁山伯者同肄業。山伯，字處仁。祝先歸。二年，山伯訪之，方知其為女子，悵然如有所失。告其父母求聘，而祝已字馬氏子矣。山伯後為鄞令，病死，葬鄮城西。祝適馬氏，舟過墓所，風濤不能進。問知山伯墓，祝登號慟，地忽自裂陷，祝氏遂並埋焉。晉丞相謝安奏表其墓曰「義婦塚」。[16]

祝英臺這個「女人」裝扮成「男人」遊學，結識了梁山伯這個「男人」。起初，梁山伯以為祝英臺是一個「男人」，後來才知曉祝英臺原來是一個「女人」，並且決定聘娶祝英臺，但是一切卻太遲了，因為祝英臺已經許聘給他人。梁山伯病死之後，祝英臺在墳前痛哭，後來墓裂地陷，祝英臺得以跟梁山伯同葬。按照這段梁祝的傳奇，以及其他諸多關於「女扮男裝」的敘事，我們多少可以領會中國古代對於性別本位的認知。雖然祝英臺最初破壞了性別的規範，但由於最後的剛烈和殉情表現，先前的逾越規範的行為獲得諒解，兩人合葬的地方甚至還被稱為「義婦塚」。

不過，這段故事卻也可以說明當代性／別論述，認為性別只是一種具有「操演性」（performativity）的裝扮。除了是人為的社會文化建構，一種經過教育和學習之後被賦予的特定性別身分，美國性／別學者Judith Butler指出，性別本來就是一場沒有核心本質的操演（performance），我們穿戴披掛性別的符號，可以演出合乎規矩或者超越界限的戲碼。[17]如果性別只是一場表演，而非牢不可破的枷鎖，附帶的規範和約束也就能輕易超越和打破，就像祝英臺「偽為男裝遊學」一般。但是，這個梁祝文本有趣的地方，可能還不止限於性別越界的部分。因為易裝後產生的性別錯覺，梁山伯和祝英臺最初的關係，是不是可能暗藏了一種「同性情欲關係」？運用「酷兒理論」的性／別理論學者，常使用一種「歪批」

---

[16] 張讀《宣室志》，見翟灝《通俗編（第三十七卷）》「梁山伯訪友」條。

[17] Judith Butler, *Gender Trouble: Feminism and the Subversion of Identity* (New York: Routledge, 1990), pp. 24-25.

（queering）的詮釋方式，希望能通過質疑和顛覆性的閱讀方式，挖掘出文本的「正常」性意識，裡頭可能具有的「非正常」傾向。

《宣室志》以後關於梁祝敘事，雖然加強了諸多細節，但大多數已不見梁山伯得知祝英臺爲女身後，露出的那種「悵然如有所失」的情緒。爲什麼梁山伯會感到「悵然如有所失」，是不是他喜歡上的是那個女扮男裝的祝英臺？爲什麼後來的版本沒有這段情節描寫，是不是因爲重寫者有意刪裁了這個段落，限制讀者只能依循異性情欲的眼光來看待兩人的關係？我們是不是可以如此「歪批」這段梁祝故事：梁山伯的「悵然如有所失」是一種失望，暗示了一種在性別錯認和顛倒之際，所產生的同性情欲／情愫？[18]當然，我們無法斷然認定傳說中的梁山伯或者《宣室志》的作者，必定就隱含了這種同性曖昧的指涉，不過，這何嘗不是從性／別理論著眼，讓我們可以「看」到另一層詮釋的閱讀和批評樂趣。

文學批評關鍵詞──概念・理論・中文文本解讀

200

---

[18] 香港導演徐克在 1994 年拍攝的電影《梁祝》，就暗示了梁山伯與祝英臺在同窗時期，之間可能發生的同性曖昧關係。

第十五章
種族
RACE

充滿爭議的「種族」概念

　　我們討論的所有與文學、文化有關的概念之中，「種族」（race）是一個很有問題，而又充滿爭議、甚至備受抨擊的概念。雖然目前學術界已經相當普遍地認爲「種族」作爲分類的提法因爲帶有強烈的歧視性而必須揚棄，可是，在當前全球信息流通和文化交流頻繁的語境裡，無論是在文學作品、文化生產，或是國家制定與執行的各種政策，我們都可以發現「種族」的概念和論述在很多地方仍然出現。因此，我們還是要以整章的篇幅，詳細討論「種族」概念及其背後的政治意涵。另外，所有文中出現「種族」一詞，以及與此有關的概念時，都一致加上引號，以標示這些表達方式的問題意識。

　　大約在十六世紀出現在英語的race一詞，根據Raymond Williams的闡述，早期的用法包括四個含義：第一，指同一血緣的後代；第二，指屬於某個（生物學意義的）「物種」（species）的植物或動物；第三，一般的分類方式，如指稱「人類」（human race）；第四，某個群體的人，而這個含義是延伸自第一與第二個含義。Williams指出，最有問題的用法，是在第四個含義，尤其是根據血緣，而又混入了生物學的分類法，把人類劃分爲不同的「種族」。[1]這種分類的方式，自從十七世紀末以來，很大程度上受到生物學的影響，如瑞典生物學家Carl Linaeus在其1735年出版的生物學著作《自然的系統》（*Systema Naturae*）中，以膚色爲標識，將人類由高等到低等分爲的四類：白色的歐洲人、紅色的美洲人、黃色的亞

---

[1]　Raymond Williams, *Keywords: A Vocabulary of Culture and Society* (London: Fontana, 1988), pp. 248-249.

洲人、黑色的非洲人。[2]這種把人類劃分爲不同「種族」，並將「種族」的性格、能力與其外貌和膚色掛鉤，認定這些特徵是互不重疊、與生俱有的，是該「種族」的本質（essence）。這種認知方式影響深遠，無論是在學術領域或一般社會層面，形成對於「種族」的刻板印象。

　　十九世紀中以後，從生物學家Charles Darwin的生物進化論演變而來的「社會達爾文主義」（Social Darwinism），將原本用在生物界的物種之間的「物競天擇，適者生存」的理論，延用到人類的社會與政治衝突之上，認爲某個「種族」在先天上比其他「種族」更爲優秀，因此，前者更適合作爲統治者，而後者則應該被統治。這種理論，成爲某個「種族」（例如「白人」）對於其他「種族」（例如其他膚色的人）進行歧視、壓迫和剝削的基礎，結合當時歐洲與美國正在如火如荼進行的帝國主義與殖民主義行爲，使侵略與統治合理化。二十世紀中以來，無論是在生物學或社會學的學術領域中，「種族」作爲一種分類方式，普遍被認爲是一種「僞科學」，是無法以實證作爲依據的。就如Henry Louis Gates, Jr.所指出的，「種族」在生物分類的意義上，是一種「虛構」；從社會與文化的角度來說，「種族已經成爲一種修辭方式，用來描述不同文化、語種、信仰系統之間所存在的終極的、無法更易的差異性，而這往往也意味著（這些群體之間存在的）根本性的經濟利益的對立。」[3]

　　文學作品中對於「種族」的書寫，卻也深受「社會達爾文主義」觀念的影響。英國兒童文學作家E. Nesbit出版於1904年的一部小說《新尋寶者》（*New Treasure Seekers*），寫幾個英國小孩的探險尋寶經歷。他們遇到一個英國海員，後者向他們描述印象中的中國人：

2　Stephen Spencer, *Race and Ethnicity: Culture, Identity and Representation* (London and New York: Routledge, 2006), p. 36.

3　Henry Louis Gates, Jr., "Writing 'Race' and the Difference It Makes," in Gates, ed., *"Race," Writing and Difference* (Chicago and London: University of Chicago Press, 1985), pp. 4-5.

「呵，是啊，」臉色紅紅而又帶著怒氣的海員說：「一個鐘頭前，我看到一個中國人。他乘坐一條沒有篷蓋的船過河。看到他們，你最好跑快一點。」他笑笑，又吐了一口痰。我覺得他是一個令人討厭的傢伙。「中國人會把小狗做成餡餅，如果讓他們看到你們三個小夥子，他們會做成餡餅，而且要好大一張餡餅皮才包得住。還不快跑！」

　　我們走了。當然，我們知道中國人不是吃人蠻族，我們不會被那個流氓嚇倒。但是，我們也知道，中國人真的吃狗肉，還有老鼠、鳥窩，還有其他噁心的東西。[4]

從敘述策略的角度來說，作者首先通過海員的聲音，把中國人描述為吃狗肉、甚至吃小孩的野蠻「種族」，而且，在語氣和用語等表述方式上，明顯帶有誇大與恐嚇他的說話對象（小孩）的成分。接著，作者轉而通過小孩的聲音，表達一種看來比較友善與平等的態度——「我們知道中國人不是吃人蠻族」——還進一步把海員批評為「流氓」，否定了海員敘述內容的可信度，也使得小孩的看法更能夠被讀者接受為「真實可信」。可是，從小孩接下來的敘述中，讀者馬上看到敘述者把中國人看成是「非我族類」：「他們」吃的東西，是「我們」不會吃，甚至覺得「噁心」的。如此一來，雖然海員被小孩所鄙視，他們對中國人的看法其實頗為一致，只是程度上有所分別。海員的流氓性格，造成他對於中國人的敘述有所誇大，不過，中國人吃東西的習慣讓別人覺得「噁心」，卻是不可動搖、無法改變的「本質」。在這個以孩童為讀者對象的小說中，通過文中小孩的聲音所傳達的「種族」認同方式是：同屬一個「種族」的海員和小孩，被再現為相對於中國人的一個比較文明、進化程度比較高的「種族」。

　　作為一種社會分類（social classification）的「種族」，將人分為不同的類別，並由此建構出與「我們」在本質上有所差異的「種族化的他

4　E. Nesbit, *New Treasure Seekers* (London: T. Fisher Unwin, 1904), p. 93.

者」（racial other），也同時強化屬於同一個「種族」的人之間的自我認同（self identity）。就如《新尋寶者》中，把海員和小孩所屬的「種族」與中國人這個「種族」對立起來，通過白人人物的觀點進行敘述，把中國人想像為與「我們」不同的「他者」，是非人的、野蠻的、不文明的。這個通過書寫進行建構的過程中所展示的是，理所當然地「我們」是正常的、合理的，而不同於「我們」的「他者」則是怪異的、不合理的，因此，也就或隱含或顯露地展示「我們」對於「他者」的一種歧視、壓迫和邊緣化的態度。

中文文本中的「種族」再現

從人的皮膚和頭髮的顏色、五官輪廓等外貌特徵來劃分他我差異的態度，並不是專屬於十六世紀以來的西方文化和文學，而是在任何時代、任何文化都可能存在的。中國清代初期小說《聊齋志異》中的一則短文《黑鬼》，就是一個例子：

> 膠州李總鎮，買二黑鬼，其黑如漆。足革粗厚，立刃為途，往來其上，毫無所損。總鎮配以娼，生子而白。僚僕戲之，謂非其種。黑鬼亦疑，因殺其子，檢骨盡黑，始悔焉。公每令兩鬼對舞，神情亦可觀也。[5]

文中記述兩個膚色「黑如漆」的人，以「黑鬼」名之，即如作者蒲松齡在其他篇章中以「鬼」稱謂那些非人的人物。「黑鬼」與女娼結合，生下的兒子看起來膚色與「人」無異，骨骼卻是黑色的，暗示了「黑鬼」的兒子雖然外表像「人」，本質上仍然是不可改變的「黑鬼」。另一方面，「黑鬼」作為貨物販售，或「立刃為途」、「兩鬼對舞」的表演與被觀看的過程中，都顯示他們是屬於比「人」低一等的社會階級，被商品化、奇異

---

[5] 蒲松齡《聊齋志異》（臺北：文源書局有限公司，1974 年），頁 736。

化、邊緣化，也再現了兩個「種族」的對立與界線分明。

中原的漢族文化，對於其他種族，很大程度上普遍有著強烈的歧視態度，對於非漢族的群體，往往採用帶有非人化、獸化或昆蟲化的稱謂，如：蠻、狄、羌、戎、羯、閩、狁等。晚清以來的現代時期的中國，尤其是在某些國際化的城市如上海與香港，有更多不同的、新入境的「種族」，而涉及「種族」的文本，往往也展現不同程度的「他者化」的想像與書寫。不過，由於這個時期的中國在歐美各國和日本的軍事、政治、經濟、文化的強權壓迫之下，各個文本中所再現的「種族」關係，比起中原文化獨霸時期，有著更為複雜與微妙的地方，不是在本章範圍內可以探討的。

在此，我們只是以張愛玲完成於1943年的小說《傾城之戀》中的一段，討論中國人對與其有著類似（但在性質與過程上又有所不同的）被殖民經驗的印度人的觀察與態度。《傾城之戀》中寫白流蘇剛從上海抵達香港不久，在「老英國式」的香港飯店，與范柳原將要離開時，遇到一個「印度女人」：

> 迎面遇見一群洋紳士，眾星捧月一般簇擁著一個女人。流蘇先就注意到那人的漆黑的長髮，結成雙股大辮，高高盤在頭上。那印度女人，這一次雖然是西式裝束，依舊帶著濃厚的東方色彩。玄色輕紗氅底下，她穿著金魚黃緊身長衣，蓋住了手，只露出晶亮的指甲。領口挖成極狹的V形，直開到腰際，那是巴黎最新的款式，有個名式，喚做「一線天」。她的臉色黃而油潤，像飛了金的觀音菩薩，然而她的影沉沉的大眼睛裡躲著妖魔。古典型的直鼻子，只是太尖，太薄一點。粉紅色的厚重的小嘴唇，彷彿腫著似的。……柳原便介紹道：「這是白小姐。這是薩黑荑妮公主。」流蘇不覺肅然起敬。薩黑荑妮伸出一隻手來，用指尖碰了一碰流蘇的手，問柳原道：「這位白小姐，也是上海來

的？」……[6]

白流蘇眼中的薩黑荑妮，是一個複雜的形象。一方面，薩黑荑妮的結辮高盤的黑髮、油黃臉色、大眼、尖鼻、厚唇等明顯具有「種族」特徵的外貌，不僅在白流蘇的印象中占據頗大分量的位置，讀者也可以從「影沉沉的大眼睛裡躲著妖魔」、鼻子「太尖，太薄一點」、小嘴唇「彷彿腫著似的」等描述中，看得出這種印象帶有奇異的眼光：以「我」為本位，以「我」認為「正常」的審美標準，訴求於一個和「我」不同「種族」的人。另一方面，薩黑荑妮所穿著的卻不是白流蘇可能想像中的印度族傳統服裝，而是「巴黎最新的款式」的「西式裝束」，使白流蘇在對她的外貌帶有排斥態度的同時，又參雜了某種仰慕的複雜心理。[7]印度女人薩黑荑妮穿上象徵白人的巴黎款式服裝，使她在白流蘇心目中位置的高低形成浮動的狀態：既因為她的「種族」外貌受到鄙視，又因為她的歐洲時尚服裝而受到仰望。不過，讀者也可以清楚地看到，即使薩黑荑妮穿上西裝，在白流蘇的眼裡，「依舊帶著濃厚的東方色彩」，其「種族」生理特徵所形成的根深蒂固的印象，畢竟無法被外加的白人文化符碼所掩蓋。

有意思的是，十七世紀末的《黑鬼》與二十世紀中的《傾城之戀》中，在塑造漢族與非漢族這兩個對立的「種族」時，都以「白」與「黑」這兩種強烈反差的顏色分別描述。《黑鬼》中的「黑鬼」的皮膚是「黑」的，與女媧生下的孩子外表是「白」的，寫法看起來像是對於人的膚色的直接陳述。《傾城之戀》則是採取隱喻的方式，把「白」與「黑」嵌入兩個人物的名字之中：「白」流蘇與薩「黑」荑妮，借用名字中的顏色間接指涉兩人的膚色外表。可是，一般被指為「白」或「黑」的人，從科學定義的角度來說，都不是「白色」或「黑色」的。顏色在這些語境中的運

文學批評關鍵詞──概念‧理論‧中文文本解讀

206

6　張愛玲《傾城之戀》，載《張愛玲小說集》（臺北：皇冠出版社，1969 年），頁 224-225。

7　至於薩黑荑妮的公主身份，又使得這個人物在流蘇印象中增加更為複雜的因素，不過，這個層面牽涉階級的概念，在此不深入討論。

用，可以說都是隱喻的手法，也都可以從文化政治的角度來進行解讀，也都必須考慮這些顏色在漢族文化中的象徵意義。從這個角度來說，文學文本中的「種族化」書寫與「種族」概念的流傳，就如生物學與社會學意義上的「種族」，是一種文化建構，是一種載負意識形態的話語。

作為意識形態的「種族」

「種族」作為一種區分自我和他者，並形成對他者進行壓迫的意識形態，很多時候是通過文學作品和文化產品中以一種「自然而然」的再現方式出現。相對於與「我」同屬的族類，「種族化的他者」的建構，一方面是從生理特徵差異的基礎作為出發點，另一方面，也是語言、文化、歷史等等有形或無形的疆界之區分所形成的；尤其是在不同的族群和文化有所交集的語境之中，更可能會形成衝突的勢態，也就意味著一種不對等的權力關係的存在。Edward W. Said在他討論西方文化對於亞洲文化（主要是西亞地區）的想像時，就提出這種想象是在西方國家對於亞洲國家進行殖民行為的歷史語境中產生。Said在其出版於1978年的具有深遠影響的著作《東方主義》（*Orientalism*）中說：

> 歐洲文化中東方主義的種種再現，累積成一種可以稱之為推論式的一致性，一種不但有歷史、還有物質（與制度）表現，足以展現其樣態。……我要闡述有關這個體系的重點，不是說這個體系是某種東方本質的扭曲呈現——這種說法我一點也不相信——而是說這個體系的運作，就和一般再現的情況類似：有其目的、依循某種趨勢，而且是在一個特定的歷史、智識，甚至經濟場景中運作。換句話說，再現都是有目的的，而且往往十分有效，可以順利完成一項或多項任務。[8]

8　Edward W. Said, *Orientalism* (London: Penguin Books, 1995), p. 273; 愛德華‧薩伊德著，王志弘等譯《東方主義》（臺北：立緒文化事業有限公司，1999 年），頁 397。

Said所說的有目的的再現，是從再現創造者的角度出發，也是服務於再現創造者所屬的群體，為這些群體的某種政治、經濟、文化等目的而有的回應。「東方」作為一個他者，是歐洲和美國的文化生產對於其他「種族」和文化的再現，在過去幾個世紀，很多時候就是在這樣的體系中產生，並通過跨國、跨族群的逆向流傳，在被再現的群體中，或形塑這些群體的自我認知方式，或被他們挪用，成為對於其他群體進行壓迫的意識形態。

《傾城之戀》中的白流蘇對薩黑荑妮的注視，某個程度上，是用「白人」的眼光來看印度人。當白流蘇看到薩黑荑妮穿著「西式裝束」時，她眼中的薩黑荑妮卻是「依舊帶著濃厚的東方色彩」。在歐美的「東方主義」話語之中，作為中國人的白流蘇和作為印度人的薩黑荑妮，都是「白人」他者化的對象；無論是中國或印度，都是「白人」想象的客體，也都是「東方」的再現。可是，在白流蘇的印象之中，薩黑荑妮卻被白流蘇認為帶有「東方色彩」而進行他者化，而這種他者化的方式，倒是與「白人」所使用的無異。白流蘇以「白人」的「種族」話語來框限薩黑荑妮，顯示前者占據了一個更為優越的「種族」位置，也通過把後者設定為「種族化的他者」的策略，確定了自我的主體性。

流行文化的場域中，也有一些類似的例子，借用「白人」的「種族」話語建構自我的認同。1978年，美國宣布終止與在臺灣的中華民國的外交關係，與中華人民共和國建交，臺灣校園歌手侯德建創作了《龍的傳人》，其中一段歌詞是：

古老的東方有一條龍，它的名字就叫中國。
古老的東方有一群人，他們全都是龍的傳人。
巨龍腳底下我成長，長成以後是龍的傳人。
黑眼睛黑頭髮黃皮膚，永永遠遠是龍的傳人。

《龍的傳人》中所再現的民族意識，涉及複雜的中國現代史上國民黨與共產黨之間的主權戰爭，以及1949年以來中國大陸與臺灣的兩個分別聲

稱代表中國的政權之間的矛盾。《龍的傳人》的創作，再現了在臺灣的政權的中國代表權利受到質疑與壓迫之下，嘗試重新建設在臺灣的中國民族意識的努力。不過，歌詞中所再現的中國人的形象是「黑眼睛黑頭髮黃皮膚」，卻正是「白人」的「種族」話語中對於中國人作為一個「種族」的再現方式，這時，被侯德建挪用來進行自我的建構。[9]有意思的是，1989年5月為聲援北京天安門學生運動而在香港舉行的「民主歌聲獻中華」活動上，侯德建表示他要「糾正自己的一個錯誤」，因為他在中國大陸的經歷中「看到許多龍的傳人，他們並不是黑眼睛黑頭髮黃皮膚」，因此將這句歌詞改為「不管你自己願不願意」。這樣的改動，一方面顯示了作者因實際接觸而改變了他之前對於「種族」的簡單化刻板印象，而試圖擺脫「種族」話語的框限；另一方面，改動之後的歌詞，雖然去掉了以某種外貌特徵作為「種族」標記，卻更強化了「種族」作為一種本質，是代代相傳不會改變，更是個人意志無論如何都無法更動的。

一九七〇年代末以來，《龍的傳人》先是在臺灣和海外華人的社群裡廣為流傳，後來在中國大陸也普遍傳唱。「龍的傳人」在很大的程度上成為「中國人」的代名詞，而歌詞中的「中國人」作為一個單一群體的意識形態也由此傳播，歌詞產生的特定歷史語境所暗示的「兩個中國」的局面，反而在後來的接受與流傳之中喪失了原先的意義。《龍的傳人》將「中國人」再現為單一的「黑眼睛黑頭髮黃皮膚」的具有本質化特徵的「種族」或「民族」而建構起來的認同意識，其代價是抹除了「中國」這一個概念的多元性與複雜性。臺灣歌唱組合S.H.E在2007年演唱的饒舌歌《中國話》，其中兩句歌詞「各種顏色的皮膚各種顏色的頭髮，嘴裡念的說的開始流行中國話」，同樣以外貌特徵作為自我和他者的分辨標識，而「中國話」這樣的籠統概念的提出，也顯示了在「種族」話語中以語言作為劃分界線的功能。《龍的傳人》與《中國話》在挪用「種族」意識形態

---

[9] 「種族」和「民族」是兩個不同的概念，不過，二者之間有著錯綜複雜的關係（尤其是在中國和中文的語境裡），在此暫且不做深入的討論。

而所產生的效果的分別在於：前者試圖建構「中國」作爲被壓迫者的形象，而後者則發揮了「中國」作爲文化霸權的潛能。

「多元社會」中的「種族」互動

　　「種族」話語的形成，就如上述各個例子所顯示的，往往意味著兩個「種族」群體之間存在著某種不對等的權力關係。採取「種族」話語的群體，無論是如《中國話》中的壓迫者或《龍的傳人》中的被壓迫者，不可避免地對於被他者化的另一個群體，都會產生一種壓迫的行爲。這種不對等關係結構存在的原因之一是，在這個承載「種族」話語的文本之中，壓迫的承受者並非是這個文本的隱含讀者，也往往沒有發出聲音的權利和機會。當Henry Louis Gates, Jr.在討論英語系非洲裔作者時，他記錄非洲裔移民的英文能力被「白人」認可的艱辛過程，以及非洲裔作者掌握英文書寫能力後通過書寫建構有別於「白人」的文學典律（literary canon）。Gates指出：「文本創造作者；人們期望的是，黑人作者會創造或再創造歐洲話語中的種族形象。種族的『面貌』的可見度，還得要依靠黑人『聲音』的紀錄。」[10]「白人」通過他們的語言建構的「種族」話語之中，非洲裔移民在過去因爲對於該種語言缺乏掌握和表達能力，而無法發出聲音。當少數「種族」成員有了語言的能力之後，他們也就可以在原先被「白人」壟斷的話語中，通過少數「種族」典律的建構，而對於「白人」的「種族」話語進行顛覆。

　　不過，這種挑戰「種族」話語霸權的情況，在某些所謂的「多元社會」（plural society）中，並不一定能夠實現。J. S. Furnivall在二十世紀上半葉對東南亞的殖民地如緬甸和印尼進行的個案研究中，觀察到歐洲和美國的殖民地政府，往往將當地的各個「種族」群體分而治之以進行有效的管理方式。Furnivall將這些多個「種族」群體「雜處但不融合」（mix but do not combine）的社會稱爲「多元社會」：在這裡，「個別的人之

文
學
批
評
關
鍵
詞
——
概
念
・
理
論
・
中
文
文
本
解
讀

---

[10] Henry Louis Gates, Jr., "Writing 'Race' and the Difference It Makes," pp. 11-15.

間有接觸，不過，只限於在市場裡買賣東西」；不同的群體雖然同時存在於同一個社會之中，卻是分別生活在這個社會中的不同空間裡。[11]Kenan Malik在引述這個例子時，批評這個「多元」的概念「就像種族理論一樣，多元理論爲社會的不平等提供一個藉口，將[不平等的情況]塑造成無可避免的結果，不是一種自然的變種，而是文化差異所造成的。」[12]英國統治之下的殖民地時期的新加坡和馬來亞，有著類似的社會結構，各個「種族」雖然處在同一個政治實體之中，其文化、語言、宗教、教育、經濟等社會實踐活動，都被框限在個別「種族」所形成的社群空間之中，社群之間幾乎沒有深刻意義的交集。有別於歐洲國家或美國的單一語言，這些殖民地社會的多元語言分別存在與運作，也使得個別語言的社群及其中產生的文本，缺乏一個共同角力與協商的共同空間。某一個「種族」所產生的文本中如果有其他「種族」的再現，也是在前者所屬的社群之中被其成員閱讀與消費；而在多數「種族」的話語之中缺席的少數「種族」成員，也就無法對前者的霸權進行任何抗議或顛覆。

新加坡小說家苗秀寫於1953年的短篇小說《太陽上升之前》，敘述的是第二次世界大戰期間日本占領馬來亞（1942年至1945年），一個馬來亞小鎮的妓女黑鳳爲了逃避爲日本軍人服務而逃往新加坡的故事。[13]小說一開始，場景設定在小鎮的某個早晨，黑鳳在火車站準備趕搭火車。上車前，黑鳳遇到兩個男子，在語言和行動上企圖占她的便宜。這兩個男子，分別是馬來人和印度人。這段文字的敘述，再現了這個馬來亞小鎮的多元「種族」社會面貌，同時暗示黑鳳作爲妓女的職業。值得注意的是，想要占黑鳳便宜的人物之中，沒有一個是華人。華人在這段文字中的缺

---

[11] J.S. Furnivall, *Colonial Policy and Practice: A Comparative Study of Burma and Netherlands India* (New York: New York University Press, 1956), pp. 304-305.

[12] Kenan Malik, "Race, Pluralism and the Meaning of Difference," in *New Formations*, no. 33 (Spring 1998), pp. 125-141.

[13] 苗秀《太陽上升之前》，載《苗秀小說選》（新加坡：新加坡文藝協會，1999年），頁 1-7。

席，以及馬來人和印度人占黑鳳便宜的情況的詳細描述，明顯地將後二者塑造成黑鳳的壓迫者，也暗示了華人並不是壓迫群體的成員之一。獨立建國前的新加坡和馬來亞社會，雖然各個「種族」群體在公共空間的互動可以通過共同的口語（如簡化的馬來語或閩南語），可是，以華文書寫的小說的讀者幾乎完全局限在華人之中。就如《太陽上升之前》的這段文字，再現的是一個「種族」雜處的「多元社會」，少數「種族」成員對於他們在文本中的被書寫，沒有知悉的管道，也沒有協商的機會。如此一來，掌握書寫權力的多數「種族」借由文本進行的對於少數「種族」的剝削，繼續在群體內部流通和循環，也繼續強化其群體內部的成員對於少數「種族」的刻板印象與偏見。

1965年獨立以後的新加坡，政府有意識地推行以英文為各個「種族」的共同語。隨著英文的推廣，新加坡社會逐漸形成一個各個「種族」共有的公共空間。不過，這個以英文為媒介的公共空間，並不是涵蓋整個新加坡社會；各個「種族」分別的社群之中，某個程度上仍然以個別的語文──如華文、馬來文和淡米爾文（印度族的眾多語文之一）──進行相關的文化傳統的實踐，而這種運作也是框限在個別的「種族」群體之中。另一方面，某些作者的雙語能力使他們得以將接觸與思考擴大到自己所屬的「種族」群體以外，他們的作品之中所再現的「種族」面貌與關係，並不是把與自己不同的「種族」塑造成他者，而是嘗試創造一種「種族」之間的連繫。一九八〇年代以後，同時以華文與英文為書寫媒介的劇作家郭寶崑，是一個具體的例子。

郭寶崑創作於1986年的劇作《喳呸店》中，[14] 敘述兩代新加坡華人──第一代華人移民「祖父」與他的孫子家才──對待祖業喳呸店和土地的不同態度：後者想要賣掉喳呸店，移民到加拿大發展，而前者則堅持

───────────────

14 郭寶崑《喳呸店》，首演於 1986 年，劇本收錄於柯思仁、潘正鐳主編《郭寶崑全集‧第二卷‧華文戲劇 (2)‧一九八〇年代》（新加坡：實踐表演藝術學院、八方文化創作室，2005 年），頁 105-133。

留住祖業，也留在生活大半輩子的土地上。[15]劇中第10場敘述祖父回憶早年向一個印度人購買店鋪的情況。祖父原本要以三百元向印度人Samy把店鋪買過來，當他知道Samy賣掉店鋪是爲了回返印度老家結婚買地養父母時，他慷慨地同意把價錢增加到三百五十元。在他們交涉價錢的過程中，Samy一再提到回返老家侍奉父母的想法，也引發祖父想起在中國老家的父母，由此生起對Samy的同情與體諒。這段情節穿插在祖父與家才的幾場激烈爭論之中，暗示了祖孫二人雖然有血緣關係，祖父的情感卻是與不同「種族」的Samy比較有共同之處。由此，《嗍呸店》顛覆了傳統上以「種族」作爲自我和他者進行劃分的方式，並通過情感和觀念作爲媒介，建構了兩個不同「種族」的連繫。

「種族」的概念與再現，在中文文本中向來未曾占據非常重要的位置，這並不表示「種族」不是一個需要了解與省思的議題。尤其是在多元族群共同生活的社會空間如新加坡和馬來西亞，或者當前跨國、跨族群交流與接觸頻繁的全球化語境中的任何社會，不同的人之間的差異，往往是建構與辨識自我身份／認同的重要方式之一；人們也通過對於各種「我」與其他人之間的差異的認知，確認自我的價值與意義。無論是作爲文本生產者的作者，或是文本接受者的讀者，具有對於「種族」概念的意識，更可能在這種人與人之間的差異之中，思考一個社會裡不同族群之間的權力結構，以及自己在這個社會中的位置。

---

15 「嗍呸店」是新加坡常見的傳統上由華人經營的售賣咖啡等飲料和餐食的小店，「嗍呸」是英語 coffee（咖啡）的閩南語音譯。

英文名詞翻譯

acceleration加速

actions行動

actual reader真實讀者

affective fallacy感應謬誤

allegory寓言

alterity他者

anachrony時序錯置

analepsis倒敘

androgynous雌雄同體

angle of vision視角

author作者

author-function作者功能

characters人物

Chineseness中國性

    de-Chineseness去中國性

class階級

    upper class上層階級

    middle class中產階級

    lower class下層階級

    privileged class特權階級

    working class工人階級

cliché陳詞濫調

code符碼

communal action共同行動

constructivist建構論

context語境

The Death of the Author作者的死亡

deceleration減速

desire欲望

dialogism對話性

discours話語

discourse話語

duration時距

ellipsis省略

essentialised本質化

essenrialist本質主義

existents存在的事物

fabula素材

false consciousness虛假的意識

feminine女性化

Feminist criticism女性主義批評理論

feminist literary theory女性主義文學理論

figurative language修辭性語言

flashback倒敘

flashforward跳敘

focalization聚焦

    zero focalization零聚焦

    external focalization外聚焦

    internal focalization內聚焦

focus of narration敘述視角

frequency頻率

gaps/blanks空隙

gender社會性別

gendered性別比擬

hegemony霸權

Hermeneutics詮釋學

heterosexual異性戀

histoire故事

homosexuality同性戀

idélogie意識形態

identity身份／認同

    self identity自我認同

identity crisis身份／認同危機

identity theme身份題旨

文學批評關鍵詞──概念‧理論‧中文文本解讀

ideology意識形態

implied reader隱含讀者

in medias res從事物的中間開始

interpellation詢喚

innterpretive community詮釋社群

intertextuality互文性

irony反諷

    Socratic irony蘇格拉底式的反諷

    romantic irony浪漫主義反諷觀

    verbal irony語言的反諷

    situational irony情境的反諷

    srructural irony結構性反諷

    dramatic irony戲劇性反諷

    tragic irony悲劇性反諷

    cosmic irony命運的反諷

langue語言系統

lisible text可讀的文本

literal language按照字面傳達意義的語言

literary canon文學典律

Marxism馬克思主義

masculinity男性特質

metafiction後設小說／元小說

metaphor隱喻

    dead metaphor死的隱喻

metaphormania隱喻狂熱

mimesis模仿

motherland祖國

myth神話

mytheme神話素

narrate敘述接受者

narrative text敘事文本

narratologie敘事學

Narratology敘事學

narrator敘述者

    reliable narrator可信任的敘述者

unreliable narrator不可信任的敘述者

national tongue國家語言

New Criticism新批評

New Historicism新歷史主義

objectivity客觀性

order時序

other他者

    otherness他者

    othering他者化

    racial other種族化的他者

parole言語行動

patriarchy父權

pause停頓

performativity操演性

permutation of texts文本的重新排列

perspective視角

plot情節

plural society多元社會

point of view觀點

    omniscient point of view全知觀點

    objective point of view客觀觀點

    limited point of view有限觀點

    limited omniscient point of view有限全知觀點

    shifting viewpoint觀點轉換

Post-Structuralism後結構主義

prolepsis跳敘

protagonist主人翁

psychoanalysis心理分析

queer theory酷兒理論

queering歪批

race種族

Reader-Response Criticism讀者反映批評理論

reflect反映

reification物化

repeating narrative重複敘事

representation再現

    artistic representation藝術再現

    political representation政治代表

representative有代表性的

resisting reader抗拒性讀者

restrictions of field觀點／視域

Rhetoric修辭學

Romanticism浪漫主義

sameness同一性

scriptible text可寫的文本

scriptor書寫者

semiology符號學

setting環境

sex生理性別

sexual object choice性對象

sexual orientation性取向

sexuality性／性本質

signified所指

signifier能指

simile明喻

Singaporean-ness新加坡性

sjužet情節

slow motion慢動作

Social Darwinism社會達爾文主義

social division社會區分

State Apparatuses國家機器

    Repressive State Apparatuses壓迫性國家機器

    Ideological State Apparatuses意識形態國家機器

stereotype刻板印象

story故事

Structuralism結構主義

summary narrative總括式的敘事

symbol象徵

system of representation再現系統

system of signs符號系統

tenor本體

text文本

textual criticism文本批評

textuality文本性

textuality of history歷史的文本性

time時間

    narrative time敘事時間

    story time故事時間

transgender跨性別

typical典型性

universal普遍意義

vehicle喻體

verisimilitude逼真度

vision觀點／視域

voice聲音

    authorial voice作者型敘述聲音

    personal voice個人型敘述聲音

    communal voice集體型敘述聲音

"vulgar Marxist" criticism「庸俗馬克思主義」批評

women study婦女研究

worldliness在世性

國家圖書館出版品預行編目資料

文學批評關鍵詞：概念・理論・中文文本解讀
／柯思仁，陳樂合著. －－二版.－－臺北
市：五南圖書出版股份有限公司，2024.08
面；　公分
ISBN 978-626-393-606-5(平裝)

1.文學評論　2.閱讀指導

812　　　　　　　　　　113010904

1XKU

文學批評關鍵詞
概念・理論・中文文本解讀

作　　　者— 柯思仁、陳樂

企劃主編— 黃惠娟

責任編輯— 魯曉玟

封面設計— 姚孝慈

出 版 者— 五南圖書出版股份有限公司

發 行 人— 楊榮川

總 經 理— 楊士清

總 編 輯— 楊秀麗

地　　　址：106臺北市大安區和平東路二段339號4樓

電　　　話：(02)2705-5066　　傳　　　真：(02)2706-6100

網　　　址：https://www.wunan.com.tw

電子郵件：wunan@wunan.com.tw

劃撥帳號：01068953

戶　　　名：五南圖書出版股份有限公司

法律顧問　林勝安律師事務所 林勝安律師

出版日期　2021年10月初版一刷
　　　　　2024年 8 月二版一刷

定　　　價　新臺幣350元

經典永恆・名著常在

五十週年的獻禮 —— 經典名著文庫

五南，五十年了，半個世紀，人生旅程的一大半，走過來了。

思索著，邁向百年的未來歷程，能為知識界、文化學術界作些什麼？

在速食文化的生態下，有什麼值得讓人雋永品味的？

歷代經典・當今名著，經過時間的洗禮，千錘百鍊，流傳至今，光芒耀人；

不僅使我們能領悟前人的智慧，同時也增深加廣我們思考的深度與視野。

我們決心投入巨資，有計畫的系統梳選，成立「經典名著文庫」，

希望收入古今中外思想性的、充滿睿智與獨見的經典、名著。

這是一項理想性的、永續性的巨大出版工程。

不在意讀者的眾寡，只考慮它的學術價值，力求完整展現先哲思想的軌跡；

為知識界開啟一片智慧之窗，營造一座百花綻放的世界文明公園，

任君遨遊、取菁吸蜜、嘉惠學子！